中国少数民族文学发展工程·出版扶持专项

新时期
中国少数民族文学巡礼

中国作家协会编

作家出版社

目 录

会当凌云顶　遥看一千河（代序）

白庚胜

一个人的一生能遇上一次历史性的机遇并不容易。我们能受任担纲“中国少数民族文学发展工程”组织领导工作，就是一个很大的幸运。这里结集成册出版的《新时期中国少数民族文学巡礼》，便是这一盛举之子项《新时期中国少数民族文学作品选集》丛书的所有序文和后记，意在以飨关心中国少数民族文学事业的朋友们会当凌云顶、遥看一千河。

“中国少数民族文学发展工程”，堪称新中国成立以来我国少数民族文学事业的空前行动。它在时任中共中央政治局委员、中共中央宣传部部长、现任中共中央政治局常委刘云山同志的直接过问下促成，为期 5 年，投资上亿，覆盖原创、翻译、出版、理论批评四大板块。编辑出版《新时期中国少数民族文学作品选集》，属于该工程“少数民族文学作品出版扶持”专项的先期部分，并于 2015 年全部完成。

具有创新意义的是，《新时期中国少数民族文学作品选集》以民族立卷，做到了 55 个少数民族均有自己的作品专卷，这是有史以来的首次；它囊括长篇小说及长诗、网络文学、微型小说、理论批评以外的几乎所有文学样式，覆盖面不可谓不广；它所收作品以 1976 年 10 月为起点，以 2011 年 12 月为终点，足以俯瞰粉碎“四人帮”至党的十八大召开之间的少数民族文学创作基本面貌；它的选编团队均是该民族文学创作或学术研究领域的最高权威。如果用一组数字加以说明，我们可以对此作以下量化：它由中国作协主办、中国作家出版社出版、18 个省市自治区作协承办；它有 500 多位各民族作家、专家、学者参与选编；共收入 2218 位作者的4279篇作品，其中小说792篇、散文1413篇、诗歌2010首、报告文学63篇（部）、影视剧本1部，总计约3000万字，且为汉语文创作与母语创作翻译作品的有机集合体。如果能在今后进一步创造条件，把新时期中国少数民族文学中的长篇优秀作品亦加以收录，那该是一幅多么浩大壮阔的美学景象！

在我们国家从事这项国家级文学行动的重要支撑是：改革开放使我们民族充满了创造活力，使我们国家积累起强大的物质与精神财富；中国作家协会在党的民族政策的指引下，在党和政府的全力扶持、关怀、爱护下，采取一系列重要措施，对少数民族文化进行大力呵护、培育，使中国少数民族文学从仅有若干民族拥有书面创作进入到每个民族都有书面创作、都有作家荣获少数民族文学奖、都有作家进鲁迅文学院学习，并有一批批作家在国内文坛独领风骚、摘取各种桂冠，已拥有1285名中国作协会员，整体实力不断壮大与提升；我们国家从中央到地方，业已建立起《民族文学》等少数民族文学期刊、报纸、网络群落；每年发表的有关文学作品达数以万计，每年出版的有关文学图书数百种；中国少数民族文学作家学会等全国性、区域性、民族性、领域性、综合性少数民族文学创作、研究、翻译团体一如雨后春笋，不胜枚举；国家级“少数民族文学创作骏马奖”所引领的评奖体制机制早已得到确立并不断改善；从中央民族大学到地方民族院校，大都已经建立起从本科到硕士、博士、博士后的少数民族文学教育体制；从中国社科院到全国众多学术部门都纷纷设立了少数民族文学理论研究及文艺批评机构；已经先后编纂出版“中国少数民族文学史、文学概况”丛书、选编出版《中国少数民族文学作品选》等大型丛书数十种；从1980年至今，已经先后召开过4次全国少数民族文学创作会议，以全面研究少数民族文学建设的理论与实践问题；作为最具代表性的文学工程，“中国少数民族文学发展工程”各专项已经精选并翻译出版蒙、藏、维、哈、朝5种民族语文“中国当代文学作品选粹”100卷，以及“中国当代少数民族文学翻译作品选”40部，资助出版少数民族文学原创作品20部，扶持民族文学重点作品创作项目近400个，举办“中国少数民族当代文学论坛”4届，对外翻译达15种语文70余种，培训鲁院学员25期1000多名。

选编《新时期中国少数民族当代文学作品选集》，旨在全面巡检55个少数民族在新时期的文学创作基本情况、文学发展整体面貌，以国家工程的形式进一步促成中国文学版图的构建，真正实现中华各民族文学的大团圆，并对强化国家统一、民族团结、社会和谐有所助益；为少数民族文学的进一步发展繁荣注入自觉、自信、自尊、自豪的力量；于各民族间的交流、交往、交融发挥催化的作用；更为重要的是为各民族写作者提供启示、引领和鼓舞，为圈内外鉴赏者奉献各民族文学审美的独特感受与经验，为文学传播者供给精神产品扩散、转化、传播的源泉与可能，为文学教育工作者选粹高端教育范本，为学术研究者夯实新鲜、详实的资料基础，更是将新时期我国少数民族的发展历程、社会面貌、精神世界以文学的形式集中展现给外部世界。从而，这套丛书也就具有了典礼的性质、礼敬的意义：它标志着中国少数民族文学从局部到整体的崛起，从个别到普遍的进击，从口头创作为重到书面创作为主的跨越，从幼稚到青壮的成熟；它是中国共产党所推行的民族理论与民族政策的伟大成果，是中国文学由我国各民族人民共同创造及共同拥有的雄辩说明，是中华各民族都充满美丽的梦想、美好的追求、无限创造活力的文学象征。

作为《新时期中国少数民族文学作品选集》之有机组成部分，由总编及各卷负责人分别撰写的总序、分序、后记，对这项工程及其各分卷的编选过程、指导思想、工作原则、投入力量等作了充分的表达：不少卷本回顾了该民族的社会、历史、文化，尤其是文学的发展历程，对该民族在新时期的文学发展盛况做了理性的总结和精准的梳理，表现出与创作水平相对应的编选能力。我们于其中所照见的是他们对祖国，以及对时代、对文学的忠诚度、责任感、感恩心、感激情。如独龙族卷编委李金明、拉祜族卷主编李梦薇感谢党、感谢改革开放伟大时代，让他们实现了出版各自作家群文学作品选集的零突破；阿昌族卷主编孙宝廷由衷赞美道："这（阿昌族卷）是一部至今为止全方位展现阿昌族作家风貌，以文学形式充分展现阿昌族内心隐秘的不可多得的文学读本，填补了阿昌族当代文学历史的空白，大大提升了阿昌族文学的影响力和知名度。"怒族卷编选组亦在本民族卷"后记"中写道："这是我们怒族历史上第一次以群体的面貌，在国家级的层面和场合与全国甚至全世界各民族读者进行书面的精神交流。"所以，这套丛书自启动以来，尤其是出版之后，一直在国内外好评如潮，不仅有藏族卷、达斡尔族卷、鄂伦春族卷、鄂温克族卷、维吾尔族卷、哈萨克族卷等先后举行了首发式，国家图书馆、北师大图书馆、中央民大图书馆、中国社科院图书馆、国家民委图书馆、西藏民族大学图书馆等数十家大型图书馆纷纷典藏，更有韩、蒙、哈等多国出版机构表达了他们翻译这套丛书的强烈愿望。

为了纪念这项文学工程的启动实施，并回顾中国少数民族文学在新时期的发展进步历程，且对其在未来的再创辉煌进行瞻望，我们在此特将这套丛书的所有序文、后记汇总成册，以供始终关注、关心、关怀中国少数民族文学事业发展进步的各级领导和朋友们检阅，共享我们共同创造的新时期中国少数民族文学审美成果，以期提供按图索骥之便。如果诸位朋友能够借此得“背负青天朝下看，到处人间城郭”快意，我们将无比欣然。

最后，让我们对促成此项工程创意、组织、实施的刘云山同志、中宣部、财政部，以及铁凝主席、李冰同志、钱小芊同志表示衷心感谢！对悉心支持有关卷本在当地选编的有关省、市、自治区文联、作协表示崇高的敬意！对用全部的忠诚、智慧具体参与每个卷本每个环节每个细部构建工作的所有选编者表示无限的感激。

2016 年 7 月 20 日

展示与起点（总序）

丹 增　白庚胜

在第五届全国少数民族文学创作会议上，中国作家协会正式推出“中国少数民族文学发展工程”。这项工程得到中宣部、财政部的大力支持，旨在按照党的文艺政策及民族工作总方针，进一步加大对少数民族文学的政策支持和经费投入，从培养人才、鼓励创作、加强译介、资助出版和理论批评建设等方面采取切实有力的措施，提高少数民族文学创作质量，繁荣民族文学创作，从而推动社会主义文艺的大发展、大繁荣。

佳作荟萃，群星璀璨。作为“中国少数民族文学发展工程”的一部分，我们编辑出版了“新时期中国少数民族文学作品选集”。这是对新时期我国少数民族文学成果的梳理和检阅，是我国少数民族发展的大事，也是中国当代文坛的盛事。这套丛书编选了各个少数民族各类题材的代表性作品，集中展示了新时期我国少数民族文学繁荣发展的景象，也拓展和扮靓了中国当代文学的版图。

中华民族，是由我国56个民族组成的；中华文明，是由我国56个民族共同构建的；中国文学，是由我国56个民族共同创造的。新中国成立60多年来，我国各民族翻身解放，社会面貌和精神面貌都发生了巨大的变化。作为共和国平等一员的55个少数民族，都以自己的方式投身于社会主义的国家建设。文学创作是参与文化建设的重要途径和内容，因而促使各民族的文学也逐步走向发展、创新和繁荣。特别是新时期以来，我国多民族、多语种、多门类与多梯次的文学队伍正在壮大。目前，55个少数民族在中国作家协会都有了自己的会员。他们有的是本民族的第一代作家，有的是本民族作家群的代表，有的在国内和国际都产生了重要的影响。

本次入选的作品，是1976年至2011年在国内公开出版发表的中短篇小说、散文、报告文学和短诗等门类的佳作。长篇小说、长篇诗歌和长篇报告文学则暂列存目，适时另行选编出版。

从语种上看，入选的作品有直接用汉语言文字创造的，有用本民族语言文字原创后译成汉文的。由于历史文化与生产生活的演变，我国少数民族有的有自己的语言文字，有的曾经有过但现在不再通用，有的有语言而没有文字。文学的民族特点和民族风格是由多重元素构成的，如语言文字、题材、主题、族属、审美心理、抒情方式、风俗画、风景画和哲学宗教理念等。所以，考查文学的民族性要综合多重进行，避免片面性和单一性。从入选的用汉语言创作的作品来看，他们同样表现了本民族的文化自觉，写出了本民族“精神生活的花朵和果实”，“真正的民族性不在于描写农妇的无袖长衣，而在具有民族精神”。还有很多生动具体事例都证明了运用汉语言创作的少数民族作家同样可以创作出优秀的民族作品，同时表现出我们很多少数民族作家深厚的汉语言修养与杰出的才智。所以，提倡学好汉语言、用好汉语言也是提高文学艺术质量所需要的。我们这个多民族的国家需要一种通用的语言来便于相互之间的沟通，增进相互的理解。另一方面，一种语言就是一个博物馆。民族语言文字蕴含着民族心理的密码，承载着传统文化特有的审美方式。它在抒情表意方面，有些地方是极其微妙而难以取代的，况且，我国边远的少数民族牧区、林区或农区广大读者受众，还是对本民族的语言文字最熟悉、最有亲切感。所以，我们必须积极扶持民族语言的创作，发挥民族语言的优势，推动民族语言的创作。《民族文学》增设蒙古、藏、维吾尔、哈萨克和朝鲜五种文字版本便收到了良好的成效。在一个国家，有不同语言文字的创作，在一个民族也有不同语种的创作，这种差异更易于张扬文学自由和审美的效能，激活新的审美感受和艺术张力，更容易形成各个类型的作家之间互相激发、互相补充、互相促进的局面，以保持我国文学发展繁荣持续性的活力，同时更好地保证众多读者多元性的审美需求。没有差异，不会前进；没有差异，不会多彩；不承认差异，不会有平等。肤浅的趋同论，是不科学的，是无益的。它的实质是单一论、终止论。这也是为中华文明乃至世界文明的演进发展所验证的道理。

从马克思主义理论看来，每一个民族无论其大小，都有为此民族所有、为他民族所无的优秀特质。文学的根脉在本土，文学创作不能脱离精神母体。文学的原创性和民族性源远流长，具有相对的稳定性和传承性。从当前直到久远，必须重视文学的民族特点和民族风格。另一方面，既然大家都有优秀的方面，自然也应该有不如别人的地方，这就决定了民族性的鲜明和稳定是与民族的狭隘保守性相悖的命题。民族文化的自信与书写、开掘与张扬，源于那些积极有价值的珍贵特质。这就要求每个民族的作家都能以宽阔的胸怀和开放的姿态，积极学习其他兄弟民族的优长之处，并敢于面对世界，积极进行共同交流，善于取长补短，反思追问，以民族的优秀传统为依托，创作出具有时代高度和国家情怀，能体现人类共同追求的作品。我国新时期少数民族的优秀文学作品，都鲜明地体现着这样的文学品格，很多优秀作家也有这方面深切的感受和体验。

我国当代少数民族诗歌具有鲜明的地域特色和民族特色。各少数民族的诗人对本民族独特的社会历史的描绘，对独特的心理素质和感情的表达，对源远流长的民族民间诗歌形式的学习和创新，对珍贵诗歌艺术资源的借鉴和吸纳，使当代少数民族诗歌呈现丰富多样的风格与光彩。从诗歌的话语特征上看，当代少数民族诗歌不同时期表现出不同的话语亮色。新时期以来，随着改革开放，我国进入了全球文化的开放、冲撞和交流的时代。优秀的少数民族诗人们，继承传统，扎根本土，放开眼界吸纳有益的艺术元素，趋利避害自由地驰骋在时代拓宽的艺术空间中。由于政治性不再是文学创作单一的标准，少数民族作家和诗人正放开更丰富的眼界，焕发更通达的灵性，使少数民族的文学作品彰显出更天然的民族和地域特色。同时，随着世界视野的拓展，诸多带有人类性的艺术体验和诗歌题旨也自然成了少数民族诗歌的书写内容。除诗歌之外，我国少数民族其他题材的文学作品曾相对贫弱。由于生产方式、生活方式、文化传统、社会状态和语言等方面的影响，除若干人口较多、语言文字成熟完整的民族外，很多少数民族曾经几乎没有小说等作品。建国后，随着少数民族经济、文化和教育的发展，随着各民族之间广泛通畅的交流与互动，少数民族小说创作队伍从无到有，从小到大，得到快速的发展。特别是新时期以来，我国少数民族小说创作从边缘进入主流，成为中国文坛的亮丽风景，不仅有众多的少数民族作家得过“茅盾文学奖”、“鲁迅文学奖”、“优秀儿童文学奖”、“五个一工程奖”及“骏马奖”，有些还获得国际上的相关奖项，跻身于世界著名作家的行列。

国家的统一，民族的团结，是建设中国特色社会主义祖国的根本保证，是国家在世界崛起的应有姿态。在这方面，文学应该走在前面积极发挥历史责任和主动精神。党和国家历来重视少数民族文学事业的发展，并在各方面给予了特殊的扶持。1981 年周扬同志就曾说过：“民族文学的书，民间文学的书，要适当多出版一些，现在还是太少”，“要搞四个现代化，要建设社会主义的高度精神文明，文学艺术要发展，少数民族艺术也要发展”。特别是第五届全国少数民族文学创作会议上，刘云山同志明确提出：“繁荣少数民族文学，发展少数民族文化，是社会主义文化大发展大繁荣的题中应有之义，是促进民族团结和谐、实现人民幸福生活的时代要求。”1991 年，赵朴初老先生在看到一篇关于增强中华民族凝聚力的文章后，曾欣喜地赋诗一首：“出题能令亿民思，九派群科念在兹，功德日增凝聚力，灵根长发万年枝。”我们坚信，广大少数民族作家不会辜负党和国家的厚望与重托，将牢记使命和宗旨，以自己的勤奋与才华创作出更多无愧于时代与人民的优秀作品。

“新时期中国少数民族文学作品选集”是一个时期成果的展示，又是走向新征程的起点。对于这套丛书，我们坚持科学性、时代性和权威性的标准，怀着使之臻为典藏读本的愿望，进行了认真的组织、策划、编辑和出版。在此，谨向为此付出辛劳的各界朋友致以真诚的谢忱，并对我们的作者和译者表示崇高的敬意！

2013 年 11 月 12 日

《新时期中国少数民族文学作品选集·蒙古族卷》序言

特·官布扎布

虽然无法考证人类何时拥有文学，但文学一直伴随着人类历史进程，承载着其精神和文化，为我们开启了通往本真世界的一扇门。文学，依旧是让我们共同拥有的美丽精神家园。

一方水土养育一方文学。在不同文化环境中，对于文学及其功能的理解和阐释有所不同。对于古代蒙古人来说，文学是无所不能的一种锐器，给我们开启世界的无数可能性。因为，古人相信诗有神力、语言有魔法，相信诗人有灵气，诗人是萨满的延续、与天对话的人。在蒙古人当中，这种古老的语言崇拜一直延伸至今，在影响着当下文学创作的同时大大提升了文学的功效。这也许是蒙古人崇尚文学的一种原因吧。

诗意性栖居，或许最适合于形容蒙古人的精神向往和审美追求。诸多蒙古英雄史诗都描述了一种理想王国，名叫宝木巴。宝木巴是诗意性栖居地：清风徐徐，细雨蒙蒙；盛夏常驻，没有严冬，金秋长在，没有寒春；死亡无存，人人长命，永远保持着二十五岁的音容；没有贫困，永远富饶；没有动乱，永远安宁。这是蒙古人心中的宝木巴，是理想王国。

蒙古民族号称游牧部落、马背民族、草原主人，游牧文化是其本土文化。游牧文化的体系及其内在定律均来自于大自然的法则，其核心精神为崇尚自然和崇尚自由。自由精神乃是文学的基本诉求，文学的想象、虚构、超越、狂欢都与自由精神有关。

游牧文化是动态文化，具有诗意性的文化。其生产生活的诸多环节都夹杂着文学元素，并出现了与其相关的独特文学样式，例如：吠咕歌、宴歌、祭词、祝词、赞词、箴言、训喻诗、叙事民歌、胡仁乌力格尔等等。蒙古人自古以来就是崇尚万物有灵、敬畏自然、崇拜语言魔力的部落。其部分文学作品不是给人创作的，而是给万物创作的，如牲畜歌、祭词、祝词、赞词的受众对象不仅是人类，还有自然万物。举个例子吧，吠咕歌，又称劝奶歌，或者劝羊歌。在牧区接羔季节，每当母羊嫌弃羊羔不予哺乳的情况发生时，牧羊妇女就把母羊的奶水搽抹在被遗弃的羊羔脊背上，把羊羔抱放在母羊的乳房下，让母羊给羊羔哺乳，同时吟唱起吠咕歌，直到这种柔美的歌声感动了母羊给羊羔哺乳为止。2004 年，德国和蒙古国以这种古老音乐仪式——劝奶歌为题材，合拍了纪录片《哭泣的骆驼》。影片获得成功，感动了无数人，并摘取了国际大奖。诸多祭词、祝词、赞词的受众对象也是与人类共存的诸多生灵和自然万物，如长生天祭词、山水祭词、树木祭词、河流祭词、敖包祭词以及与食、住、行相关的祝赞词。给自然万物创作出浩如烟海般的文学作品，并以口传形式保留下来的民族在当今世界上应当实属罕见。

在游牧社会中自然而然地放大、强化、抬高了文学的魅力和功能，文学变成了无所不能的一种工具。对于很多人来说，文学是一种艺术门类，消遣、解闷的语言艺术，但对于蒙古部落来说，文学首先是一种生活方式和表达形式，其次才是语言艺术。草原上的牧民张口就能来诗，个个都是即兴诗人，以韵文形式互相交流的情景比比皆是。13 世纪成书的《蒙古秘史》中也有以即兴短诗来相互报送战地情报的历史记载。

从远古至今，文学一直伴随着蒙古部落从草原深处走向世界舞台，其间产生了闻名遐迩的经典之作，如《江格尔》《蒙古秘史》《格萨尔》《大元盛世青史演义》等等，并造就了强大的民间文学传统和文人文学传统，影响至今。

新时期降至，蒙古族文学得到全面复苏和发展，持续保持强劲态势，在作家队伍、作品数量、题材内容、创作方法、表现手法、叙述视角、韵律形式、传播方式等诸多方面都发生了巨大变化，进入了百花争艳、众声喧哗的时代。

本卷收录了改革开放以来在蒙古族文坛涌现出来的优秀作品百余篇。这些作品能够展示蒙古族老中青作家的强大阵容及蒙古族文学的辉煌成就。

文化认同、草原气派、母语创作依然是本卷的独特景观和亮点。每个时代有每个时代的主题。随着全球化、现代化、普世化进程的不断加快，诸多蒙古族作家重新评估和思考在新历史条件下的民族／国家共同体生存现状和未来命运，谱写伟大时代，讴歌改革开放主旋律，以文学形式参与火热的社会生活，唤起了民族／国家认同感和文化自信，推动了社会主义文化强国建设的宏大事业。

对于很多人来说，草原、骏马、猎犬、羊群是一种符号，一种风景，或者一种记忆。对于从草原走出来的蒙古族作家来说，这些不仅是自然的物象，很多时候还是精神密码、审美品格和文学地标。很显然，地理环境和人文传统一直影响着新时期蒙古族作家的文学创作，很多作家以关注草原、书写草原为艺术追求，创作出了具有草原气派的佳作。草原的广阔、豁达、朴素、刚劲成为了草原文学的一种美学风格。草原气派也许就是蒙古族文学给国家文学或世界文学增添的美丽彩带。

文学是语言艺术，对于任何民族文学来说，母语创作问题至关重要，也是民族文学发展、繁荣的一项标志。母语才能抚摸到灵魂深处。蒙古族作家自古以来，就有用母语、非母语和双语创作的传统。如元、明、清时期的贵族作家和喇嘛高僧用蒙古语，或者汉语、藏语、满语，或者双语进行文学创作，丰富了民族文学宝库。但是任何时候，母语创作一直保持主导地位，代表着蒙古族文学创作的最高水准。新时期以来，在国家民族政策的光辉照耀下，母语创作进入了前所未有的活跃期，出现了诸多家喻户晓的长篇巨著。本卷中母语作品也占据了相当比重。

文学是民族／国家共同体的一种文化软实力，也是进行时的活态文化。我国是多民族构成的现代国家，各民族共同谱写了中华文明史。百花齐放，世界才美丽。建构多元一体的国家文学体系才是我国各民族文学共同发展的宏大目标。本卷能够得到立项、出版，也是为建构多元一体的国家文学体系增添一砖一瓦。

文学首先是个人的话语，其次是民族或国家的声音，最后才是全人类共同拥有的美丽精神家园。

2013 年 8 月

附：后记

本卷收录了改革开放以来在蒙古族文坛上涌现出来的百余篇优秀作品。优秀作品是经久不衰的传世之作，是一个时代一个民族思想、情感、价值观和审美观的载体，具有思想性、艺术性、审美性和影响力。

根据中国作家协会《新时期中国少数民族文学作品选集》丛书编选出版方案的要求，内蒙古作家协会组建由特·官布扎布（内蒙古）担任主编，布仁巴雅尔（内蒙古）、满全（内蒙古）担任副主编，鲍尔吉·原野（辽宁）、陈岗龙（北京）、那仁居格（青海）、索素尔（新疆）为编委成员的《新时期中国少数民族文学作品选集·蒙古族卷》编委会，按地域分布分区分工，进行了选编工作。

在选定作品的时候，该编委会适当考量了母语原创翻译作品与非母语原创作品、区内作家作品与区外作家作品的比重，试图全景式展示新时期蒙古族文学的辉煌成就。

为了提高本卷的学术价值和给研究者提供可靠的资料，编委会在每篇作品的末尾处标注了该作品的出处信息和其原文刊载信息。

新时期是伟大的时代，是蒙古族文学得到全面发展繁荣的年代。虽然社会飞速发展，物质日益丰富，但是人类依然需要文学。

文学是我们共同拥有的精神家园。

蒙古族卷编委会

2013 年 8 月 6 日

《新时期中国少数民族文学作品选集·回族卷》序言

杨继国

回族是一个历史悠久、文化灿烂、有着优秀文学传统的伟大民族。在回族的发展历史上，不仅创作产生了大量丰富的口头文学作品在民间代代传承，而且涌现了数不胜数的杰出作家，奉献了大量在中华文坛熠熠生辉的作品，在中华文学百花园里绽放着独特的风采。

进入新时期以来，在党和国家民族政策和文艺政策的光辉照耀下，在各兄弟民族的大力帮助下，回族作家的创作积极性得到了进一步的解放，民族自觉意识有了新的增强，回族文学获得了骄人的创作成绩，呈现了欣欣向荣的繁荣景象。

新时期回族文学的繁荣首先表现在作家队伍的壮大和创作实力的增强上。衡量一个民族文学创作的实绩，首先要看它拥有的作家队伍的阵容。回族虽然有一千多万人口，但由于居住上“大分散、小集中”的特点，散居全国各地，创作人才产生不易，且很难布成阵势。新时期以来，随着回族人民政治、经济、文化上空前的解放，随着民族生活的沸腾激变和民族精神、思想的有力张扬，各地的回族作家如雨后春笋般涌现了出来。而这之前就已经开始写作的回族作家，也焕发了新的艺术青春。在这个需要巨人而产生了巨人的伟大时代，东西南北中的回族作家们意气风发地登上了中华的文学舞台。他们中，既有宝刀不老的文坛宿将，也有正当盛年的中年骨干；既有英姿飒爽的女中英豪，还有意气风发的文坛新秀。大家胼手胝足，勤奋耕耘，人人矢志握灵蛇之珠，个个奋力抱荆山之玉。有的擅长于小说，有的擅长于诗歌，有的擅长于散文、戏剧、理论，有的则几门兼擅，被称为“全方位高产作家”，从而组成为一支门类齐全、阵容整齐，多层次、多梯队、多“兵种”的空前盛大的回族文学大军。这种盛况，在我们这部选集中也有所反映。这是令我们欣慰并自豪的。

其次是创作了大量的回族文学作品。回族作家队伍的质量是以他们的作品为衡量依据的。在这个伟大的时代里，回族作家们爆发出巨大的艺术生产力，创作出版了大量的、难以数计的文学作品。至于在海内外报刊、出版物上发表的单篇作品，恐怕更是灿如繁星，非人力所能计数。因而，在编选这部选集时，我们一方面为回族作家所取得的成绩自豪，心中满溢着丰收的喜悦，但也常常生出遗珠之憾，为篇幅所限不能更多展示一些优秀作品而痛惜。

新时期回族文学的成绩，更表现在作品质量的大幅提高上。归根结底，作家是要用作品说话的。衡量一个民族文学的成绩，是看这个民族为国家、为世界奉献了多少有影响的文学作品，看它是否形成了相对稳定、成熟的民族艺术风格。在新时期回族作家的作品中，我们看到的是一幅多么可喜的景象啊！在创作质量上，说新时期回族文学如同拉美文学那样呈“爆炸”之势，也是毫不过分的。

张承志的《心灵史》不但为知识界所热捧，而且走入深山，走入底层，为千千万万的普通百姓所珍藏；霍达的《穆斯林的葬礼》，一印再印，不断再版，而长期在读者中盛行不衰；石舒清的《清水里的刀子》，以其回族所特有的思想和艺术灵光与趣味，获得文学界的高度评价；穆青、郭风、沙叶新、马瑞芳等人的散文、戏剧、报告文学，沙蕾、木斧、马瑞麟、高深的诗歌，都在当代中国文坛占有重要的地位，直接推动了这些文体的繁荣和发展。在这些作品面前，我们完全可以自豪地说，新时期回族作家的创作，无愧于这个伟大的时代，无愧于我们可爱的人民，也无愧于我们这个伟大的民族。

同时，我们还欣喜地看到，新时期的回族文学创作，呈现出了自己独特而迷人的味道，在中国文艺百花园里放射着自己鲜明而亮丽的风采。

新时期回族文学创作的艺术题材是丰富广阔的。漫步于回族文学创作的形象画廊，我们可以惊奇地看到，回族作家们展示了多么广阔、丰富的创作领域啊！从空间上看，既有反映祖国各族人民生活的，也有表现不同地方民族聚居区域内回族人民生活的，更有表现海外乃至世界人民生活的，可谓是包罗万象，蔚为大观。从时间上看，既有反映古代回族与其他兄弟民族人民中英雄人物、重大事件的，也有表现现当代民族人民新的生活风貌和精神嬗变的……文学创作题材，实际上是一个文学表现内容的问题。一个民族文学创作题材的丰富与否，反映了一个民族人民的现实及内心世界的宽阔和丰富程度。这种题材的丰富性，使回族文学像一条波澜壮阔、汪洋恣肆的大河，兼收并蓄，源远流长。它虽不像小溪般澄澈纯净，一眼见底，但却气象万千，雄浑宽阔，从而呈现出无限壮观、无限丰富的博大景象。这正是一个大的民族所应具有的文学景象。

新时期回族作家的创作风格也是多彩多样的。在新时期回族作家的创作中，我们看到的是繁花竞放、流派纷呈、风格各异、个性不同的繁华景象。以小说家而论，张承志“曾经相当偏爱抒情散文式的小说叙述方式”①。后来又宣称“我一直热爱的是诗”，“倾诉在本质上只能是诗”②。因而，他的小说作品语言精美、奔放、抒情，韵味浓烈、雄浑、强悍，具有“诗化小说”的创作特点。霍达自称有“含英咀华之好，并雕章琢句之癖”③，因而她的作品，具有雅致、细腻、传神的艺术特征。而陈村由于比较注重借鉴西方现代派小说的技巧，他的作品，就有“冷而热，谐而沉，乱而有序，既是闹剧，更是悲剧，既引人发笑，更令人在苦涩中深思的嘲弄式风格”④，从而展现出了异彩纷呈、绚丽多姿的可喜局面。新时期的回族诗人，也是各具神采，各竞风流。沙蕾的真诚自然，清雅流丽；木斧的凝练传神，意象纯净；马瑞麟想象丰富，情绪浓烈；赵之洵清淡飘逸，绚丽轻盈；高深真挚放达，底蕴深厚……从而给人以多样的艺术感受，充分显示了回族作家不同的艺术追求和多样的创作才华。

虽然新时期回族文学创作的艺术题材和作家风格是多种多样的，但我们仍然从中可以看出他们相对一致的艺术特征和美学追求。因而，新时期回族文学创作的成就和进步，还表现在民族文化的自觉和民族风格的成熟上。

---

① 张承志《老桥·后记》，十月文艺出版社 1984 年版。

② 张承志《错开的花·自序》，北京师范大学出版社 1993 年版。

③ 《穆斯林的葬礼》作者小传，十月文艺出版社 1988 年版。

④ 引自《文学评论》1986 年第 3 期。

衡量一个民族文学成就的标志，不仅仅在这个民族作家队伍和作品数量的多少，还在于这个民族的文学，是否具备了稳定而成熟的文学风格，在这个民族的文学创作中，是否贯穿并体现着民族的文化自觉。世界文学史的发展过程表明，每个国家、每个民族的文学的发展，都在其纷繁多彩、多元同构的现象中客观地、内在地呈现出一种带有普遍性的创作特征和审美追求。作为中华民族文学的多元有机组成部分和一个独立、客观存在的文学范畴，新时期回族文学的发展，亦呈现出了一种在多彩多姿的状态中占主流的、大体趋同的创作特征和相对一致的艺术追求与审美理想。

在过去，由于经济基础的落后和政治上的歧视，一些回族作家甚至于连自己的族属都要回避，更遑论在作品中反映民族文化意识、表现民族情感了。进入新时期以后，这种情况有了根本的改变，回族作家们不仅自觉深入民族的现实生活，与本民族的人民同呼吸、共命运，创作了许多深刻反映民族社会生活、表现民族情感、具有民族文化符号的文学作品。就是在一些不是直接反映回族生活，甚至是非回族题材的作品里，也渗透着自己的民族情感，表现出自己特有的民族视角和审美倾向，散发着回族文化特有的灵光和趣味。

例如，张承志、霍达、石舒清小说的表现题材虽然不同，艺术风格不同，但他们的作品都从不同的侧面表现了回族的精神文化，生动形象地刻画了这种精神文化对人物性格和命运的影响，因而散发着浓郁的民族文化神采。再如，沙蕾、木斧、马瑞麟、高深、冯福宽诗歌歌咏的对象不同、题材不同，但他们都抒发的是回族人的感受和情怀，诗歌中散发着强烈的民族精神，从中可以感受到回族作家固有的文化内涵、思维特点和审美特征，从而使这些作品散发着独有的道德思维、直觉思维、神话思维的特点。正是这种同中有异、异中有同的民族风格，从而使新时期的回族文学在中华文学百花园中独树一帜，具有着自己鲜明的民族特点和文化特色。这充分显示了回族作家的文化自觉和回族文学在风格上的成熟，尤其难能可贵。

在新时期回族文学的创作实践中，我们也得到了一些有益的创作经验和启示。从回族文学创作多元一体的格局中，我们可以看出回族作家们相对一致的创作追求和审美理想。新疆的回族作家白练说：“作为一个民族作者，着力于发展和繁荣本民族的文学艺术，是义不容辞的事情。”所以，“应责任感的召唤”，“比较集中地反映了回族人民的生活”，“而且是尽了力的”①。甘肃的回族作家马步斗在谈自己的创作时指出：“处于本世纪末和跨世纪的回回民族，受到现代世界的激烈冲撞，比起其他民族的文化心态来，似更有着其独具的特色。在历史的急遽变革中，回族灵魂的深层悸动、嬗变是那样深沉乃至酸楚”，“作品里所写的形形色色的人物，都生活在作者身边。我熟悉他们，了解他们，力求写出他们那令人萦思不已的对于人生况味的品嚼……”②。北京的回族作家马连义抒发自己的写作理想时说：“我爱我的祖国，爱我的民族，也爱我的故乡。……迄今，我创作的反映回族生活的所有作品，每每都是故乡真实生活的写照，我笔下的人物（除名字虚构外）均确有其人。故乡喂我的是乳汁，我回敬给故乡的是，一个游子深沉的爱呀！”③ 陕西的回族作家冯福宽更是这样激励、鞭策自己：“面对生我养我的回回民族，我常常琢磨思索，夜不能寐。我是回回民族的儿子啊！我能不把这一切写出来吗？”④ 因此，新时期回族作家的创作追求和审美理想，从个体的角度讲，是“比生活更美，比自己更美，他会觉得此生因追寻过这样的作品而毫无遗憾，他在感受着自己生命的火焰渐渐暗淡的同时，也满意地看到这生命又在那些作品中活泼地跳起来”的文学最高境界的“美文”⑤。而从回族作家的总体来讲，则是“表达着使用者和使用民族的心境、情绪、特定意识、弦外之音、独有的生活、基于传统和文化的只可意会的心理素质”的“传神而有灵性”⑥ 的文字，即民族文学的民族化。

文学的民族化，是一个民族文学走向成熟的标志。新时期回族文学之所以在短短的时间获得了如此显著的成绩，就与回族作家们注重文学的民族化、创作上开始步入自觉阶段分不开。

但是，民族化，并不是民族文学的最高标准，也不是回族作家的最高

---

① 白练《白牡丹·黑牡丹》后记，新疆人民出版社 1988 年版。
② 马步斗《李家铺外传》后记，敦煌文艺出版社 1992 年版。
③ 马连义《人间自有真情在》后记，宁夏人民出版社 1983 年版。
④ 冯福宽《穆斯林之歌》后记，陕西人民出版社 1991 年版。
⑤ 张承志《美文的沙漠》，《文学评论》1985 年第 6 期。
⑥ 张承志《美文的沙漠》，《文学评论》1985 年第 6 期。

追求。俄国的文学理论家别林斯基指出："只有那种既是民族性的同时又是一般人类的文学，才是真正民族性的，只有那种既是一般人类的同时又是民族性的文学，才是真正人类的。"① 因而，文学的民族性，不是狭隘的民族主义，和世界性、人类性结合起来，才是真正民族性的，才是那种达到极致的民族文学的境界。从新时期回族文学的发展和回族作家的文学作品来看，许多作家很好地认识并正确地处理了这一关系。例如，曾经有人用"惊人的真实，惊人的偏执"来概括张承志回族题材的创作，但这并不准确。正如张承志在阐述自己创作初衷时所说的："但是你们应当做证，这里毫无狭隘。这里含有人、做人、人的境遇、人的心灵世界和包围人的社会、人性和人道。这里有一片会使你感动的、人的光辉。"② 因而，他的这些作品，就具有着更深刻的内涵和更普遍的意义。由于反映了回族人民，而且反映了整个人类对于信仰和精神自由的追求，因而它们发表出版后，不仅受到了回族群众的欢迎，而且打动了许多非回族人的心，有着强大的艺术生命力和普遍的艺术感染力。正是这种态度和精神，才使得新时期的回族文学创作，既带有自己鲜明的民族特点，又同步于当代文坛的发展；既具有显著的认同倾向，又超越于自己的局限和习惯性的樊篱，从而呈现为一种同中有异、异中有同、多彩多姿、多维、多角、多向发展的可喜景象，这既有力地显示了新时期回族文学的创作实绩，又响亮地宣告了回族作家创作意识的成熟。因此，我们完全有理由相信，新时期的回族文学，不但以其巨大的成就、芬芳的成果盛开于中华文学的百花园中，而且已经以其成熟的姿态，自立于民族文学之林，成为中国文学、世界文学的一道亮丽而独特的风景！

2013 年 9 月

---

① 引自《民族文学研究》1985 年第 2 期 19 页。

② 《心灵史·走进大西北之前——代前言》，1991 年花城出版社版。

附：后记

2013年初春，中国作家协会少数民族文学委员会在春城昆明召开会议，一项旨在展示中国少数民族文学成果的、编选出版《新时期中国少数民族文学作品选集》的活动由此启动。会议甫一结束，出席会议的杨继国先生就将这一讯息传达给了宁夏作协的同志们。在一片欢欣中，继国先生和我们认真商量了编选回族卷的有关事项，酝酿成立了编选工作班子。一个由宁夏作家协会主持的，由回族文学研究专家、评论家、作家为主的编委会迅速成立。杨继国担任名誉主编，哈若蕙担任主编，郎伟、杨梓、李进祥、石彦伟、闫宏伟、马星为编委，并确定具体分工为：回族卷上册小说部分由郎伟、李进祥、马星负责，郎伟主编；回族卷下册散文、报告文学、诗歌部分由哈若蕙、杨梓、石彦伟、闫宏伟负责，哈若蕙主编。

承担《新时期中国少数民族文学作品选集·回族卷》编选工作的所有编委，深知使命神圣、任务崇高，但经我们的努力能否全景式展现中国新时期回族文学的精彩与繁盛又的确充满挑战。为此，编委会从广泛征稿、确定入选标准、规定各卷字数方面明确了工作目标。首先，以编委会名义发出《征稿启事》，面向海内外回族作家、诗人征集代表性的长篇小说、中篇小说、短篇小说、诗歌、散文、报告文学作品，征集方式为推荐和自荐结合。其次，在入选标准上，特别关注于那些在新时期文坛有影响的回族作家的创作，特别关注于那些深刻反映当代中国社会，回回民族在祖国大家庭共铸中华情、共圆中国梦的文学创作，也特别关注那些具有浓郁民族文化色彩、凸显民族精神和现代意识，艺术风格鲜明的回族文学作品。鉴于许多回族作家跨体裁创作，原则上每位作家入选作品限于一种体裁。再者，在编选体例上，限于字数，长篇小说只存目，长篇报告文学做节选。最后，在正文编排上，我们原则上采取以作品发表时间为标准排序的方法。

转眼间已是初秋，《新时期中国少数民族文学作品选集·回族卷》上、下册的编选工作已基本就绪。翻阅厚厚的成稿，一个个名字亲切温馨，一行行文字锦绣如织。回族卷（上、下册）总计80余万字，共收入短篇小说33篇，散文45篇，诗歌70首，报告文学5篇，入选作者计150余人。其间，编委们付出了辛勤的努力，也得到了各入选作品原发刊物、各地方作协及相关热心回族文学发展人士的大力协作与关怀。对此，我们深怀感激，深深致谢！欣慰之余也有许多遗憾，虽倾情努力，力求全面，但限于篇幅、限于视界，仍不免挂一漏万、不免遗珠之憾。我们唯愿这一份满蕴民族文化芳香、承载着深厚感情的文学佳集能够传播流转，为中华文化的百花园再添异彩！

祝祖国繁荣昌盛！祝各族人民吉祥如意！

回族卷编委会

2013年9月6日

《新时期中国少数民族文学作品选集·藏族卷》序言

李佳俊

新时期以来，随着中国社会转型的推进以及思想解放运动的深入，文学领域和其他领域一样，积极吸纳新的文化元素，不断丰富、创新文学创作理念与表现技巧，形成了文坛风格多样的文学图景。

作为中国少数民族文学重要组成部分的藏族文学创作的集体崛起正是在这样的背景下展开的。凭借着深厚民族文学传统的滋养以及广阔的创作空间，藏族作家立足于藏地的社会现实，以其独特的生命体验与非凡的文学感悟，不断探索文学叙事的可能性，创作了一大批生动表现藏民族思想情感、社会历史与人文风尚的作品。这些优秀的文学作品，丰富了中国当代文学的内涵，极大地推动了藏族文学的蓬勃发展。可以说，真正意义上的当代藏族文学正是新时期得到丰富的。在这个时期，藏族作家们创作出大批生动、真实表现高原生活的小说、诗歌、散文和纪实文学，一些优秀之作让全国乃至世界读者叹为观止。这些作品为长期处于封闭状态的青藏高原敞开了一扇明丽窗扉，展现出藏族人民建设新家园的壮丽画卷，把古老的藏族文学推向一个前所未有的思想艺术高度。

当代藏族文学在新时期悄然崛起既是对民族传统文化的合理继承，又是文学创作方法、审美观念的一场重大革命。藏族作为中华民族大家庭的一个古老成员，在开发青藏高原、保卫祖国的漫长历史进程中创造了极具地域和民族特色的灿烂文化，包括民间神话、史诗《格萨尔王传》、《萨迦格言》、仓央嘉措诗歌、长篇小说《勋努达美》等，都属于给后世极大影响的文学精品。但是，进入18世纪以后，在“政教合一”封建农奴制度的严酷统治下，没有学校，没有报刊，大部分藏区文学创作被垄断在寺庙高层僧侣手中，成为给高僧大德、达官贵人树碑立传的工具，而远离劳苦大众生活及其情感的书写也失去了文学作品应有的生机和活力。伴随西藏和其他藏区相继解放和民主改革的开展，一批汉族文艺家深入藏族地区开展文学活动，创作出诸如歌剧《草原之歌》、儿童文学《五彩路》、长篇小说《我们播种爱情》、叙事诗《大雪纷飞》等佳作，用通俗语言书写平民大众喜怒哀乐的文学故事，让广大读者特别是藏族知识分子如痴如迷，真切感受到现实主义文学生气勃勃的诱人魅力。许多新老诗人争先仿效，摆脱宗教思想的束缚，更新文学观念，面对现实生活，紧跟时代变革，满腔热情谱写出歌颂民族团结、翻身农奴意气风发建设新生活的最早华章，以藏族人民最熟悉的诗歌为载体开创了当代藏族文学的先河。

粉碎“四人帮”，一扫笼罩高原上空的阴霾，前辈藏族作家开创的藏族新文学创作进入全面发展的“黄金时代”，老作家焕发青春，青年作家相继登台亮相，以长篇小说为代表的各类体裁文学作品相继问世，文学新作的数量和艺术质量令全国文学界惊讶不已。评论家把新时期藏族文学比喻为高原地热的一次文学“井喷”，是当之无愧的。一是涌现出数以百计的有才华的作家和诗人，据不完全统计，现在，每年在全国性文学期刊和省（自治区）、地市（自治州）文学刊物发表作品的作家都超过百人，真是汗牛充栋，硕果累累，蔚为壮观。在西藏自治区和青海、四川、甘肃、云南四省藏区，一个以藏族作家为主体的多民族创作队伍已经形成。二是一改解放初期诗歌扮演主角的单一创作格局，向小说、散文、纪实文学、电影戏剧创作等文学体裁全面拓展，特别是小说创作得到迅猛发展，先后用藏、汉文出版的小说、诗歌、散文、纪实文学等长篇专著多达100多部，极大地扩张了文学作品表现现实生活的能量，赢得越来越广泛的读者。三是重视挖掘和发挥藏民族历史文化和文学传统优势，将时代精神、高原生活和民族艺术特色熔于一炉，成为新时期作家的共识。一些藏族古典文学独有的文学形式：亦诗亦文的“贝玛体”小说，以藏文字母依次为句首的“噶协诗”、“半反体诗”、寓言小说，均在新时期母语创作中得到复兴和发展。民族文化不再满足于穿衣戴帽、节日习俗的表面书写，而是把笔触深入到人们内心深处，着力探索千百年的文化积淀给藏族思维方式、道德取舍、待人接物带来的无所不在的影响，在古老文化与时代潮流的激烈碰撞中生动表现出不同年龄、性别、职业主人公走向新生活复杂而又艰辛的心路历程，赋予新文学作品以深厚的民族文化底蕴及高原文学独特的艺术魅力。四是以虚怀若谷的胸怀，学习、借鉴内地和外来文化的营养及其文学创作的成功经验，实行“拿来主义”，为我所用，为当代藏族文学打开了广阔的发展空间。新时期文学既继承和深化了文学现实主义优良传统，也不乏流行的现代主义、魔幻现实主义等前卫文学的斑斓色彩，呈现多元化的发展态势。其题材得到广泛开拓，乡土文学散发出高原特有的芳香，既不一味排斥外来文化，也不依葫芦画瓢，而是以作家个人的生活体验、审美情趣和创作灵感予以取舍，是藏族作家思想艺术日趋成熟和高度事业心的表现。这是民族的文学，也是开放的文学。

这里讲一个真实的故事：1980 年，一名对华友好的法国作家应北京外事部门邀请访问拉萨，要求会见一位有名望的西藏作家。陪同人员心领神会，作为我国唯一的藏族自治区，最好是一位藏族作家，而“名望”起码的标志应该是有一册小说或诗歌专著问世。遗憾的是陪同人员跑遍拉萨文化出版单位，仅在创刊不久的《西藏文艺》（即《西藏文学》的前身）编辑部看到一部藏族青年的长篇小说初稿，经编辑部初审后尚处于紧张的修改阶段，要付梓成书恐怕尚需一年时光。

试想那位外事官员今天再引领客人走访我国任何藏区，一定会为当代藏族文学的繁荣兴旺而自豪。弹指一挥间，有名望的作家不再凤毛麟角，而是比比皆是，论个人著作也不是一本两本，五本十本也不稀罕；论荣誉，茅盾文学奖、鲁迅文学奖、“骏马奖”、“五个一工程奖”等我国最高级别的文学大奖都有藏族作家得此殊荣，荣获我国各省市自治区文学创作奖的藏族作家，更是不胜枚举；论影响，许多作品成为内地书店的畅销书，有的被翻译成英文、法文、俄文、西班牙文传遍海外，成为中外文学批评家经常品鉴的话题。青藏高原向世界敞开了大门，藏族作家以高度的民族自信和时代赋予的智慧，凭借对高原历史和现实的成功描绘及其别具一格的艺术风格从高原走向世界。

青藏高原，遥远而又神秘。在外界千奇百怪的传说中，常常给它披上一件荒凉、落后而且野蛮的衣衫。藏族人有口难言，一直盼望走出去展示家乡无与伦比的壮丽、富饶和智慧。进入 21 世纪，以藏族文学作品为先锋，藏族人千年梦想正在变为现实，堪称藏族文学史上前所未有的一场大变革、大飞跃，这也是世界文学史上的奇迹。13 世纪西欧掀起倡导科学和民主的文艺复兴运动，开创现实主义艺术创作，从播种到收获经历了两个多世纪漫长岁月。而藏族当代文学从稚嫩走向成熟，从高原走向世界，只用了三十多年。

细细剖析这场文学“井喷”或者说“奇迹”的缘由，归根结底，是三个因素综合作用的结果：天时、地利、人和。占天时，1979 年年底党中央召开全国第四次文代会，邓小平的《祝词》狠批极“左”路线文化专制，极大激发了各民族文艺家的创作热情。西藏自治区和青、川、甘、滇四省藏区相继成立了文联和作家协会，中国作协成立了少数民族文学创作委员会。从中央到地方，采取众多措施，从办刊、评论、评奖到举办读书班、文学院，为发现和培养藏族作家做了艰苦细致的工作，大批有知识的文学爱好者加入到作家队伍中来。得地利，青藏地区雄浑的自然风光、古老的藏族文化、神秘的风情习俗、独特的社会发展道路、日新月异的现代化建设，赋予藏族作家高远的想象空间和抑制不住的创作激情。得人和，30 年间，西藏自治区和相邻四省藏区文学界频频举办文学讨论会、笔会，交流经验，相互激励，各藏区文联、作协还组织作家到祖国内地乃至外国参观访问，增长见识，开阔视野，结交文友，既给作家提供了施展拳脚的舞台，也促进了作品视角艺术的变换、创新，更好地走向世界。

当代藏族作家是时代的幸运儿，正当风华正茂时节，天时地利人和三个因素同时光临眷顾。一直以来，我们都有编选一本代表新时期以来藏族文学整体创作实绩选本的想法，一方面能体现改革开放以来藏族文学整体的发展状况，另一方面也为将来的文学史书写留下最可靠的文学脉络、评述参照。此次中国作协组织的“新时期中国少数民族文学作品选集”丛书编选为我们提供了这个契机。

新时期藏族文学曾产生了许多优秀作品，它们是当代中国少数民族文学史的重要构成，也是中国当代少数民族文学的重要内容。本着“二为”方向、“双百”方针和“三贴近”原则，我们以历史的、美学的原则为准绳，积极选取新时期以来藏族文学中经过实践检验的，具有较高思想价值的，教育性与审美性一致的优秀作品以及那些勇于艺术探索，代表不同流派、不同风格的代表作品，以期给读者提供不一样的审美体验。由于我们与读者审美情趣的差异以及选本体量上的限制等因素，难免有挂一漏万之误。好在编选作品附有发表年代和出处，卷尾附有长篇著作存目，可以给读者提供一个深入了解研究某一时代或某一位作家的路线图。从某种程度上讲，选本是我国新时期以来藏族文学发展的缩影，是当代藏族作家作品的荟萃，从中可以窥见新时期以来藏族文学的发展轨迹，了解当代藏族作家的文学观念与创作风格的走向与变化，检阅当代藏族作家的整体阵容。

2013 年 10 月

附：后记

《新时期中国少数民族文学作品选集·藏族卷》收录了改革开放以来在我国文坛上涌现出来的百余位藏族作家的优秀作品。这些作品反映了新时期藏族文学发展的脉络，是一个比较全面展示藏族作家队伍基本状况的选本，可以视为我国新时期藏族文学创作队伍的一次大检阅。

由于藏族分别居住在西藏、四川、青海、云南和甘肃五个省区，在北京等地也散居了许多藏族作家。考虑到选本的全面性，在中国作协创联部的大力支持下，以上几家作协先期在成都召开了编选协调会，大致确定了选本标准、体例以及各自大致的规模，最后由西藏作协统筹。这项工作是一项较大的工程，得到了几家作协以及所属各地州作协的大力支持和协助。

考虑到选本的广泛性，这次编选的大部分作品，尤其是文学成就较高的作家作品，没有选通常意义的代表作，而是大多由作家自己推荐本人比较满意的、篇幅不长的作品，最后由编辑委员会审定入选。由于篇幅的限制，在编选过程中，除了极个别的篇目，基本上都是省级刊物以上或个人作品集里面发表的作品，作者的出生年龄也基本限定在上世纪

80年代以前。特别值得一提的是，这个选本里的藏文母语创作的许多译本，是专门组织精干队伍新译的，传达了藏文母语创作特有的风格和韵味。

根据中国作家协会“新时期中国少数民族文学作品选集”丛书编选出版方案的要求，我们在编选时尽可能做到全面公正，兼顾代表性和重点性、平衡性与整体性，努力全景式展示新时期藏族文学的辉煌成就。但是，由于这个选本的时间跨度大、覆盖面广，在编选的过程中难免会有盲区，留下遗珠之憾。如有疏漏之处，敬请作者和读者海涵。

藏族卷编委会

2013年10月15日

《新时期中国少数民族文学作品选集·维吾尔族卷》序言

阿扎提·苏里坦

近年来，党和国家对少数民族文学创作及发展给予高度重视。在中宣部的大力支持下，中国作协几度组织编选和翻译出版了多套少数民族文学作品选。这次又给予更大的支持，单独出各民族卷本，对新疆各民族文学的发展支持巨大。

维吾尔文学有着悠久的历史，并主要以诗歌为主，如《福乐智慧》等。维吾尔古典诗歌可谓经典之作，留存今日，已成永世之遗产。

20 世纪初期，因有大量国内外文学作品译介过来，对维吾尔文学产生巨大影响，故开始出现小说等文体。特别是中国改革开放以来，维吾尔文学几乎发生了翻天覆地的变化和发展。除了给传统的诗歌创作注入新的活力外，中外文学对维吾尔小说的发展产生了更为强大的推动作用，先后涌现出一大批杰出的小说家，如祖依·卡德尔、祖尔东·萨比尔、克尤木·图尔地、艾海提·图尔地、麦麦提明·乌守尔、穆罕默德·巴格拉希、哈丽戴·司拉音等。进入新世纪后，维吾尔族又出现了一批具有创新精神的中青年作家，如艾合坦木·乌麦尔、亚森江·萨迪克等，将维吾尔文学推向了一个新的高潮。诗歌界著名诗人有铁依甫江·艾力尤夫、克里木·霍加、阿布都热依木·吾提库尔、吾斯曼江·萨吾提、若孜·萨依提、买买提江·热西丁、博格达·阿布都拉、如孜·沙衣提以及一大批中青年诗人，小说创作与诗文创作都取得了可喜的成绩。

本卷在考虑贡献卓著的老作家之作品外，重点收录了改革开放至今维吾尔作家及诗人的重要作品，以展示维吾尔文学今日之辉煌。但因维吾尔作家99%以上都用母语进行创作，目前的翻译力量又比较薄弱，难免在译文选编方面出现一些不足，故希望读者能够给予理解，并提出诚恳的批评意见。今后，我们会尽一切努力提高我们的翻译水平，同时进一步推进文学创作自身的发展，逐步缩小与全国文学创作水平之间的差距，诚可谓学之心诚，进之意坚。我们相信，在推进和实现社会主义文化大发展、大繁荣的难得时期，维吾尔文学一定会有一个辉煌的明天。谢谢！

2013 年 12 月

附：后记

选编此卷，我们身感责任之重大。尽管我们付出了巨大的努力，但心中始终留有一份遗憾和淡淡的忧伤。因为时间的飞逝和岁月的更替，当年充满活力的许多作家有的已经过世，有的已经年入古稀。他们把沉甸甸的作品留给了我们，并让我们继承了一种对文学的执著精神，更多地肩负他们的期望和时代的感召。对于维吾尔文学而言，发展是不可阻挡的趋势。中外文学始终在滋养着我们的文学，成为维吾尔文学发展的有机营养，这是我们坚信的理由。但同时，因为一些现实因素的影响，我们又不得不为维吾尔文学的明天担一份忧。我们希望我们的年轻作家能够肩负起伟大的历史使命，在时代的召唤下，不辜负前辈的期望，自信而坚毅地扛起文学的大旗，引领维吾尔文学走向更高的境界，用文学荡涤人们的心灵，用优秀文化揭示自我，用文明呼唤未来。因此，从这意义上讲，此卷书既是一种文学的展示，又有一种文学的期待，更有一份求学之盼。

维吾尔族卷编委会

2013 年 12 月 10 日

《新时期中国少数民族文学作品选集·苗族卷》序言

凌　宇

在由56个民族组成的中华民族大家庭中，苗族是一个来源古老的民族，其先祖是与炎、黄二帝比肩而立的蚩尤，故其族源可上溯至远古时期九黎部落及其后分布于“左洞庭、右彭蠡”的三苗集团。

在长达数千年的历史进程中，苗族不仅为中华文明的发展作出重要的历史贡献，而且创造了灿烂辉煌的苗族文化。苗族虽有自己的民族语言，却没有文字，故迄19世纪末在书面文学方面，除了见于方志与碑刻的一鳞半爪之外，没有留下自己的典籍。其历代久远的口传文学，却显示出杰出的文学创作天赋。

人间坐不安宁，
世上住不成家；
一帮代熊代蚩代酥，
一群代穆代来代卡；
又扶老携幼上迁，
又拨船继续上划。

从务滚务嚷上来，
从务流务泡上来；
从洞务洞党上来，

从洞焦洞湾上来……

跨江过湖上来，
穿云破雾上来；
行山依水上来，
走山靠山上来；
猎兽打鱼上来，
开山开土上来……

这是苗族史诗《鸺巴鸺玛》的一个片断。其所描述的是苗族由7个民族首领率领，分7路由洞庭—彭蠡平原湖泽地带，向湘西武陵山地区迁徙的悲壮图景。诗句语言素朴平实，节奏铿锵，叙述复沓回旋，具有强烈的音乐旋律与铺排叙事的强力。

在民族文学研究领域，曾有过中国古代诗人屈原族属为苗族之说。屈原生活于春秋战国时代，为楚国重臣。楚国虽与列国并立，却如周天子所说“非我族类”，由活动于楚国，称之为荆襄、三苗、楚族等组成。这些族群虽非同一民族的不同称呼，但很可能你中有我，我中有你。故断言屈原为苗族，虽难以确证，却也不是空穴来风。在中国文学史上，屈原是一位举世公认的伟大爱国诗人，其诗歌创作开启了中国文学的浪漫主义先河。屈原一生的经历与创作，与苗族结下了不解之缘。《九章·涉江》篇所叙，是屈原沿沅水溯流而上的经历与心绪：“朝发枉渚，夕宿辰阳。”“入溆浦余儃徊兮，迷不知吾所如。”其中枉渚（即今泸溪的屈望村）、辰阳（今辰溪）、溆浦一线，即为苗族聚居区。据苗族学者伍新福考证，《离骚》《九章》诸篇，常用以作结的“乱曰”之“乱”按汉语字面意无法解释，其实是苗语，意为“论是非”，故“乱曰”为“论曰”。又，《怀沙》篇篇名，按汉语语义亦无法自圆其说。而“沙”也是苗语，其意为“歌”。“怀沙”即为抒发牵挂国事民忧情怀之歌。另一位民族学者林河则认为，屈原的《九歌》之“九”，并非数词（实际上九歌并没有九篇），而是苗语，“九”即为“鬼”，“九歌”即为“鬼歌”。此说恰说明了其篇名与内容的高度契合。——屈原的诗歌创作与湘西当时苗族的生存方式、民族文化与文学，具有无法割裂的血肉联系。因此，沈从文曾说：“两千年前那个楚国逐臣屈原，若本身不被放逐，疯疯癫癫来到这充满奇光异彩的地方，目击身经了这些惊心动魄的景物，两千年来的读书人，或许就没有福分读《九歌》那类文章，中国文学史就不会如现在的样子了。”

囿于苗族没有自己的文字，加上整个民族长达几千年的悲剧性历史处境，即便以汉语为媒介的书面文学创作，直至明代方有蛛丝马迹可寻。如古体诗词的创作，虽始于明代，至清末民初方有一定规模，但也仅见于方志，没有选本刊行；散文亦为碑记与应试论文；小说更是付之阙如。直到20世纪20年代，苗族作家沈从文方才横空出世，成为中国现代文学星空中耀眼的巨星。他的文学创作不独具有自觉的少数民族意识与立场，并且具有世界性的现代意识与眼光。他的短篇小说创作实现了湘西世界原生态人生情状与文学诗意表达的奇妙结合，故司马长风称他为“中国现代短篇小说之王”。其代表作《边城》的原型地茶峒，即位于清代傅鼐所编《苗防备览》所附苗疆全图的边缘。小说集中抒发了偏处一隅的南方少数民族渴望被外部世界理解的千年孤独，以及对民族品德重修的强烈渴望，成为20世纪中国文学的经典；他在小说《凤子》篇中，借一位到苗区做客的城里绅士之口，对都市人生“神已经完全解体”和苗乡“神之存在，依然如故”两种不同生存方式的判断，则是从文化哲学层面对人的存在方式所作出的深刻思辨，为文学创作对人生的文化把握提供了堪称经典的把握方式。

尽管如此，迄20世纪上半叶，苗族作家仍寥若晨星。新中国成立后，随着苗族民族地位提升及文化教育程度的普遍提高，苗族文学创作开始呈现出欣欣向荣的喜人景观：一是在当代中国文坛上，出现了一个颇为壮观的苗族作家群，这个作家群主要分布于湖南、贵州、云南、重庆、湖北等省市。如，湖南的石太瑞、贺晓彤、向本贵、肖仁福、向启军、太阿；贵州的伍略、石定、吴恩泽、赵朝龙；云南的李必雨、杨明渊；四川的何小竹、卢一萍；重庆的第代着冬、何炬学；湖北的杨秀武、王月圣分别成为各自省市苗族文学创作的领军人物。此外，散居于台湾的李敖、姜穆，河南的侯钰鑫等，均为产生过广泛影响的苗族作家。二是创作成绩斐然。据朱群慧统计，在1950至2006年间，苗族作家创作并出版的文学作品有长篇小说100多部，中篇小说400多部，短篇小说集、散文集、戏剧影视剧本等各百余部，诗集50余部，其字数总量是苗族民间口传文学笔录文学总量的20余倍。不独创作数量蔚为大观，其品质亦不乏上乘之作。其中，获得国家级文学大奖的作品就多达30余部。三是苗族作家中，诞生了一个女作家群落。贺晓彤、姚筱琼、龙宁英、刘萧、熊幽、李桂英、李荣贞、刘霞、虹玲等，便是其中的佼佼者。

收入这部选集的作品，其作者大多分别出生于上世纪的三四十年代与五六十年代，这两代作家成为新时期以来文学创作的主力。在他们的作品中，对苗族人民的生存方式、文化传承以及民族风情的书写与吟唱，构成其最明显的特征。他们或将自己的言说植根于本民族的传说、神话、民间文学、叙事史诗的土壤之中，或者立足于苗区的人生现实，栩栩如生地写出当下苗族的生存状态，笔尖始终氤氲着浓郁的民族生活气息，以至有的作者获得了“金色芦笙吹奏出来的乐曲”“新一代沈从文”的赞誉。这些创作充分显示出苗族文学对自身独特的个性追求。在呈现农村生活本真面貌与民族文化传统的同时，关注民族文化传统与现代文明相互冲突又相互融合的现代乡村图景，并将其置身于改革开放潮起云涌的壮阔背景之下，构成新时期苗族文学的又一特征。超越乡土，涉足于乡土之外的题材领域，大幅度扩充苗族文学的题材、主题及创作方法领地，或者取材于某种独特的生活经历，书写异域风情及人生传奇；或者涉足“官场”“侦破”小说领地，以至成为当代“官场”小说的“三驾马车”之一；或者刻意追求文学表达的“先锋”色彩，跻身于“第三代”或“非非派”代表行列，使苗族文学创作向着题材、主题以及创作方法的多样性发展，成为新时期以来苗族文学的又一个潜在的趋势。

综上所述，自上世纪20年代以降，在包括沈从文在内的几代苗族作家的共同努力之下，苗族文学以其骄人的成就跻身于中华民族的文学之林，并取得了举足轻重的地位。然而，无论是就本民族的文化发展而言，还是就与其他各兄弟民族文学相互的比较而言，苗族文学依然任重而道远。1957年，沈从文在他的小说选集的题记中说：“我和我的读者，都共同将近老去了。”收入这部选集的作者，有的已经辞世，大多已经或行将老去，故进一步繁荣与发展苗族文学创作的重任，只能放在更新一代的苗族作家肩上。我们欣喜地看到，出生于70后的一代苗族作家，如张远伦、杨犁民、刘大程、西楚、王晓旭、吴治由、石清州、杨文升、刘燕成、向午平、蒲钰、秦芜、耿文福、末末、罗漠、杨秀廷、吴佳俊，已经脱颖而出，显示出较大的创作潜能。相信在他们及其以后的苗族作家的努力下，一定会迎来一个苗族文学更加辉煌的时代。

2013 年 8 月

附：后记

为繁荣发展中国少数民族文学事业，中国作家协会决定选编出版“新时期中国少数民族文学作品选集”丛书，并以民族立卷，总计 55 卷，500 万人口以上民族各一卷 2 册。首批选编出版的民族包括壮族、回族、满族、维族、苗族、彝族、土家族、藏族、蒙古族、朝鲜族 10 卷 19 册。苗族卷属于首批编选范围，具体由湖南省作协承办，广西作协、云南作协、重庆作协、贵州作协、湖北作协为合作单位。湖南省作协接到任务后，即刻组建编委会，主编由湖南师范大学文学院原院长、博士生导师、苗族作家、沈从文研究专家凌宇教授担任，副主编由湖南省作协原副主席、苗族著名女作家贺晓彤，湖南省文联原兼职副主席、苗族著名作家向本贵，贵州省作协副主席、苗族作家韦文扬同志担任。湖南省作协创联部副主任、一级作家余艳和湖南省作协少数民族文学创作委员会委员、苗族女作家龙宁英任主编助理。

班子组建起来后，我们即于 7 月初开始征集书稿和编审工作，一方面，由湖南省作协通知征集稿件；另一方面，我们通过各种渠道，从网上或从作家与作家之间互相联络，沟通信息直接约稿。全国各地苗族作家得到信息后，都热心地把自己的稿件纷纷发来给我们。截至 7 月 30 日，总计收到来自各省市、自治区苗族作家作品 130 多万字。经过初审，选出 80 万字左右的作品进入复审，最后定稿。从编选过程中，我们发现一个好现象，即苗族作家们多生活在基层，创作的作品都是取材于作家们生活的土地，取材于他们熟悉的生活，而且寄来的都是他们的力作，大都得过全国、或省级或地市、州级人民政府、宣传文化部门及刊物的奖励。从这些作品中，我们可以看出新时期以来苗族作家创作呈现出令人可喜的整体创作实力，很多作家及其作品曾产生过全国性的影响。这些作品为祖国少数民族文学百花园中的一朵朵奇葩，为苗族文学崛起于中国少数民族文学之林展现着独特的异彩和神奇的魅力，给人以艺术的享受，而且对人们进一步了解苗族，特别是新时期苗族的社会状况、苗族人民的心灵历程和风情有着重要的价值。

按照总编委要求，我们所选作品体裁上按照小说、散文、诗歌、报告文学编排，次序上按照作品首发时间从前往后编排。所选均为新时期以来公开发表的优秀文学作品。

苗族是一个古老的民族，苗族文学可以口头文学和文人文学（亦称书面文学）两大类型来区分。口头文学即浩如烟海的苗族民间文学，书面文学是苗族作家用汉字创作的原创文学作品。沈从文是苗族作家，是世界级的文学大师，更是苗族书面文学的杰出代表。文集中，我们特选了本选集主编、沈从文研究专家凌宇教授的一篇纪念文章和沈从文先生的儿子沈虎雏及两位凤凰老乡的三篇回忆，以示对苗族文学大师的纪念。

2013 年夏天是湖南有史以来最热的一个酷暑。夏日炎炎，编选新时期苗族文学作品选集无疑是一件工作量和难度极大的任务，但我们以极大的自信心和责任感，顶着酷暑抓紧编选，在主编、副主编、主编助理等的共同努力下，终于完成了任务。由于时间紧，任务重，在有限的时间里，我们力求编选作品能够全面地体现苗族作家新时期以来的创作成果和苗族地区整体风貌，但依然难免会有种种遗漏与遗憾。在这里，希望广大读者予以理解。同时，让我们向关心和支持我们苗族文学创作的领导、老师、朋友们表示衷心的谢意！

苗族卷编委会

2013 年 8 月

《新时期中国少数民族文学作品选集·彝族卷》序言

倮伍拉且

2012年9月18日至9月20日，我有幸参加了在北京召开的第五届全国少数民族文学创作会议。会议学习和贯彻十七届六中全会精神，回顾和总结了少数民族文学创作的发展成就、繁荣经验。中国作家协会主席铁凝同志主持大会开幕，中国作家协会党组书记李冰同志在大会上发表讲话，他指出："繁荣发展少数民族文学不能空喊口号，而要真抓实干。要立足长远，科学规划，全面部署，力求实效。今年以来，在深入开展调研的基础上，我们提出了实施'少数民族文学发展工程'的五年计划。我们决心经过五年努力，使我国少数民族文学跨上一个新台阶。"次年2月21日，中国作家协会少数民族文学委员会在云南省昆明市召开工作会议，作为委员我参加了会议。会议着重讨论了"少数民族文学发展工程"的实施办法、步骤。委员们一致认为，去年9月全国少数民族文学创作会议以后，党中央、国务院十分重视我国少数民族文学的发展繁荣，中国作家协会特别设立专项资金实施少数民族文学发展工程。短短几个月后，也就是2013年5月，我就收到《关于选编出版"新时期中国少数民族文学作品选集"的通知》，对选编内容、工作办法、工作进度都提出了细致的具体的要求。"彝族卷"被列入首批选编范围。我深深感到，伴随着对十七届六中全会精神、十八大精神的进一步深入贯彻落实，伴随着实现伟大中国梦、实现中华民族伟大复兴的历史进程，伴随着中国文学事业的大发展、大繁荣，彝族文学创作和其他55个少数民族文学创作必然迎来大发展、大繁荣的大好局面，促进少数民族文学事业的大发展、大繁荣。

在55个少数民族当中，彝族人口较多，接近一千万，主要分布在云南、贵州、四川和广西北部。在漫长的历史进程中，彝族人民在祖国大西南的群山峻岭间繁衍生息，创造出悠久、灿烂的历史文化传统。彝族有自己的语言文字，新中国成立以后，特别是十一届三中全会以后，彝族语言文字得到深入的研究和广泛运用。以凉山彝族自治州为例，四川《彝文规范试行方案》1980年经国务院批准，在广大彝族地区推广使用。目前，凉山彝族自治州有彝文日报，彝文文学杂志，电视台彝语频道，广播电台彝语频道，彝语电影译制中心，彝文教材编译室，等等。彝族民风民俗绚丽多姿，民间文学艺术丰富多彩。在民间文学方面，创世史诗值得一提，《梅葛》《查姆》《勒俄特依》《阿细的先基》《支格阿鲁》等结构宏大，语言独特、优美；训示长诗《玛姆特依》等思想深邃，内容丰富；叙事长诗《阿嫫尼惹》《阿诗玛》等优美动人，意蕴绵长。丰富多彩的彝族民间文学极大地丰富了中华民族的民间文学宝库。

彝族文学创作，或者说彝族的书面文学创作、作家文学创作方面，我认为主要起始于新中国成立以后。上世纪50年代初，军队干部、外地地方干部进入彝族地区开展工作，带来了科技文化，带来了文学艺术，带来了小说、散文、诗歌等文学式样。他们办医院、办学校，也办报纸、办杂志，自然就有了彝族作者，而且彝族作者、少数民族作者往往受到热情的鼓励、关怀和培养。彝族作家大量涌现，形成队伍，应该是新时期以后。

从“新文化”运动来看，我还没有在任何资料中看到过彝族作家的名字，几乎没有看到过彝族作家在上世纪20年代、30年代发表和出版的用白话（汉语）创作的小说、散文、诗歌等文学作品。即使有过作品发表和出版，我想也极其个别，不具有代表性，更不具有“少数民族文学”的意义、“彝族文学”的意义；就“现当代文学”而言，新中国成立以前（1949年10月1日中华人民共和国宣告成立，云南、贵州、四川、广西等彝族地区大都于1950年解放，几年后进行民主改革），具有代表性的彝族作家有李纳（女）、李乔，一个在解放区，一个在国统区，属于典型的热血青年、文学青年，受到“新文化”运动的影响和“新文学”的影响，受到革命的感召，走上革命的道路、文学的道路。他们属于彝族当代作家文学的开创者，彝族文学创作事业的拓荒者；新中国成立以后，彝族作家不断出现，发表、出版了大量的作品，但还没有形成队伍，没有形成一定规模的队伍，更没有形成“彝族文学”的概念。

彝族文学创作队伍的形成，日益壮大，始于十一届三中全会以后的新时期。这和大多数少数民族的情况是一致的。新时期以来，中国作家协会召开了五次全国少数民族文学创作会议，评选了十届全国少数民族文学创作优秀作品“骏马奖”，创办了《民族文学》杂志，开办过数十期少数民族创作笔会，鲁迅文学院开办少数民族作家班、翻译班多期；四川省作家协会设立“少数民族文学委员会”，设立“四川省少数民族文学创作优秀作品奖”，召开少数民族文学创作会议，开办少数民族文学笔会，出版少数民族作家作品选等。我想，云南和贵州、广西的作家协会也做了大量类似的工作，而且应该做得更多更好。云南、贵州、广西与四川比较，少数民族种类更多。可以期待，未来的少数民族文学创作队伍必然发展壮大，少数民族文学创作事业必然发展繁荣；彝族文学创作队伍必然发展壮大，彝族文学创作事业必然发展繁荣。

在这样的背景下，受中国作家协会的委托，我们选编了《新时期中国少数民族文学作品选集·彝族卷》。

2013 年 10 月

附：后记

刚收到中国作家协会《关于选编出版“新时期中国少数民族文学作品选集”的通知》时，我们既高兴，又发愁。高兴的是中国作家协会重视少数民族文学，不断给我们提供成长的机会和展示的平台；发愁的是怎样才能将好事真正办好？心中没底。彝族是一个人口众多（已经超过千万），分布广泛的“大民族”，要将跨越三十多年的精品佳作一网打尽，无异于大海捞针，简直无从下手。好在我们的团队领头倮伍拉且主席是一个很有智慧的人，他提出让青海省省委常委吉狄马加部长担任“彝族卷”主编。我们都眼前一亮，由吉狄马加部长来扛彝族文学的大旗，大家都有了主心骨。然后，倮伍拉且主席又提出：划片负责，包干到人，他本人负责四川省，纳张元负责云南省，禄琴负责贵州省，其他有彝族分布的省区，编委会集体负责帮他们选。

8 月 15 日至 18 日，统稿会在凉山州西昌召开。关于作家作品的排序也是一个难题，谁先谁后？中国人都很在意自己坐第几把交椅，我们没有水平，也没有那个能力来给彝族文学史排座次。倮伍拉且又提出一个绝佳的办法，同一类文体按作者姓氏的声母音序排。但是，9 月份总编委会在北京开会，多数编委不同意按姓氏笔画排序。经过讨论，统一意见：按作品发表时间的先后来排序。所以，现在的排序是严格按照作品发表的时间顺序排出来的，不代表你在当今文坛的名气地位，也不代表你本次文章的质量水平，只说明你的作品发表的时间先后。

8 月的西昌，依然热情似火，但品读篇篇佳作，让我们如饮甘露。本书的作者以他们的实际行动再次告诉我们，在文学创作的道路上从来没有平坦的大道，在坎坷崎岖的小路上夸父逐日般的无尽追寻中，你会遭遇一个又一个巧合和偶然，也会有一个又一个意外和错过。机会总是频频拜访那些有准备的人，现实的城市犹如雾中的风景，隐隐地散发着忧郁的美，承载着没有承诺的梦。任何一件事情，勤力做到极致，自然就会收获鲜花与果实——所谓天道酬勤，就是这个道理。

尺有所短，寸有所长。虽然我们已经尽力，但水平和视野所限，难免挂一漏万，遗珠之憾，在所难免。即使被遴选出来的这些文章，也并非尽善尽美，何况品读文章如同欣赏美女，萝卜白菜，各有所爱，见仁见智，都有道理，但毕竟迈出了可喜的一步。我们不缺智慧，缺少的是智慧的碰撞；我们不缺友谊，缺少的是心灵的沟通。我们渴望的是交流与碰撞，在交流与碰撞中绽放出绚丽的火花，照亮共同的心灵。

岁月总让人停留在时间的坐标上流连忘返，从期盼到遗憾。虽然是秋天，邛海边许多树木金黄的落叶却在不断随风缓缓飘落，以慢动作穿过空气的厚度和时间的长度，发出粗糙的摩擦声和尖锐的破碎声。时间的巧手缓缓穿过黑发，悄然间已是雪上双鬓，甚至白发如旗。不论时光如何流转，不论岁月的波涛如何无情地冲刷着我们的心灵，永不改变的是我们对民族文学的挚爱和不懈追求。

没有比脚更长的路，没有比人更高的山，我们将以文学的名义一路同行。

彝族卷编委会

2013 年 10 月 20 日

《新时期中国少数民族文学作品选集·壮族卷》序言

冯 艺

《新时期中国少数民族文学作品选集·壮族卷》在中国作家协会组织和领导下，由我负责主编。此卷选录了几十位壮族当代作家作品，分成两册付梓。这些作品，我以为对1978年以来的我国壮族文学以及它的创作发展趋势，虽是管中窥豹，但亦足以让读者比较清晰地了解它的现实意义和它的走向概貌。

在我国现当代文学中，壮族文学也有过令人瞩目的成就，涌现出华山、陆地、韦其麟等在全国乃至世界都具有一定影响的作家。1978年至今，是中国历史长河中一个重要的新时期，壮族社会发展实现了新的跨越，也大大促进了壮族文学的发展与进步。壮族文学所蕴涵的，它的独特价值与意义，乃正是反映了新时期以来壮族社会发展的这一历史现实。至于新时期壮族文学自身，从深层次说，它经过30多年的吸收、磨合和发展，也有了更具个性的表达，既凸现了本民族的母体文化又广纳人类多民族文化的精华，形成了自己发展的新的格局。1978年以来，韦其麟、韦一凡、王云高、周民震、莎红、凌渡、瑙尼等一批在全国有一定影响的中老年壮族作家，勤于学习，扎根生活，潜心写作，在新时期壮族文学初始发展史上写下了他们自己不少的篇章，在这一特定的历史时段，对影响和推动本民族文学发展具有积极的意义。所以，30多年来，壮族涌现出一批走向中国文坛的青年作家。可以说，他们是在前辈作家们的影响、支持下成长起来的。而在他们持续不断的努力下，壮族文学在创作理念、创作姿态与创作艺术以及民族意识、现实责任等层面上，更有较为清醒的自觉，并在实践中获得了不俗的实绩。据统计，新时期以来加入中国作家协会的壮族作家有50多人，加入广西作家协会和相关省区市作家协会的壮族作家已达500多人，已形成了老中青三代齐头并进初步繁荣的新文学态势。

文学是一种主观色彩极其鲜明和强烈的写作样式。它以充满作家个性特征的思想精神与情感体验，来表达作家个体对于整个人生世态和自然的丰盈与深邃，或思考自然和人生的关系，或思索生命和人生的困境、出路，弘扬真善美，鞭挞假丑恶。作家用自己的双眼和心灵洞察、体验与表现自己足下土地上所发生的一切——人事、人物、人心与人性，真诚而独立，清明而混沌，并艺术地或淋漓尽致或委婉含蓄地将它们表现出来。从本卷所选录的作品看来，我以为都得到了不同程度的体现。

壮族所创造的自己的民族文明，她的各种传统文化，以及她在现当代历史发展中的积极表现，和她本民族生存活动别具色彩的自然地理场域，都给壮族作家提供了极为丰富的想象力，为壮族文学承前启后、锐意进取提供了十分宝贵的营养。所以，当代的壮族作家怀着提高本民族精神文明的崇高信念，为对宣扬壮族文化的执著追求，他们或考虑国家民族和人类的命运，或思索自然现象的种种内涵；或抒写社会的动静与变迁，或描绘世态人生的追求与奋斗；或渲染壮乡大地的绚丽景色，或揣摩人们日常生活中种种常态。因此，在这里，在他们的作品中，既流淌着民族的感情，又激荡着自己的智慧与理性的火花。所以，本卷所选录作品，都或多或少或显或隐，具有一定壮民族的生活特色和地域风采。

民族文学与世界文学不是冲突、对立的关系，而是一种融合、共生的关系。在全球化的背景下，壮族文学要有所建树，并走向全国乃至世界。壮族作家深知，在写作中必须处理好文学的民族性、本土性，与现代性、区域性与世界性的关系。随着思想与艺术视野的不断开阔，当前壮族文学创作的发展愈来愈显出既善于发扬自己母体民族文学创作的长处，又积极吸取兄弟民族文学创作的许多优点；不少作家都有意识地去追求，将不同风格流派中的艺术与思想结晶，充满创造性地融化在自己的创作中。因为大家都明白，抛弃传统就失却了生存和发展的土壤，而拒绝创新是没有前途的。值得一提的是，壮族是一个视野开阔、包容性很强的民族。自古以来，她一直和汉族及其他少数民族来往密切，互通有无。正因为如此，壮族作家的许多作品，他们的人性关怀，不仅仅只在于自己的民族，还大量叙写和描绘了其他民族的生活。凡此种种，从本卷中的不少作品看，都充分说明了这一点。

壮族文学是壮族作家真情实感和艺术功力的表现，它是通过出色的文字表达出来的一种高品质的文学感知。语言的扎实功力和鲜活丰盈，是它取得成功的重要保证。只有丰沛的情感、深厚的思想和充满活力的语言渗透与结合，才能写出具有较好的民族个性、审美境界和艺术风格的佳篇来。然而，由于历史的原因，从古至今，壮族文人几乎都以汉语为自己写作的母语。由于壮语和汉语差异甚大，所以他们常常习惯地在脑海里将自己的民族语言翻译过一遍以后，才再寻找相对的恰当的汉语表达出来。其叙写的难度是可想而知，但壮族作家们并不知难而退。他们刻苦钻研，尽可能去熟练把握汉语，来努力写作，来构建自己的精神家园。本卷作品所提供的，正是壮族作家汉语写作丰硕成果的又一次展示。

当然，我们也清醒认识到，当下壮族文学的影响力与一些先进的兄弟民族的文学创作还有一定差距。也唯此，我才期待着我们的同胞们共同努力，携手促进壮族文学长足地进一步向前发展。

是为序。

2013 年 9 月

附：后记

中国改革开放 35 年是一段不可磨灭的完整的民族集体记忆。中国作家协会决定组织编选《新时期中国少数民族文学作品选集》，整体展示 35 年来我国少数民族文学风貌，积累新时期少数民族文学成果，并把壮族卷的编选任务交给我们，于我们来说是一种难得的机缘。

在中国作家协会的指导下，我们按照丛书编委会出版方案的要求，以最快的速度开始了这一浩大的文学编选工程。首先，我们根据丛书编委会的入编范围，进行广泛征集和推荐作品备选，并专门向广西壮族自治区以外相关省、区、市作家协会征询壮族作家的作品。在众多三量的壮族作家的优秀作品中采英集萃，编成了中短篇小说一册，诗歌、散文一册，并在小说册后附上长篇小说存目，在诗歌散文册后附上长诗、长篇报告文学存目。

编选壮族卷既是一个有难度的文学工作，也是一次向壮族同胞进行文学学习和致敬的机会。编选过程，始终得到韦其麟、韦一凡、凌渡、潘荣才等前辈老师的悉心指导，他们为编选工作提供了很专业的编辑意见。冯艺、严风华、向红星等司志做了大量的繁琐而具体的工作，尤其得到壮族作家的大力支持和踊跃供稿，广西文联文印室的同志也任劳任怨为老作家照排作品。可以说，壮族卷凝聚着很多同行的智慧与心血，在此，我们一并向大家致以深深的谢意！

因水平和视野有限，选编难免有遗珠和错漏之憾，敬请同行指正。

壮族卷编委会

2013 年 9 月 1 日

《新时期中国少数民族文学作品选集·布依族卷》序言

罗吉万

布依族文学，即当代布依族作家文学，发轫于上个世纪80年代初，可谓新时期之新事物，正是方兴未艾。

布依族，是贵州世居少数民族之一，历史文化源远流长。在过去的漫长年代里，由于布依族有语言没有文字，书面表达一直借助于汉语；有关布依族的文学艺术，多是对口传的民间故事、歌谣等类收集、整理的文字零散呈现。民、清时代的布依族文化人，乃如凤毛麟角，寥寥无几；及至中华人民共和国建国后的十数年间，布依族作家、诗人也仍旧屈指可数，散兵游勇，难成阵容。时至1980年代初，中国文学被“文革”荒废数年之后，在改革开放的春风中劫后重生，进入了空前繁荣的新时期。正是在这样的历史大背景之下，随着“中国少数民族文学”这一概念的确立与崛起，“布依族文学”亦应运而生，新人新作迭出，逐步展示出良好的发展态势。30多年来，布依族作家作者队伍不断壮大，迄今已有贵州省作协会员数十人，其中中国作协会员十余人。尽管其间大浪淘沙，随波逐流，搁笔“下海”者有之，改弦易辙，弃文从政者有之，尽管文学经受种种浪潮冲击而一度式微，但大多数至诚于此道者，仍在执著坚守，且成果斐然，创作出了大量的小说、散文、诗歌及报告文学作品。

中国作家协会启动“中国少数民族文学发展工程”，编辑出版“新时期中国少数民族文学作品选集”，对新时期少数民族作家作品进行全面的疏理及检阅。“布依族卷”的选编出版，乃是布依族作家群体所幸逢的一宗前所未有之文学盛事。这对于布依族文学繁荣发展行将产生的推动作用，无可估量，自不待言。

选入本卷集的60余篇文学作品，是60余位布依族作家、诗人自1978年以来辛勤耕耘的部分成果。其中，有诸多篇什在《人民文学》《民族文学》《当代》及《山花》等文学大刊推出之后，又被《小说月刊》及《小说月报》等权威选刊转载；有不少作家作品先后获全国少数民族文学“骏马奖”以及省级文学奖项，如潘灵、杨打铁、王家鸿及罗莲等等的小说及诗歌作品。卷集中的三代作家阵容，除了多数正当盛年的创作中坚力量，还有年逾古稀的老前辈，更有80后、90后的新秀。他们的文学书写，立足于本土，以真挚的民族情怀，饱蘸浓墨，反映现实生活，讴歌时代精神，或乡土情结，或城市梦影，或心怀忧患，从不同的层面及角度，塑人叙事，展现布依族人的生存状态及现代生活风貌，尤其是于当今“城市化”的进程中，关注乡村的变迁、农民的命运，以及进城农民工的生存困境。很多作品在发表及转载之时，都曾在读者中产生过一定的影响。

然而，毋庸讳言，收进本卷集的一些早期（小说）作品，由于还没有完全摆脱“文艺从属于政治”的樊篱桎梏，或多或少仍残留着概念化、公式化甚至于图解、编造的痕迹。这也是那个年代留下的历史烙印。不过，纵然如此，这些篇章也不失为一个民族的生存及变迁记录。至今读来，相比当年，又是另一番滋味。

当中国文学在全球化语境下，以多元化的开放态势迈向新世纪之际，布依族作家们开始对自身存在的缺失与不足深刻反思，曾两度举行“布依族文学论坛”，认真探讨布依族文学创作的现状及未来走向。文学界老生常谈的“越是民族的，就越是世界的”，固然无可否认，但难能一言以蔽之。就我们的作品而言，是不是已经堪称为“民族的”？怎样才能算是“民族的”？这其实正是我们早已面临的写作困境。所谓民族性、民族意识、民族特色，不仅仅是视觉中独特的歌舞风情、衣饰状貌，以及外在的地域习俗之类，还必须努力从历史和现实的高度，真正认识自己脚下的土地，才有可能使作品去“标签”化，由表及里，深入心理、触及灵魂，去发现（本民族）人物内在的个性特质，才有可能真正获得“民族的”文学境界。

当然，谁也不能要求每个少数民族作家都一定要写本民族的生活。作家只能写自己熟悉的生活。但是，对自己民族的人文历史、现实生态及未来命运的关注，作为一份不可回避的责任与使命，是一个民族作家的文学自觉。唯其如此，也才会更加努力地向汉族及其他兄弟民族作家学习，不断提高文学素养，开阔视野，把握时代脉搏，由个体及整体在创作上获取新的突破与超越。

2014 年 5 月

附：后记

我们所做的工作难度似乎并不大，至少从表面上看，好比将一颗颗散落四处的珍珠，搜集聚拢之后穿成串。眼下，这本《新时期中国少数民族文学作品选集·布依族卷》，电子书稿业已编排完毕，只等着打包发送中国作协了。然而此刻，我们的心情却并不怎样轻松，相反倒有些惴惴不安，总担心时间不够充裕，做事不够卖力，难免落下遗珠之憾。

其整个过程，都是在贵州省作协的主持和帮助下，顺利地完成的。

记得头一次开编委会时，贵州省作协就已经整理出了一份来稿目录，并且将作品的发表时间及报纸杂志一一标注清楚。正是从这里入手，一场小会开下来，从头到尾，大家都在搜肠刮肚，想到一个是一个，分头寻找那些漏网之鱼。是的，有些人已经离开贵州老家，比如，一个诗人去了北京，一个作家定居深圳；而有的人则生活在云南、四川等地，可能没收到征稿通知，作品也就无从传递过来。另外，有的人已辞别人世，我们得想方设法与其亲属取得联系，才好将其遗作收入此书。总之，每一次编委开会，都有人在不停地打电话、发短信。于是接二连三地又找到一些作者，一篇篇作品随之纷至沓来。

平时可能没怎么注意到，专业的也好，业余的也罢，我们的布依族作家，从阵容上看多少有点差强人意。然而，从作品的数量和质量上看，无须自夸，那完全是另一番景象。这一点，我们在编选书稿的过程中深有体会。即或如此，因篇幅所限，一位作者，也只能选一篇作品。对那些未能入选的作者，在此我们除了满怀歉意，深感无奈。每一篇作品，都如一砖一瓦，自有担当，而最终只有融为一体，才能完成这一份共同的使命：全方位、多角度、充分地展示我们布依族的文学创作成果，以及几十年来的发展轨迹。

感谢中国作协，编辑出版这套丛书之布依族卷，带给我们的不仅是欣慰，更多的是一种激励。

感谢贵州省作协，他们对少数民族文学满怀敬意，不仅是对这套丛书的相关部分，在许多方面都做了大量的工作。

最后要感谢我们自己，这本书的所有作者。既然木已成舟，就让我们稍微松一口气，然后继续前行。

布依族卷编委会

2014 年 5 月 8 日

《新时期中国少数民族文学作品选集·朝鲜族卷》序言

安国贤

中国朝鲜族文学在中国文学百花园中堪称奇葩，绽放着奇香异彩。随着改革开放的深入，社会的发展与国势的强盛，中国朝鲜族文学跟进时代，走向自觉，得到空前的拓展和繁荣，不仅为促进中国少数民族文学的发展注入新质，也为构铸强势的中华文明与时代精神融进不可或缺的基因。

中国朝鲜族文学的起源，可以追溯到19世纪中后叶，从19世纪末、20世纪初开始，崇文重教的朝鲜族中就有相当数量的知识分子写出大量与当时的现实相关的诗文，形成了具有进步思想倾向的中国朝鲜族文学的雏形。曾在朝鲜王朝官至三品，后流亡到中国的金泽荣是其中的杰出代表。他与当时的柳麟锡、申圭植、申采浩、金鼎奎等人，共同用古体汉文诗文奠定了中国朝鲜族文学的基础。

新中国成立后，朝鲜族的文学事业有了长足的发展。1956年8月15日中国作家协会延边分会成立（后更名为延边作家协会），成为迄今为止在全国地区一级行政区域唯一的中国作家协会直属的团体会员单位。目前，她已发展成为以朝鲜族为主体的多民族、多语种、多门类的作家协会，拥有650名会员，73名中国作家协会会员。

改革开放30多年来，据不完全统计，延边作家协会会员共创作了长篇小说103部，中、短篇小说集132部，诗集286部，儿童文学作品集213部，其他作品集598部，汉文作品集162部，累计共出版了1494册，还有不少作品在国外出版。其中1部小说获得全国优秀短篇小说文学奖；44部

46 人荣获全国少数民族文学奖，7 人荣获全国少数民族文学奖翻译奖；还有不少作品荣获省级、州级等文学奖。

回顾中国朝鲜族文学的发展历程，可以看出，新中国成立后在党的民族政策照耀下，中国朝鲜族文学经过几代人的努力，取得了骄人的成绩，涌现出许多优秀的作家。他们如：李旭、金昌杰、金学铁等老一代作家，还有金哲、李根全、金成辉、林元春、柳元武、李元吉、南永前等新中国成立后成长起来的优秀的作家，以及金勋、崔红一、许莲顺、李惠善、禹光勋、崔国哲、金革等改革开放之后成长起来的，如今在中国朝鲜族文坛成为中流砥柱的中青年作家。值得欣慰的是，中国朝鲜族作家用汉文创作的作家正在逐步扩大，并在中国主流文坛上占据一定的位置，如金仁顺、全勇先、金昌国、林雅琴等朝鲜族作家。更值得喜庆的是，如今，80 后用汉文创作的朝鲜族网络作家又在中国文坛风生水起。

这部《新时期中国少数民族文学作品选集·朝鲜族卷》的编译出版，旨在展示改革开放 35 年来中国朝鲜族文学强大阵容及巨大成就，进行新时期朝鲜族文学成果的积累，唱响共产党好、社会主义好、改革开放好的主旋律，进一步推动社会主义文学大发展大繁荣，加强社会主义文化强国建设，增进民族团结与社会和谐及国际文化交流。

本书的作品入选范围为 1976 －2011 年间在《延边文学》《长白山》《道拉吉》等朝鲜族刊物上发表过的，并收录在《中国朝鲜族优秀作品精粹》《中国朝鲜族文学优秀作品选》和《春华秋实》等作品集中，曾获得全国优秀短篇小说奖、全国少数民族文学“骏马奖”等文学奖项的优秀作品，不足部分延伸到获吉林省政府长白山文艺奖、吉林省少数民族文学奖、延边州政府“金达莱文艺奖”、延边作家协会文学奖等奖项中的优秀作品。我们在选定方案中，兼顾到了其他地区朝鲜族作家的作品和汉文原创作品、老中青作家的作品，还补充了各个时期代表中国朝鲜族作家的优秀代表作品。

中国朝鲜族母语文化非常发达，且体系相当完备，从幼儿一直到大学的教育以及各项文化事业都已形成极为完善的系统。在延边作家协会会员中，朝鲜族会员占会员总数的 85%。这些朝鲜族会员，多年来几乎一直用母语进行文学创作。所以，本书中的绝大部分作品只能译成汉文来编辑出版。这在很大程度上限制了把原创作品原汁原味地、尽善尽美地表现出来。

在读者阅读过程中，难免有很多不尽如人意的地方，这是令我们感到遗憾的，甚至是无奈的。好在通过《新时期中国少数民族文学作品选集·朝鲜族卷》的问世，能够让其他民族读者有机会了解和欣赏朝鲜族文学作品独特的魅力，也为读者了解中国朝鲜族、认知中国朝鲜族打开了一扇“窗口”。至于中国朝鲜族作家的审美视角和中国朝鲜族的历史和文化的艺术积淀，以及与此相关的这个民族的沧桑和底蕴，相信广大的读者通过此书中的作品，会有更直接、更真实的感受。

最后，我们向为这部书的出版给予大力支持的中国作协领导、创联部各位同仁及作家出版社的编辑们表示最诚挚的谢意。

2013 年 10 月

附：后记

文学是一个民族的灵魂和血液。随着社会的发展，文学已经成为振兴一个国家、一个民族的重要组成部分，成为推动经济社会全面发展和促进人类社会文明、进步的精神支柱和动力。

延边作家协会按照中国作家协会的具体要求，经过几个月的筹划，在中国作家协会各位领导的关怀和支持下，40 万字的《新时期中国少数民族文学作品选集·朝鲜族卷》终于问世了。此书虽薄，但包含了中国朝鲜族作家的思想和创作情感。

选编和出版此书，面对浩如烟海的朝鲜族文学作品，如何选编，如何取舍，却成为我们遇到的一个难题。因为我们生怕厚此薄彼，遗漏珠玑。经过反反复复的讨论，我们最终确定了选编此书的原则。小说和报告文学作品在荣获全国优秀中短篇小说奖、全国少数民族文学“骏马奖”等作品中选编；诗歌和散文作品主要在荣获全国少数民族文学“骏马奖”作品中选编，不足部分延伸到吉林省政府长白山文艺奖、吉林省少数民族文学奖、延边州政府金达莱文艺奖和延边作协文学奖等获奖作品中选编。如本人已获得上述奖项，但没有译文的作者，经本人同意，可以选其他同类作品中选编。小说部分考虑到不同时代的代表人物，如柳元武、崔红一、金革等三人的作品，代表着这一时代在读者中产生过较大影响，并且在中国朝鲜族文学史上，凡是已有定评的重要作家的作品。为此，编委会对这三位作家的作品也选编到此书中。

毋庸置疑，在中华民族文学中，汉文文学是主流。但是，这并不妨碍少数民族用母语创作的文学的重要性和独特性。而且，少数民族文学用母语创作的文学往往独树一帜，别有洞天，是主流文学须臾不可或缺的。

延边作家协会1956年8月15日成立至今，已走过了长长的半个多世纪，作协领导班子成员团结一致，尽职尽责、攻坚克难，带领中国朝鲜族和延边地区各民族作家和文学工作者，通过举办各种文学活动，如笔会、研讨会、出版纪念会等，搭建平台、交流创作观念，不断提高本会作家的创作能力，探索创作思路、创作环境，形成了优良的创作氛围。这支队伍，正朝着更高的创作目标不断迈进。

为了选编此书，延边作家协会多次召开党组、主席团会议，反复酝酿补充修改完善选编的原则，制定了详尽的方案，并由延边作家协会党组书记兼中共延边州委宣传部副部长安国贤担任本书主编，延边作家协会党组成员、专职副主席于曜东和崔国哲担任本书副主编。我们还聘请了中国朝鲜族著名作家金宽雄、崔红一、许莲顺等人为本书编委，成立了编委会办公室，具体负责本书的选编收集整理等工作。

由中国作家协会组织，且在国家一级出版社单独结集出版中国朝鲜族文学作品还是第一次，因此本书的出版不仅很好地体现了党的民族政策的优越性，更是对我们少数民族作家的一种鼓励。让我们以此次作品集的面世为动力，不断激发作家们的创作灵感、创作热情，不断提高创作质量，在不久的将来，继续奉献给大家丰富、精彩的文学作品。

朝鲜族卷编委会

2013年10月15日

《新时期中国少数民族文学作品选集·满族卷》序言

周建新

中国作家协会为每一个少数民族出版一卷文学作品选集，确实是件很让人鼓舞的事情，每一位能够入选的作家都会感到一种荣光。对于我们满族来说，上下卷两本书800多页，把我们民族主要作家都浓缩进去了。我们在这里团聚，在这里相互欣赏，也在这里陶醉。感谢中国作协，充当了各少数民族作家的后台，为我们提供了展示的舞台和交流的平台。

作为不再有母语的满族作家，对自身民族特色的独特探索是一个艰难的话题。严格地说，满族文学是以作家的民族出身来划分的。在中华民族文化的发展历史中，汉民族文化始终居于主导地位，这使得少数民族文化的发展常常有意识地学习汉民族文化，或者说是依附于汉民族文化。即使是在政治上拥有强势，统治中国近三百年的满清王朝，也未能改变其面对汉民族文化强势的示弱。

但，文化的包容性与互动性，决定了满族文学和文化在发展过程中借汉民族文化（语言文字）强势的躯壳依然保留本民族特殊的审美意识，包括民族心理特征、民族气质、民族的愿望和理想，以及民风、民俗等等组成的民族文学特征核心部分，都以满族文学自身特有的方式存在并且延续下去。

不管怎么说，满族文学依然是以汉民族文学为主体的中华文化的一个重要组成部分。这与满族这一民族诞生之初的包容性不无关系。从继承的角度上讲，满族作为一个民族共同体，主体为女真人，或谓以满洲地域作为族称的定名。据乾隆四十三年敕撰的《满洲源流考》记载：“从龙六十六国，归顺俱名满洲”。它一度成为当时回答“谁是满洲人”的某种固定言说，产生了“旗人即满人”的支配性认识，并且蒙汉军八旗也在这个过程中被覆盖到“满洲”的民族范围内。1950 年代划分民族时，原八旗汉军成员的民族成分划定为满族。因此说，满族在其诞生之初，便是女真、蒙、汉、朝鲜、达斡尔等民族的集合体，或曰东北各民族的大融合。

随着清代满汉文化接触的不断加深，满语逐渐衰落，并且最终被汉语所替代，即使是纳兰性德、西林太清等人异彩纷呈的诗词创作，也逃脱不掉用汉语的表达方式。现存的满族文学作品，大多用汉语流传下来，用满语文留传下的已经不多。

作为占领者，大量满洲贵族与八旗子弟“从龙入关”，将北京内城原有居民全部迁往城外，并按照八旗之制，分别占据京城。据清光绪三十四年人口统计显示，京城 41 万人口中，八旗人口占 54%。也就是说，有清一朝，北京城内一直以旗人为主。北京话的形成和发展，与这些旗人是分不开的。他们使用具有旗人味道的汉语，形成了如今北京话的前身。

也就是说，旗人逐步蚕食着依然占据强势的汉文化，满洲人的民风、民俗、民族习惯、民族心理，无不渗透在北京人的日常生活里。毫无疑问，有清一朝的北京，已经从最初意义上的军事占领，逐渐过渡到以汉文化为依托，以满洲人为核心的政治、经济、文化中心。事实上，“京腔”也就是满族文化的一种汉语表达方式。

满洲人的遗传基因里，有着很浓的艺术细胞。清代后期，都市满族成了相当艺术化的群体。尤其是一大批衰落了的八旗子弟，为了找到心灵上的平衡与慰藉，艺术成了他们调解生活的重要途径，渐渐地养成了整个民族的艺术志好，以至全民族艺术化的倾向愈演愈烈，以“撇京腔”来寻求动听的语感享受，用诙谐幽默的生活情调排遣光阴，甚至还把日常的礼节礼貌都安排得充满艺术性。不难看出，京味文学便如此相应而生，京味小说更成为人们关注的热点。所谓的京味小说，是以北京话进行创作，反映北京人的社会生活、风土人情，表现他们的审美观念、艺术情趣的作品。追溯京味小说之源，也就是探讨京味文学之源。

毫无疑问，在中国文学史上用北京话写作的要首推曹雪芹。他创作的旷世名著《红楼梦》，不仅是古典小说的顶峰，也是运用方言写作的典范。从血统上讲，曹雪芹先辈确系汉人，但从祖辈的身份上讲，却是正白旗包衣（仆人），属于满洲族群范畴之内，并且以旗人的身份三辈六十年出任江宁织造。曹雪芹的曾祖母还是康熙皇帝的乳娘，康熙帝南巡，就曾住在江宁织造府里。因此，从民族集体这个角度上讲，将旗人曹雪芹归属为满族作家是无可置疑的。文学是社会生活的反映，文学语言也应该是作家所熟悉的那个时代语言的记录。身为旗人的曹雪芹，他所熟悉的语言自然是乾隆年间带有旗人味的北京话。在小说《红楼梦》中，它一方面表现在满语词汇上，另一方面表现在满语的句式上。

作为酷爱艺术的旗人，特别注重语言的形象生动、满语的注入，极大地丰富了京腔的语言库。北京的土话，大多为满语为底色的汉化语言，保留着满语之音，披上了汉字之形，转而以汉语的身份扩充了京腔的词汇量，也使京腔的词语不可能在其他汉语地域内出现。在《红楼梦》的叙述语言，尤其是人物对话中，满语词汇比比皆是，如“克什（恩赐）”、“海龙（水獭）”、“妞妞（女孩）”、“虎妈子（假面具）”、“狠哆（驯斥）”、“喇忽（马虎）”等等。

一部《红楼梦》就是一部没落满族贵族的逆子用旗人所熟悉的北京话描绘出的满族贵族生活画卷。

曹雪芹的《红楼梦》开辟了京味小说的先河，一百年后的满族作家文康的《儿女英雄传》用北京话写作更大胆，其方言运用得更成熟。遗憾的是，这位满洲镶黄旗贵族，始终养尊处优。他是道光、咸丰年间的朝廷重臣，尽管都描写旗人的生活，尽管北京话运用得比《红楼梦》还要生动，尽管作品中直言不讳地强调的是旗人的生活，甚至大量地使用满语词汇，他却没有曹雪芹所经历过的痛，更没有《红楼梦》深邃的思想厚度。

尽管如此，胡适先生仍独具慧眼，将《红楼梦》与《儿女英雄传》拉到一起进行比较：“它的特别长处在于语言的生动、漂亮、俏皮、诙谐、有风趣。这部书的内容是很浅薄的，思想是迂腐的；然而生动的语言与诙谐风趣居然能使一般的读者感觉愉快，忘了浅薄的内容与迂腐的思想。旗人最会说话，前有《红楼梦》，后有《儿女英雄传》，都是绝好的记录，都是绝好的京语教科书。”

半个世纪之后，又一位以标准的北京话写作的满族作家诞生，弥补了文康的不足。那便是独一无二的老舍先生。他那精练纯正的北京话，北京下层人物的日常生活，诙谐幽默的风格，以及那种欲哭无泪的深刻，无不给读者留下深刻的印象。

北京话是老舍生来便享有的一笔文化财富。“京腔京韵”是经过一代代视语言为艺术的满人们的把玩、锤炼，才变成后来这么清爽悦耳、富有表现力的。青少年时代的老舍，对“京腔京韵”跟旗人社区的特殊关系颇有感受。得力于这样的语言熏陶，加上后天的努力切磋，老舍终于成了现代作家中运用北京大白话写作的一代宗师，他将北京话中内在的美感准确地把握住，再最大限量地释放出来。

老舍创作风格大多是“笑中有泪，泪中有笑”。他的代表作悲剧居多，可这些悲剧又往往以独创的幽默特色著称。这一风格，自然也起源于满民族的历史悲剧。随着清王朝的覆灭，本来已经落魄了的旗人，到了民国初年地位又下滑了一大截。本已很有艺术感觉的下层满人们，更是在插科打诨间讨得暂时而且可怜的心理快慰，久而久之，便养成了灰色的玩世不恭的幽默天性。老舍就在这种环境中成长。他的青少年时代，与拉洋车的、当警察的、卖艺的、做工匠的、干小买卖的生活在一起，与他们的命运休戚相关。于是，这类落魄旗人的生活原型，络绎不绝地被作家引进了他的那些不朽的作品中，成为20世纪中国少数民族文学最杰出的代表。

当下，正在创作状态中的满族女作家叶广芩的京味小说，所反映的生活面、创作个性和艺术手法，填补和丰富了京味小说的创作内涵。叶广芩系满族贵族叶赫氏的后裔。尽管因为年龄的原因，她没有经历过家族的由盛至衰，但她耳闻目睹的家庭变故、亲人们的生活遭际及社会文化历史变迁，都不断地强化着她对自己家族文化的感触与体悟。尤其是成年之后，她跳出北京，游历世界，以旁观者的理性思考与冷峻的审视，使她的文学触角伸向更久远的记忆与更深邃的心灵思考。无论其长篇小说《乾清门内》，还是中篇小说《梦也何曾到谢桥》《黄莲厚朴》《风也萧萧》及姊妹篇《雨也萧萧》，这些小说虽少了些惯常京味小说的调侃，但多了几分凝重与思考，呈现出一种与其他京味小说所展示与揭露所不同的文化情感特色，在客观上塑造着一种文化与生活的独特心史。

英年早逝的满族作家朱春雨反映满族历史生活的长篇代表作《血菩提》，重新审视满族及至整个中华民族的优长与劣根，对历史进行反思，通过对居住在巴拉峪一个满族族群上世纪30年代至新时期半个世纪的生活描写，质疑和颠覆了习以为常的历史叙事，呈现出了立体的、综合的、多元互补的意蕴，显示了浑厚而深沉的文化意义。在写作手法上，它构成了一个历史与现实、神话与传说、幻想与写实的交织叙事。有评论家指出，这是一部80年代寻根文学兴起时，被忽视了的优秀长篇小说。

部队作家庞天舒的长篇小说《落日之战》，通过对满族的前身女真族及其他北方少数民族的描写，勾勒出了一部辽代的民族兴衰史、战争史、英雄史，描写了战争给各民族人民带来的不幸和灾难，表达了作家对家园、对战争、对英雄的深切思索，蕴含着对人类文明、对人类历史的沉重反思。

其他满族作家的作品，大多不是描写满族生活与历史，有些已经被收录入本部作品集中，不再一一赘述。

有汉学家预言，中国下一个获得诺贝尔文学奖的，有可能是来自于少数民族的作家。我们暂且不去评价这种预言，但有一个事实不容忽视：汉语文学是由不同民族文化共同丰富完成的，从而形成了我们共识的中华民族文化。

交融是世界性的话题，信息社会已经将地球压缩成一个村子，文化的差异性越来越受到削弱。一方面，我们享受着人类共有的精神资源；另一方面，我们又对自身文化的不断消融困惑不已。就像美国的印地安人，下午盛装表演民族歌舞攫取游客的钱包，晚上西服革履融入主流社会的交际场所。其民族性除了表演便一无所有。

然而，当世界趋于无差异化的时候，灾难就降临了。保持文化的差异性，保持各种文化在交融中的相对独立性，才能保护住我们丰富多彩的世界。

就像袁隆平研究出的超级杂交水稻，假设没有海南的野生稗子，中国以及世界的粮食安全就将成为问题。自然科学与社会科学，在某种程度上惊人相似：生物的多样性，能让各种基因平等传承；文化的多样性，能让人类的灵魂寻找到不同的归宿。

少数民族作家，是中华大地上最接近自然、最接近原生态的“野生稗子”。把这种基因嫁接进中华民族文化以及世界文化中去，定会结出令人惊叹的硕果。

祝福我们满族作家，更祝福生活在祖国各地的各少数民族作家。

2013 年 10 月

附：后记

最后一次定稿，长长地舒了一口气。历时半年，反复筛选，最终确定 54 位作家的作品。掩卷沉思，不由得遗憾地摇摇头，最后一次下刀子，忍痛割爱删掉 76 页。想一想，厚厚的两卷本，长达 800 余页，都不能盛下满族作家的力作。由此可见，在满族的遗传基因里，有着丰富的艺术细胞。

这个多才多艺、作家辈出的民族，达到一定水准、产生一定影响的作家实在太多太多，即使已经尽可能挑选其中的佼佼者，难免仍有遗珠之憾。鉴于篇幅所限，有的作家优秀的中篇代表作没有选，而是选了短篇；有的作家好的作品是小说，却选了短小的散文；还有的作家本来已经入选，又不无遗憾地割舍了；还有几位作家，编者虽然想方设法地进行沟通与寻找，还是无法取得联系，不得不放弃对其作品的选载。

满族作家，虽然辽宁居多，但已遍及全国各地。毕竟是个人口超千万、居全国少数民族人口第二位的大族，加上没有集中居住地，选哪些作家作品，还是有一定难度。好在有舒乙先生挂帅，长期从事满族文学研究与评论的关纪新先生、赵志忠先生又给提供了大量满族作家的创作信息，《民族文学》的编辑提供了作家的联系方式，使得我们较为顺利地建立了和作家们的交流与沟通。

编委会的成员们，反复在电话里沟通，确定了所选作品。又经过中国作协的评审会，它们才最终确定下来。它们均为改革开放三十年来，创作持续时间较长，经过时间检验的作品。在作品的筛选过程中，我们坚持着三条标准：一是鲁迅文学奖、全国“骏马”奖获奖作家的作品；二是在各省作协举办的正规奖项中获奖的作品；三是被重点文学选刊转载和纳入年度选本的作品。

在本卷的编辑过程中，我们得到了中国作协创联部、《民族文学》杂志社、辽宁省作协、吉林省作协、黑龙江省作协、河北省作协的大力支持与协助。在此，一并表示感谢。

满族卷编委会

2013 年 10 月 15 日

《新时期中国少数民族文学作品选集·侗族卷》序言

袁仁琮

选编结束《新时期中国少数民族文学作品选集·侗族卷》，久久难以平静。

侗族主要聚居在贵州、湖南和广西交界处，也有一部分居住在湖北恩施等地，约300万人口，处于中华大地政治、经济、文化边缘地带，生存条件艰苦，发展滞后。不用说春秋战国时候长江以南大片地区被称为蛮方，即便到了明代，在理学家王阳明眼里仍然是“飞鸟不通”的地方。经过东汉时期尹珍、明代理学家王阳明在贵州多地大办教育，抗战时期大批专家、学者云集，贵州解放以及新时期西部大开发，侗乡才一步步地发展起来，才有今天还不能算十分灿烂辉煌，却也十分鼓舞人心的文学景观，才可能比较宽裕地从众多的作品中遴选这个选本。

侗族的祖先，可以追溯到秦汉时期的百越、干越。侗族和其他兄弟民族一样，有着悠久的民族文化，文学蕴藏极为丰富，它们包括民歌、神话、传说、故事、侗戏和作家文学。民间歌师集词、曲作家和歌唱家于一身，随口编词，即兴亮嗓，是侗族民间文学的特殊形式。由于受到种种条件限制，侗族作家文学的出现要晚得多。据考证，唐代大诗人王昌龄贬至湖南黔阳任县尉，来到侗族地区讲学、传诗，培养人才。其门人主要习唐诗，可惜无诗作传世。据说，侗族第一件文人作品是清嘉庆年间叙述竹坪寨学堂建校过程的碑文《以破天荒》。之后，才连连出现祖籍湖南沅陵的姚复旦、杨廷芳，晃县张相材，贵州天柱的杨昭敏、王天培、潘万霖，锦屏龙大道、王先平、杨和钧，剑河李世荣，广西石成山、杨胜辑、田庆章、苗延秀……侗族创作小说第一人是锦屏的王先平，第一部文人诗集则是晃县舒守恂的《东山集》。

解放后，人民当家做主，在党和政府的亲切关怀下，侗族作家文学有了长足发展，一批文学修养较高的参加革命战争的军人转入地方，走上文艺部门领导岗位，不少人还自己提笔写作。一大批学生从各级各类学校毕业后，满腔热情地投入实际工作，其中不少人走上文学创作道路，成为生机勃勃的侗族文学生力军。解放后至“文革”前，除了散篇，正规出版的长篇小说、各种集子不下十部。“文革”十年，一批有才华、有潜力的侗族青年作家受到批判，残酷打击，发展势头不错的侗族文学被无情摧残。粉碎“四人帮”后，全国进入发展新时期，侗族文学才随着改革开放的逐步向前推进和深入，渐渐出现生机，并稳步向前发展。正式出版和非正式出版的作品单行本和各类文学作品集子数量空前，难以统计，单是合集就有1998年民族出版社出版的《当代侗族短篇小说选》、1998年民族出版社出版的《侗族散文选》、同年贵州民族出版社出版的小说集《月地歌谣》、2006年广西民族出版社出版的《侗族诗选》。加上《侗族文学史》出版，不仅对侗族文学的发展做了全景式描述，也对不同文体的文学创作做了全面检阅。

从2006年至2011年，几年过去，侗族文学景况又大不相同，不仅涌现了一批年轻作者，老作家依然笔耕不辍、作品众多，质量也有大幅度提高，使选编本选集有了相当雄厚的基础。《新时期中国少数民族文学作品选集·侗族卷》着重于反映改革开放以来到2011年底侗族文学创作的成就，但受到容量的限制，不少有广泛影响的长篇佳作（包括长篇小说、报告文学、诗等）无法编入，书后的存目也不太全面，只好把本选集当作侗族作家作品的索引。更灿烂的百花园，更丰富更甜的蜜，得由读者日后亲往观赏和采集。

此次来稿数量之多，前所未有。入选作品的作者，不仅来自本民族聚居地区，还分散于全国各地。所从事职业也各种各样，有农民、公务员、军人、教师、学生、编辑、管理者、专家、教授。其题材也非常广泛，有农村、城市、学校、部队；有历史的、现实的……无论是小说、散文、诗歌、报告文学，无论采用什么样的表现形式，有一点却是共同的：都以饱满的热情赞颂改革开放以来中华大地上的巨大变化和炎黄子孙新的精神风貌，充满了昂扬向上的乐观情绪，具有相当的感染力，同时非常真实地反映了30多年来侗族社会生活的深刻变化。任选一篇（首）品读，都能感受到时代脉搏的跳动。

曾两次获全国嘉奖的小说《山葬》，写与旧习惯、旧意识、旧势力的决裂过程。《白牛》和《山葬》有某些共同之处，同样富于冲击力。小说《世界在他们眼前展开》作者站在时代的前沿，写改革开放初期，几位赴日本检验进口大型批量产品的中方代表对国家、对人民的忠诚和高度负责精神，谈判艰难，却取得圆满成功。作品大气，难能可贵。《我们寨的小木桥》写得亲切，不仅是生动的山乡生活图画，还耐人寻味。读《侗乡情思》《龙塘门客俏》《生死树》《一池幻梦》，有行云流水的感觉。《坐三次牢房的龙大道烈士》，除了给读者以高尚情操的熏陶，还能让人实实在在地体会到中国人走到今天不容易要倍加珍惜这个道理。《家有百岁忧》《故乡走向灵魂深处》《母亲的中药铺》三篇虽然各有侧重，但都生动表现了中华民族的传统美德。这是从封建的“三纲五常”中蜕变出来、赋予新的时代精神和内涵的美德，值得发扬。《桂林有个山歌王》《窗前断了你的歌声》两篇都描写出众的民间艺术家，他们把自己喜爱的艺术和党的事业、人民的命运紧密地结合起来，不仅为国家、人民作出了贡献，也提高了自己的思想水平和艺术水平。在侗族地区，正因为有这样一批不为名不为利的民间艺术家，生活才这样丰富多彩。

选集中的作品，是从180多件来稿中精选出来的，各有特色，可知侗族作家已经形成由三个不同时段构成的不可小视的梯队。一是解放前即有作品问世，解放后还坚持写作以及解放初期崭露头角，而今已步入老年的作家。他们有深厚的生活积累，丰富的人生阅历，创作经验丰富，艺术功底深厚，是侗族老一辈作家。二是进入新时期以后成长起来的作家，他们经历十年动乱、上山下乡、社会转型等等社会变革，阅历比较丰富，思想和艺术把握都比较成熟，作品有一定高度和深度，是侗族文学的中坚力量。三是上世纪90年代以后成长起来的年轻作者，他们热情奔放，勇于探索，新题材、新视角、新的表现形式，常常语惊四座，是侗族文学的未来和希望。

选集中入选的部分老作家、老诗人的作品，无论是思想境界和艺术修养都达到了相当高度。其技巧和语言运用都非常娴熟，写人叙事写细节举重若轻，读来自自然然，不生涩，不别扭。读他们的作品，不禁使人想起已故作家巴金的一句话：最高的技巧就是没有技巧。当然，这需要长期的艰苦磨炼，急了不行。同时，还必须经历“追求技巧”这个过程，才能达到理想的高度。

入选的中青年作家、诗人的作品较多，总的感觉是嗅觉敏锐，视野宽阔，有创新精神，有自己突出的优势。这是写出好作品的重要条件，但还不很稳定。有的人出了几篇好作品就质量下滑，甚至前后差距较大。文学前辈的实践经验证明，没有几十年始终如一的坚持，就不可能创作出自己满意、读者满意的作品。如果追逐时髦，追逐刺激，可能热闹一时，但时间一久，即如过眼烟云，会很快消失得无影无踪。

全国新时期少数民族文学作品选文本的征集、选编和出版都在中国作协统领之下进行。选集中的侗族卷在贵州省作协的直接领导下开展工作，具体事务由主编、副主编、编委共同操持。在选编过程中，没有把握的作品，经过反复商榷才定夺。总的来说，入选作品朴实而又厚重，突出了民族特色。这与整个民族的朴实、踏实有关。当外界物欲横流、低俗泛滥、人性兽性颠倒的时候，侗族作家坚守了自己的阵地。他们的创作没有偏离正确轨道，没有离开人民，没有离开生养自己的土壤。

写在前面的这些话，是否对阅读本选集有些好处，实在不敢说。

2014 年 4 月 13 日

附：后记

展示改革开放以来侗族文学成果的《新时期中国少数民族文学作品选集·侗族卷》终于定稿了，编委们感慨万分。侗族作家遍布全国，集中于贵州、湖南、广西等地。一卷书无法囊括侗族作家丰硕的创作成果。

为尽可能展示侗族作家创作群体风采，只能从众多作品中选优。具体承办本卷编辑工作的贵州省作家协会，在拟定编辑方案时就聘请了熟悉侗族作家创作状况的著名作家袁仁琮老先生担任主编，聘请中国社科院民族文学研究所研究员、原侗族文学会会长邓敏文和《民族文学》杂志社副编审、侗族文学会秘书长杨玉梅担任副主编，另聘请有一定影响的侗族作家或评论家以及贵州、湖南、广西等地有一定影响的作家、评论家担任编委。贵州省作协根据各方提供的侗族作家名单、联系方式，通过电子邮件、电话方式发送选编通知至贵州省各市州作协和湖南、广西、云南等地作协，或侗族作家进行交流沟通。省作协通过召开编委会或电话联系编委，将收到的作品请蔡劲松、姚胜祥、石佳能、杨秀刚等编委们分类审读，袁仁琮、邓敏文、杨玉梅则通读所有稿件，不断交流信息，反馈意见，与贵州省作协反复推敲入围作品。袁仁琮还将一些无电子版的稿件打印成电子版分发给相关评委审读。在短短3个月的时间里，编委们做了大量深入细致的工作，但受篇幅限制，原则上每位作家只能选择一篇（首）作品，在取舍上颇费心思；还有一些作家已入初选名单，但最终不得不忍痛割爱；另有几位作家虽经多方查询却始终无法取得联系，也不得不放弃其作品的入选。

根据中国作协关于“新时期中国少数民族文学作品选集”丛书编辑方案的要求，编委们严格按照入选原则选编作品，尽可能做到公正、公平，尽可能不遗漏有代表性的侗族作家，并兼顾整体性，努力展示侗族作家的集体风貌和辉煌成就。但是，由于该选集所需收集的作品发表时间跨度长，在选编过程中难免会疏漏，难免有遗珠之憾，敬请广大读者、作者海涵。

本卷的编辑工作，得到了中国作协创联部、《民族文学》杂志社、侗族文学会、湖南省作协、广西壮族自治区作协的大力协助，得到了广大侗族作家的鼎力支持。在此，一并表示感谢！

侗族卷编委会

2014年4月28日

《新时期中国少数民族文学作品选集·瑶族卷》序言

蓝怀昌

凡是关心现代中国瑶族文学的人，谁都知道历史学家取的是科学态度——忠实于客观；小说家、散文家、诗人等取的是艺术态度——忠实于主观。因此，对于中国瑶族文学的发展，主要是作家要用他的理想与意志去补天然之缺陷。一个民族如果没有自己的历史、或不懂得自己的历史，就是一个可悲的民族。

广西壮族自治区原政府副主席奉恒高先生主编的《瑶族通史》对瑶族文学的萌芽和发展做了比较客观的评价："20 世纪 60 年代，瑶族诗歌创作首先破土而出。李肇隆的短诗《喜到瑶家》《瑶寨新画》（1957），鲍夫的短诗《五月的田野》（1959）、《水的歌》（1963），辛古的《天安门有多宽》（1960），莫义明的短诗《剪禾把》（1960）……"诞生于瑶族文学创作的黎明时期。

到了 20 世纪 80 年代以后，瑶族短篇创作也获得了令人欣喜的成绩。《卖猪广告》（1981）、《八角姻缘》（1982）、《钓锋人》（1982）等短篇小说是这个时期在全国都有影响的作品，拉近了瑶族与其他民族的距离。待到长篇小说问世，如李波的《白眉王传奇》，以大革命时代为背景，描述了一群武林豪杰在中国共产党的领导下，配合瑶山农民自卫队跟反动兵匪武林败类展开惊心动魄的斗争的故事；蓝怀昌的《波努河》反映了瑶民在改革开放大潮中的渴望和追求、奋斗与沉浮；唐克雪的《雄枭阴鸷》，真实地再现 20 世纪 30 年代桂北瑶民暴动的历史事件。至此，我们认为，中国瑶族文学开始走向成熟。一个民族的文学成就，不在于作品的数量，而在于作家队伍的素质、作家群作品的质量、作家理论的觉醒。20 世纪 80 年代以后，广西瑶族作家红日、纪尘、蓝薇薇、唐玉文、唐剑明等人所显露的才华，说明中国瑶族文学的发展已经达到一定的高度。

从民间文学的搜集、整理开始，到各种文学作品在国内出版社、刊物、杂志的抢滩，瑶族作家群迅速成长，他们的民族自觉意识不断成熟，都令人欢欣。他们的作品说了他们的心里话："文学家……的作品也不是只为浮在面上供一般吃了饭没事干的人赞赏的奶油。"（黄鹏基，小说家）他们积累起自己的创作经验，已自觉地担负起对本民族优秀文化的传承责任，并对兄弟民族文化的借鉴和对外国优秀作品的吸纳作自觉理性的思考，从而形成了自己的民族风格。路，是艰难的，成绩也是辉煌的。

大家都知道，瑶族作家起步比较晚，走文学之路的人不多，加上先天不足，见识不广，书读不多，使瑶族文学创作在建国前度过许多黑沉沉的暗夜。直到 20 世纪 80 年代，还有一个瑶族作家问我："火车跑得那么快，一天吃多少斤草？"

这不是笑话，是酸楚的控诉。20 世纪 30 年代，有一个叫台静农的作家说过："人间的酸辛和凄楚，我耳边所听到的，目中所看见的，已经是不堪了；现在又将它用我的心血细细地写出，能说这不是不幸的事么？同时我又没有生花的笔，能够献给我同时代的少男少女以伟大的欢欣。"当然，文学创作是人类的一种特殊精神活动，也是社会生活的形象反映，"真正的文学家……应该先站起来……他应该充实自己的力量，让人们怎样充实他自己的力，知道他自己的力，表现他自己的力"（《鲁迅全集》第 252 页）。瑶族作家作为瑶族的一员，在瑶族社会生活中历练出了自己所属民族的心理素质和审美观念——一片树叶之飘动可以兆千山风暴之将来。

中国作家协会组织出版瑶族文学作品集《新时期中国少数民族文学作品选集·瑶族卷》，虽只是瑶族文学江河之一滴，但它是党中央对瑶族人民的关怀与厚爱的体现。《新时期中国少数民族文学作品选集·瑶族卷》的出版，标志着瑶族文学从搜集整理民间文学开始步入到成熟的阶段。时候到了，等待够了，让我们的汗水洗去疲劳，分享改革奋斗之喜悦。

2014 年 7 月

附：后记

“新时期中国少数民族文学作品选集”是一套佳作荟萃、群星璀璨的少数民族文学丛书，由中国作家协会主编，作家出版社出版。它不仅是一个时期少数民族文学创作成果的集中展示，也是少数民族文学走向新征程的起点。新时期以来，广大少数民族作家不辜负党和国家的厚望与重托，牢记使命和宗旨，以自己的勤奋与才华创作出众多无愧于时代与人民的精品佳作。他们是各民族文化的代言人，他们的作品已成为各自民族文化的精髓。这套丛书的选编，秉承科学性、时代性和权威性的标准，目的是使之臻为典藏读本。这不仅是向优秀作品致敬，更是向创作出这些优秀作品的少数民族作家们致敬!

《新时期中国少数民族文学作品选集·瑶族卷》作为该套丛书的选本之一，由广西作家协会组织经验丰富的瑶族作家、编辑家进行选稿和编辑。本书分小说、散文、诗歌三部分，收录了自 1976 年至 2013 年期间公开发表、出版、获奖的文学作品 65 件。作品入选力求精致，强调代表作和成名作，入选的瑶族作家在全国或者本民族中有较大的影响力和知名度，同时兼顾各个不同年龄段的作家，突出新老结合。

瑶族是一个具有 200 多万人口的较大民族，人员分布非常广，河南、云南、贵州、广东、广西等均有分布，因其居住环境和人文环境特异，形成了独具特色的民族文化。《新时期中国少数民族文学作品选集·瑶族卷》收入的很多作品，大都体现出瑶族作家特有的艺术气息和艺术感染力。在审稿和编辑过程中，我们一直被这种艺术气息和感染力所萦绕，仿佛穿梭于时空的隧道，重走过改革开放三十多年的峥嵘岁月。

我们要感谢那些辛勤创作的瑶族作家和文学家们，是他们用优美动情的文字带给我们无限的精神享受和灵魂洗涤。他们，最值得所有人尊敬!但愿这本书的出版能把我们的敬意传达到他们手上，这是我们最大的心愿。由于编辑时间仓促，书中难免存在错漏之处，敬请读者作者批评指正。

瑶族卷编委会

2014 年 6 月 6 日

《新时期中国少数民族文学作品选集·白族卷》序言

晓　雪

在祖国西南边疆，有一个被称为“东方瑞士”的地方。

它的西边，苍山十九峰，气势磅礴，雄伟高峻，山顶终年积雪，山腰云横玉带。

它的东边，洱海二百里，碧绿晶莹，波光闪闪，白帆鼓满春风，渔歌随风荡漾。

苍山倒映在洱海里，洱海更加清澈透明。洱海映照着苍山雪，苍山更加巍峨神奇。

唐代诗人杨奇鲲吟咏：“风里浪花吹又白，雨中岚影洗还青。”明代诗人李元阳写道：“日丽苍山雪，瑶台十九峰。”诗人感到，在瑰丽的朝阳照耀下，冰清玉洁的苍山像瑶台一样迷人。这里，“天气常如二三月，花枝不断四时春”。

这就是大理白族自治州首府大理的所在地。白族人民就世世代代诗意地栖居在这人间仙境般的苍山洱海之间和它的周围。

洱海金梭岛等地出土的石刀、陶鼎、铜剑、铜斧，说明早在新石器时代，白族先民就在洱海区域繁衍生息，4000 年前这里的沃野上就翻腾着稻浪千顷。

公元前 109 年（汉元封二年），汉武帝在这里设置了叶榆郡。在唐宋两代先后建立的南诏、大理国时期，白族人民和彝、回等民族一起，在这里创造了繁荣的经济、先进的科学和灿烂的文化，大理成为云南的政治、经济、文化中心，被誉为“亚洲文化十字路口上的古都”。公元980年，大理古城和宋都开封同时被列为世界十三大城市之一。

风雨不动，直指蓝天，永远屹立的三塔，显示着白族人的风骨和志气。沉洪雄浑，幽远清澈，千年回响的崇圣寺的钟声，述说着“妙香古国”的悠久历史。

曾经拥有36寺72庵108所庙宇的鸡足山，“金殿空中香雾迷，十里松风吹不断”，是香火兴旺的著名佛教圣地。万山丛中茶马古道上的“千年白族村”，依山建有文庙、武庙、观音殿、玉皇阁。崇拜神话和现实中的英雄，信仰本主的白族人民，也兼容儒道佛，接受三教合一的文化。

特有的地理环境、绮丽的山水风光和悠久的历史文化，使勤劳智慧、诚实善良的白族人民形成了自己热爱生活、热爱自然、尊师重教、讲究礼仪、胸襟开阔、善于学习的民族特点和优良传统；既热爱家乡，以造福桑梓为荣，又鼓励外出闯荡，志在四方；既立足于本乡本土，保持自己民族的传统，又努力向汉族、其他兄弟民族和外国人民学习，融汇中外文化之精华。由于白族只有自己的语言，没有自己的文字，所以白族人民历来重视首先向汉族学习，凡有条件的，从小启蒙就学汉语、识汉字，通过读汉文的经典掌握博大精深的中华文化。

因此，白族不光有极其丰富、代代相传的民间口头文学（民歌、民谣、民间故事、神话传说、寓言笑话、曲子词等等），而且早在汉代就有用汉字著书立说的学者，向司马相如学经的张叔，著有《赋心》四卷的盛览等文化名人，《全唐诗》收入了杨奇鲲、段义忠、董成三位白族诗人的诗。宋、元、明、清几代也曾出现了一批又一批的白族诗人和学者。辛亥革命前后到上世纪30、40年代，赵藩、赵式铭、杨杰、张耀曾、周钟岳、李燮羲、徐嘉瑞、马子华、罗铁鹰、欧小牧、马曜、杨明等白族诗人、作家和学者，曾先后活跃在我国文坛和学术界，作出了各自独特的贡献。

中华人民共和国成立以后，特别是党的十一届三中全会以来，白族文学也像我国其他少数民族的文学一样，进入了全面发展繁荣的新时代。现在的白族作家，不是屈指可数的两三个、七八个，也不是十多二十个，而是成百上千，从中国作协到省、州、市、县作协的白族会员，已形成一支数量可观、朝气勃勃、不断成长壮大、老中青三代并肩前进的文学队伍。他们不光写新诗、旧体诗词、散文、杂文，也写短篇、中篇、长篇小说，也写报告文学、传记文学，也写电影、电视文学，也搞文学艺术评论和文学史的写作研究。他们中有诗人、小说家、散文家、文艺评论家、影视文学作家和教授，也有诗歌、散文、小说皆优或创作与评论“双枪并举”，在全国有广泛影响的“多面手”。这部白族卷因限于篇幅，只选了72位作者改革开放以来创作发表的短诗、组诗（包括200行以内的小长诗）、散文和短篇小说，所有长篇作品（包括在全国获奖的长篇小说、报告文学和影视文学作品）和文学艺术评论均没有选，而且每位诗人、作家只选一种体裁的作品。即使诗歌、小说、散文都写得好的作家，也只能选某一种体裁的一件作品。

“五四”运动以后，自由体新诗应运而生，有着几千年辉煌历史的旧体诗词一度被排斥到边缘地带。各种版本的《中国现代文学史》《中国当代文学史》，包括《中国当代少数民族文学史》《中国当代少数民族文学史论》等都不写、不讲旧体诗词，各种“五四”以来和新中国成立以来的诗文选本，包括《中国新文艺大系》《中国少数民族文学经典文库》等等，都不选旧体诗词。个别选本选了毛泽东诗词，这是不公正、很遗憾的。近百年来的新诗固然成绩很大，但旧体诗词创作的成绩也不能低估。特别是改革开放30多年来，写旧体诗词的队伍迅速壮大，旧体诗词的创作出现了蓬蓬勃勃的繁荣景象，其中也不乏佳作名篇。现在中华诗词学会的会员已达两万多人，比中国作协会员还多得多。2012年9月28日至2013年3月28日开展的首届“诗词中国”传统诗词创作大赛，参与活动的总人数达到2160.023万人，短信覆盖的总人数达4361.7万人，累积短信参与总量达1.29亿人次。也就是说，在大赛期间全国平均每天有12万人在参与这项原创旧体诗词的创作传播活动。拿我们大理白族地区来说，光是剑川县景风诗社的白族社员，从1987年到2007年的20年间，在全国各地报刊发表的诗词作品就有近10000首。许多退下来的老同志，“诗思勃发传余热，笔势纵横涌巨澜。古调喜翻新境界，佳音不厌百回弹”。事实证明，旧体诗词即中华传统古典诗词这一体裁形式，至今仍然充满生机，仍然为广大群众喜闻乐见，仍然能够表达新时代的生活内容、民族心理和时代精神，适应各民族广大读者的新的需要。新诗和旧体诗应当并驾齐驱，互相学习，共同发展。而白族是自古就有阅读、背诵、喜爱和写作中华诗词的优良传统的，改革开放以来白族地区的诗词创作也像全国其他地区一样，取得了可喜的成就。所以这一卷的诗歌部分，我们特意选了张子斋（1913—1989）、欧小牧（1913—2003）、张文渤（1922—）、张文勋（1926—），赵椿（1938—）等五位白族老诗人的诗词作品。

参与编这部书，我把新中国成立以来，特别是改革开放以来的白族文学创作，作了一番简单的回顾和比较，我感到：

第一，改革开放以来，白族作家队伍不仅在数量上大大地增加，还在不断地发展壮大，而且在新的历史条件下，老、中、青三代作家都普遍增强了自己的民族意识，增强了民族文化自觉和文化自信。他们满腔热情、充满自信和自豪地歌颂自己美丽的故乡和伟大的祖国，歌颂自己民族的优秀传统和英雄人物（包括神话传说中的民族英雄），也以科学的态度和冷静的眼光，观察自己民族在改革开放的沸腾生活中因巨大的社会变革而引起的种种矛盾冲突和深刻变化，反思自己民族的历史文化传统，审视自己民族的心理素质、风俗习惯和思维模式，看到了自己民族的优秀和不足，从而在有些作品中把对真、善、美的歌颂和对假、恶、丑的鞭挞很好地结合起来。而不论是歌颂或批判，不论是写历史题材、神话传说或反映现实生活，他们都努力在不同形式的作品中表现出自己的民族气质、民族特色和民族精神。

第二，在建设有中国特色社会主义理论的光辉照耀下，白族作家也同全国其他民族的作家一样，思想解放了，眼界开阔了，认识深化了，在创作上不断突破禁区，拓宽题材领域，开始走向思想和幻想、内容和形式的广阔天地，走上了按文艺的特点和规律，以自己独特的方式广泛地、多方面、多角度地观察、分析和反映生活的广阔道路。《白族卷》中入选的作家最大的生于1913年，最小的1987年才出生，年龄相差70多岁。但从他们的作品可以看出，他们都以开阔的视野、开放的胸怀和开明的智慧在抒写和歌唱自己的民族、亲爱的祖国和伟大的时代。他们的艺术生命深深扎根在苍山洱海之间，深深扎根在自己民族生活的深厚土壤和文化传统之中，但他们都在面向现代化、面向世界、面向未来。他们不同体裁、不同题材、不同风格的作品中，都闪耀着民族的精神和时代的光彩。从总体上来说，白族的老、中、青三代作家，都努力在自己的创作中把民族传统的深入开掘和时代精神的艺术表达结合起来，把弘扬主旋律和提倡多样化结合起来，把民族化和现代化结合起来。

第三，在继承和发扬本民族优秀文学传统的同时，新时期白族作家也很注意学习汉族和其他少数民族以及世界各国文学的好的传统和新的创作方法、表现形式和艺术技巧，从而在语言、体裁、风格、手法等方面不断探索和创新。我们从这个选本也可以看出，有些白族作家，特别是中、青年作家，正自觉地坚持走自己的路，在创作中按自己的独特方式和审美意识进行探索，努力开辟自己新的艺术天地，创造与别人不同的属于自己的新的艺术世界。这是可喜的现象，应当肯定、鼓励和支持。

第四，从总体上来看，新时期白族文学的发展还不那么尽如人意，比起有些走在前面的兄弟民族来，我们创作的数量和质量，我们文学队伍的整体水平，都还有很大的差距。真正思想深刻、艺术精湛、在国内外有广泛影响的鸿篇巨制，真正无愧于我们亲爱的祖国、伟大的时代、也无愧于自己民族的经典作品，我们还没有写出来。伟大时代在召唤，祖国人民在期待，苍山洱海也在盼望着。让我们百倍奋发努力，长期坚持不懈，不断攀登高峰，写得更多更好！

2014 年 5 月 19 日

附：后记

秋去春来，又到了雨丝绵绵的夏日，不知不觉已逾半载，《新时期中国少数民族文学作品选集》白族卷的选、编、校工作也告一段落，不求尽善尽美，但也基本囊括了改革开放以来白族的主要作家作品，也收录了一部分刚刚崭露头角的新人新作，算是对新时期白族文学的一次回顾和总结，这将是白族文学一部承上启下的重要选集。

此次选编的“新时期中国少数民族文学作品选集”是中国作家协会对少数民族文学创作倾力扶持的具体体现。中国作协、云南省作协对此项工作极为重视，几次召开会议，对编辑工作提出严格的要求，对编辑人员进行扎实的业务培训，自始至终对整个选编工作进行督查指导。我们深切地感受到中国作协、云南省作协对少数民族文学创作的重视、关心和扶持，唯有努力工作、勤奋创作，以此表达感激之情。

“白族卷”的选编，得到了广大白族作者的热烈响应和支持。一些德高望重、早已享誉海内外的老诗人、老作家，自选佳作寄给编辑，并叮嘱尽量少选他们的作品，多留一点版面给新人。这样的长者风范令我们肃然起敬。一些颇具影响力的作家，在编辑要求下反复斟酌、反复删选，力争将自己最好的作品呈现，其严谨认真的态度令人感动。这次发现的新人新作，有较大的潜力，尤为可喜。

在编辑过程中，我们欣喜地看到白族文学不断发展进步。老作家、老诗人依然有佳作呈现，60后、70后、80后作者已经成为白族文学的中坚力量。除了白族聚居的云南省大理州、昆明市等形成了白族文学的中心地带之外，北京、贵州、四川、湖南等省市，也有一些写出高质量作品的白族诗人、作家出现。这是令人鼓舞的。

当然，我们也清醒地认识到自身的差距，白族文学要走的路还很长。且不要说把白族文学放在整个中华文学的巨库中，就是在少数民族文学这一领域内也存在很多弱势，需要白族写作者努力去弥补、去追赶、去超越，勤奋耕耘，写出自己满意、读者喜欢、专家认可的作品。

“白族卷”的选编，涉及北京、云南、贵州、四川、湖南诸省市，范围较广、作者众多、作品量大、工作艰难。由于字数的限制，又要照顾到全面性、广泛性，更要注重作品质量，最终在数百件作品中选出70多名作者创作的小说、诗歌、散文。对一些重要的长、中篇作品未及入选，颇有遗珠之憾。且由于编辑水平和视野有限，难免有不尽如意之处，也可能有一些未及选入的好作品，敬请见谅！

白族卷编委会

2014年5月

《新时期中国少数民族文学作品选集·土家族卷》序言

蔡测海

中国新文学历时百年，对于中国汉语的开拓做出了新的贡献。自白话文运动开展以来，“五四”文学健将们手中的薪火代有人接，中国文学的星空繁星璀璨。现当代作家在努力承接本土文学传统的同时，借鉴海外的文学经验，经过不懈努力，创造了一个崭新的文学时代。诸多经典作品、文学大家已经被写入现当代文学史。他们的作品，将继续流传下去，哺育民族的心灵。

新时期以来，尤其是上个世纪八九十年代，中国文学重新步入黄金发展时期，一大批身怀抱负的文学新人登上文学舞台。三十多年过去，新时期文学的成就亦可圈可点。

在这一支文学劲旅中，我们时常看到一些少数民族面孔；在这一大批优秀文学作品中，我们经常读到充满了民族特色的作品。当然，我们所指的民族特色，并非我们肉眼可见的那些民族符号，比如说服装、习俗等等，而是彰显着民族精神、体现着民族智慧的内在的质地。无疑，少数民族作家握起他们手中的生花妙笔，加入到了这支合唱队伍，并发出了光彩四溢的令举座皆惊的声音。

少数民族文学是中国多民族文学重要的组成部分。少数民族文学由于少数民族作家多有自己的宗教信仰，从而流露出了某种特别的神性力量，从而具有了别具一格的审美价值。另外，少数民族作家长期生活在边疆或者是偏远之地，而这些地方的自然生态环境相对较好，民俗传统保存得相对完整，人心是淳朴的，人性是美好的，这些因素也就使得他们的作品是崇尚大自然的，是崇尚美好人性的。他们的作品既接地气，又有精神上的高度。

土家族近代栖息在长江三峡、武陵山一带，存在巴国遗风，怀三峡激情，濡染武陵之灵气。土家族的书面文学和民间文学都很发达，长诗《黑暗传》影响深远，“竹枝词”影响过一代大诗人刘禹锡。

土家族的民族身份，1956 年才得以确立。但是，在此之前，土家族作家已经开始了文学创作，并取得了举世瞩目的成就。不用说土司时期的田氏诗人，举沈从文一人就已足够。

新时期三十年，土家族作家亦没有沉默，他们以笔为旗以文为号，在中国文坛甚至是世界文坛吹响了文学的号角，发出了这个民族洪亮的心声。他们以一部部颇具分量的优秀作品，在中国文坛频频发声，并屡屡在国家级的文学奖项中夺魁捧杯，显示了土家族作家的强劲实力。如黄永玉的《浪荡河上的汉子》、孙健忠的《甜甜的刺莓》、汪承栋的《雪山风暴》、李传锋的《退役军犬》、蔡测海的《远处的伐木声》、叶梅的《五月飞蛾》、彭学明的散文以及陈川的《羊皮的风》、田耳的《一个人张灯结彩》等一大批优秀作品，已经在中国文坛奠定了自己的地位。当然，还有诸多土家族作家，如颜家文、冉庄、邓斌、向国平、张心平、冉冉、田永红、喻子涵等为土家族文学赢得了荣誉。更年轻的一批土家族作家正在迅速成长，他们将有更美好的前景。

这都是一些长期生活在湘鄂川渝武陵山区的作家，他们把根扎在厚厚的田野里，开出了芬芳的花，结出了惊喜的硕果。他们胸怀三峡和长江，写出了这个民族的坚忍和浪漫，写出了壮丽的诗篇，写出了土家儿女的精气神。他们重视历史、关注现实、憧憬未来，所以他们能写出史诗性的著作，能写出生活的喜怒哀乐，能写出小人物的悲喜命运。他们总是把目光看得很远，他们的作品指向未来。

目前，中国社会正处于一个特殊时期，我们的土家族作家没有逃避现实，而是积极地融入到了这波澜壮阔的画卷里，用他们的如椽大笔撰写这个民族新的史诗。

在民族文学的定位上，我更倾向于叶梅提出的多民族文学这个概念。多民族文学，正是将少数民族与汉族置身于一个平等的位置。只有我们自身定好了位，才能以一个更加开放和包容的姿态，以更加开阔的视野和情怀，去经营我们的文学。

我们坚信，包括我们土家族文学在内的多民族文学，在党和政府的关怀下，在这日新月异的21世纪，一定会给我们的母语增添新的光辉，给中国文学增添新的光辉！

2013年8月

附：后记

为了展示改革开放35年来中国少数民族文学强大阵容及成就，进行新时期少数民族文学成果积累，进一步推动社会主义文学大发展大繁荣，加强社会主义文化强国建设，增进民族团结与社会和谐及国际文化交流，中国作协决定编选《新时期中国少数民族文学作品选集》丛书。这是一件功在当代、利在千秋的文学工程。

根据要求，土家族卷由湖南省作协负责编选。湖南省作协很重视这项工作，并为此召开会议，确定了编委会成员，由唐浩明、龚爱林担任编委会主任，王跃文、叶梅、李传锋、陈川、莫傲、蔡测海、梁瑞郴担任委员。主编由我出任，叶梅、李传锋、陈川任副主编。事实上，我认为叶梅、李传锋和陈川担任主编比我更合格。只不过是我身在湖南作协，还担任一些职务，开展工作更方便罢了。

在本卷丛书的编选过程中，中国作协给予了很好的指导，湖南省作协、湖北省作协、重庆市作协、贵州省作协等给予了大力支持。李传锋、陈川等推荐了很多年轻有为、有创作实绩的作家，这也让我们意识到，年轻一代土家族作家正在成长、成熟。鲁迅文学奖获得者田耳就是一个显著的例子。我们的编选工作，不分地域，不分作者身份，不分长幼，一切以作品说话，以保证这个作品选的质量，使之能够代表新时期土家族作家作品的最高水平。当然，我们也遵循了以下几点原则：1. 优先编选获得市州以上文学奖项的作品；2. 优先编选发表于国内重要文学刊物或列入年度排行榜、入选各类文学选本的作品；3. 所选作品内容健康、特色鲜明，符合党和国家政策、宗教、文化政策。

经过近三个月时间的广泛联系和组稿，最后共收入 54 位土家族作家的作品。其中，小说占 23 人、散文 18 人、诗歌 12 人、报告文学 1 人，既收入了黄永玉、贺捷生、孙健忠、叶梅、李传锋、颜家文、汪承栋、陈川、田瑛、彭学明等早已成名的作家的作品，也收入了田耳等风头正劲的青年作家的作品，还收入几位来势很好的 80 后作家的作品。大部分作家，是经联系后由他们自己将作品发送给我们的。也有少数几位作家，由于没有确切的联系方式，经多方联系也没有联系上，便由具体负责本卷丛书编辑工作的同志，借助互联网搜来了他们的作品，如黄永玉的作品《太阳下的风景》、贺捷生的《贺捷生散文》、汪承栋的《拉萨河的性格》等。

从总体上看，该卷丛书将改革开放三十多年来具有代表性的土家族作家作品都编进来了，集中展示了土家族作家的创作水平，也从一个侧面反映了新时期以来中国文学的水平。但是，因为编选时间较为紧张，工作人手有限，视野的局限，难免存在遗珠之憾。但是，我们认为，只要是好作品，一定能通过各种方式长久地流传下去，就像上下几千年的中国文学，就从来没有断流过！

在此，我们代表编委会向为该卷编选工作付出努力的领导及同事们表示感谢，向各位文学同道的支持表示感谢。借此机会，让我们一起祝福中国文学，祝福中国民族文学！

土家族卷编委会

2013 年 8 月 1 日

《新时期中国少数民族文学作品选集·哈尼族卷》序言

哥　布

我十二三岁时，我们家还栽种旱谷（也叫地谷）。顾名思义，它是栽种在旱地里的谷物。它的哈尼语名称是 Dolceil（哈尼文，音“多车”），“车”为谷子，“多”有两层意思，一是与水田对应的“旱地”的意思，二是与低海拔河谷对应的“高山”的意思。就是说，这个谷种既适应干旱，也适应高海拔，更不需要平整的土地。那年春天，我和父母在一片坡度较大的山坡上砍草、挖地、播撒谷种。秋天的时候，经过母亲收割、晒干、木碓舂米、簸筛去皮等系列工序后，香喷喷的旱谷饭终于摆上了篾桌。饭粒粗实，饭香纯正，软似糯米。毫不夸张地说，这是我一生中吃过的最好吃的米饭，没有之一！

实际上，对于哈尼族人来说，比栽种旱谷更拿手是耕作梯田。哈尼族是氐羌系统族群，从青甘川藏高原逐渐向南迁徙，如今生息于云南的“三江两山”，即红河、澜沧江、把边江流域，哀牢山、无量山山脉。在四川一带，他们参与了三星堆文明的创造，并开始了稻谷的栽种。他们带着谷种一路南迁，在云南南部创造了山地稻作农耕文明。在哀牢山，哈尼梯田从山脚开到山头，宛若天梯，在阳光下闪闪发光，蔚为壮观。哈尼族世世代代耕作梯田，梯田和劳动是这个民族的信仰，他们的宗教和文化总是跟随梯田发生和发展。“哈尼梯田文化”由此诞生。哈尼文化即为哈尼梯田文化。

2013 年 6 月 22 日，联合国教科文组织将红河哈尼梯田列入世界文化遗产名录。

哈尼梯田文化的精髓是敬畏自然、保护环境，努力构建人与自然、人与神、人与人之间相互尊重、相互依存的人伦关系。哈尼族文学是哈尼梯田文化重要组成部分。哈尼族那些古老而脍炙人口的长诗无不闪耀着梯田的亮光，如《胡培朗培》（有的译作《哈尼四季生产调》）、《罗护演斗》（“祈福歌”之意）等。总之，梯田以及梯田耕作为主的山地农耕气息紧紧萦绕在这个民族的灵魂深处。

20 世纪 50 年代，哈尼族作者阿朵和毛佑全在报刊上发表散文和诗歌，哈尼族作家文学自此发端。70 年代，西双版纳哈尼族作家朗确以发表于《云南日报》的散文《茶山新曲》开始了他的文学创作之旅，该作品并摘得第一届全国少数民族文学创作骏马奖。新时期以来，哈尼族作家及作品如雨后春笋，频频在《民族文学》《诗刊》《人民文学》《中国作家》《文艺报》《边疆文学》《滇池》等报刊亮相，形成了一个人数众多、作品具有鲜明特色的充满活力的作家群。存文学是他们中最引人瞩目的作家之一。存文学创作视野宽阔、精力旺盛、极具才情，他的作品曾两次荣获全国少数民族文学创作骏马奖，并有庄重文文学奖、云南省文学艺术奖励基金奖等多项荣誉，他近年出版的长篇小说《碧罗雪山》广受文坛好评，由此改编的电影在国内外多次获奖。艾扎、诺晗、冯德胜、井力等作家也分别在小说、散文、诗歌、文学评论等方面各有骄人建树。更为可喜的是，大批 60、70 后作家作为哈尼族文学的中坚力量，正在迅速成长，他们踌躇满志、辛勤笔耕，为文学的百花园增辉添彩；更有 80 后作家显露锋芒、后来居上。

哈尼族作家文学与哈尼的传统文化一脉相承。他们的作品大多抒写故土情怀、梯田恋歌，把灵魂深处的梯田文化和与生俱来的善良与美丽自觉或不自觉地奉献给读者。难能可贵的是，他们中的一部分作家是用哈尼民族的母语创作的。这样的好处之一，是能更直接而准确地传达出农耕民族那心底秘而不宣却又闪闪发光的温情。作为梯田文化的一部分，哈尼族作家文学同样承载了尊崇并顺应自然、真诚友善和低碳环保的价值观。随着哈尼族农耕文化的外在形式——哈尼梯田的文化价值被联合国认可，哈尼族的文学也随之具有了世界性的价值高度——这在理论上是完全成立的。人类对文化多样性的需求，使每一个民族的文学都具有了独特的生命和不可替代性。关于文化多样性重要意义，我在别的文章里有较为详尽的讨论（参见拙著长诗《神圣的村庄》后记《我为什么用哈尼文写诗——全球化语境下文化多样性意义探求与文学实践》，云南民族出版社 2013 年 3 月版)，这里不再赘述。

30 多年前，当我和父母在山坡上汗流浃背播撒旱谷，我们都没有想到，有一天我们将再也吃不到、甚至见不到这样的谷物。是的，30 多年了，我再也没有见过谁栽种旱谷。也许这个稻种就此灭绝，就像许多不知不觉消失的事物。

所幸还有其他物种，所幸还有各具文化的各民族！

2014 年 7 月 4 日

附：后记

在中国作协的关心帮助下，《新时期中国少数民族文学作品选集·哈尼族卷》按要求完成编辑。

本书收录了 56 位哈尼族作家的中短篇小说、散文、诗歌、报告文学等作品共计 40 万字。选编的多数作品是发表在公开报刊上的，少部分选自出版社公开出版的个人或多人作品集，极少数作品选自内部报刊。

编委会分工如下：朗确负责西双版纳傣族自治州的组稿，泉溪负责普洱市的组稿，莫独、艾吉负责红河哈尼族彝族自治州的组稿，其他地区由存文学、艾扎和哥布负责组稿，最后由主编哥布统筹选编。

我们力求不遗漏哈尼族中有实力有影响的作家和作品，但也可能百密一疏。由于篇幅及作品发表时间所限，部分近年涌现的 80、90 后作家未能入选本书，是为憾事。其他方面也有可能不周，还望大家海涵。

哈尼族卷编委会

2014 年 7 月 4 日

《新时期中国少数民族文学作品选集·哈萨克族卷》序言

艾克拜尔·米吉提

文学是心灵的桥梁，翻译是文学的桥梁。没有这两座桥梁，操着不同语言、生活在不同地域文化环境中的人们的心灵，就很难真正获得立体交叉式的沟通。由中国作家协会实施推进的中国少数民族文学发展工程，是一项宏大的国家文化项目。自2013年启动以来，正在分期分批陆续组织出版《新时期中国少数民族文学作品选集》及民译汉、汉译民作品系列。摆在读者面前的哈萨克卷，便是《新时期中国少数民族文学作品选集》成果之一。

哈萨克族99%的作家、诗人都在用母语创作。自改革开放之初，我就时常听到前辈和同辈哈萨克族作家诉说他们的夙愿，热切期盼他们的作品走向更为广阔的世界。而这部哈萨克卷所选取的作品，有在20世纪50年代初期，以一首诗《从小毡房走向全世界》（常世杰译）享誉文坛的老诗人库尔班阿里的诗作，也有尼合迈德·蒙加尼、夏侃·沃阿勒拜、马哈孜·热孜旦等哈萨克族读者耳熟能详的代表性诗人的代表作品。

当然，这是一本混合卷，其中既有诗歌译作，也有小说和散文译作。窥斑见豹，可以大体上认知新时期以来哈萨克族文学发展轨迹。另一种文学和社会现象也包含在了这本选集中，即新时期以来出现的艾克拜尔·米吉提、叶尔克西·胡尔曼别克、哈依霞·塔巴热克、阿依努尔·毛吾力提等直接用中文创作的作家诗人的作品也收录其中，可以让读者了解当下哈萨克文学基本轮廓。

文学创作翻译需要一支高水平的队伍来实现。尤其值得一提的是，这本作品集不仅收录了老一辈哈萨克文学翻译家常世杰、姚成勋、张森棠、焦沙耶、张孝华等的译作，还收录了叶尔克西·胡尔曼别克、哈依霞·塔巴热克、阿里、韩玉文、金炳喆、哈那提古丽·木哈什、库拉西汉·木哈买提汉、波拉提·巴德力汗、星星、吉恩斯古丽等后起之秀的译作。令人欣慰的是，这些年轻的翻译家，大多是哈萨克族，且受过良好的中文教育，他们对中文亦能驾轻就熟。通过他们优美的译文，读者可以分享美的意境。如果细心关注不难发现，这些年轻的译者中，哈萨克族女性翻译家已占绝对比重。这一可喜的现象，在无声地宣示中国社会发展的步伐和一个民族文化地位的提升。无疑，文学是一个社会发展进步的催化剂，是一个人、一个民族提升综合素质的精神素养，更是一个国度建设文化强国的文化力量。

此为序。

2014 年 8 月

附：后记

“中国作协少数民族文学发展工程”已经实施一年多了。其中，今年的“新时期中国少数民族文学作品选集”出版计划里，涉及新疆少数民族文学出版计划的有哈萨克族卷和锡伯族卷出版任务。今年年初，在接到中国作协工作安排之后，新疆作协召开主席团会的会，对这项工作做了重点部署，要求在完成去年维吾尔族卷选本的基础上，对今年哈萨克族卷和锡伯族卷的组稿及翻译工作做具体安排，并组成哈萨克族卷编委会和锡伯族卷编委会。

哈萨克族卷本的筛选工作，严格按照中国作协出版工程项目的有关要求，组织相关人员对文稿进行筛选，力求所选文本能够反映近30年来，哈萨克族文学创作的整体水平，能够反映改革开放30年来边疆地区哈萨克族的生产生活及人们的心路历程。经筛选并翻译，所选作家作品以30年来哈萨克族作家老中青代表性作家和诗人为重点，并特别侧重于老一代作家和中年作家，对其作品所反映的现实生活广度和深度、民族文化特质做了深度关注。在这里要值得强调的是，随着新时期国内汉语文学创作在题材和体裁方面的不断探索及示范，也随着上世纪八九十年代内地文学作品被即时翻译成哈萨克文，这一时期的哈萨克族作家们在与汉语系及其他兄弟民族的写作保持一定进度方面做了大量的努力。这一批作家以中短篇小说及长篇小说作家乌玛尔哈孜·艾坦、乌拉孜汗·阿合买提等老一代作家为主力，将更多的笔墨聚焦于对人性的描写。特别是在新的历史时期，由于社会转型的速度不断加快，经济发展的区域性不平衡等影响给普通人带来的生产生活变迁与精神焦虑，引起了这一代作家的深刻关注。作家们力求通过自己的观察与思考，揭示生活的脉络和人们的内心世界。已故作家乌玛尔哈孜·艾坦生前就写下大量这样的作品。他的长篇小说《水准线》《猎物与猎枪》，以及这本选集中的中篇小说《两头雄羊何时开战》所写的正是这种背景下作者对生活的思考。“两头雄羊何时开战?”看起来写的是两个男人争夺后代的故事，事实上也提出了一个哲学层面上的问题——这个世界应该能够按照它自身的规律去发展！乌拉孜汗·阿合买提已经是一位年过七旬的老人，但近来他的创作一直关注现实生活，有关作品从思想性和艺术探索上开辟了哈萨克族文学创作的新探索。可以肯定地说，乌拉孜汗·阿合买提的创作走的是哈萨克文学的乡村叙事道路；艾克拜尔、夏莫斯·胡马尔、孔盖·木哈江等作家的作品，也从不同的侧面和角度探索和挖掘了纷繁复杂的生活，带给人们的生命体验与人们的心路旅程。这些作品还在反映民族生活和文化传统、特别是在经济社会急剧变化的时候，在坚守优秀的民族文化精神家园方面做出了努力。在这个选本中，我们很少看见文本对主题和时代生活的空洞表达，而是看到它们一直遵循着文学创作的规律。在文本的叙事上，新时期哈萨克族作家们不仅借鉴兄弟民族文学，同时也借鉴包括哈萨克斯坦文学在内的外国文学，并结合作家们的个人探索，使作品能够展示出新时期哈萨克族文学创作的探索与进步。30年来，在哈萨克族作家笔下反映最多的一个题材是：关于对人与环境的思考。

可以说，在绝大部分作家笔下，这一话题都有过不同的反映。朱玛拜·比拉力的作品，最能够代表这方面的探索和表达。这些作品和作者大多获得过国家级及省级文学创作奖，在哈语系读者中享有较高的认可度。此选本中，还有一部分是直接用第二语言进行创作的原创作品和翻译作品。他们的作品不仅在哈萨克语系民族文学创作中有较高的影响，在全国少数民族文学读者中也具有一定的影响。这是中国哈萨克族文学创作 30 年取得的一大成绩。

哈萨克族是一个有着诗歌传统的民族。近 30 年来，岁月的淘洗和磨炼，使哈萨克族诗人们的思想更趋成熟，情感也更加深沉。此选本中的诗人基本上是哈萨克语系读者高度认可的诗人，所选作品也大多是早先翻译过的作品。其中，代表性诗人库尔班阿里的创作轨迹，代表了新时期哈萨克族诗歌创作历程。他的第一个诗歌创作高峰曾出现在新中国诞生后的 50 年代至 60 年代初，代表作《从小毡房走向全世界》曾是中国哈萨克族现当代诗歌最具影响力的作品。其灵感来自于 1950 年诗人随宋庆龄、郭沫若等著名人士出席在华沙举行的世界和平理事会第二次会议。诗歌以饱满的热情、明快的诗歌语言、丰富的诗歌想象，表达了诗人的情怀。新时期以来，库尔班阿里的诗歌题材更加丰富，风格更加厚重。他的诗作不仅思索“昨天的痛”，也思索“前天的痛”，诗歌语言中理性与议论、叙述与抒情并进。新时期另一个代表诗人是乌玛尔哈孜·艾坦。他的诗歌具有广阔的思维，广袤的人文视野，且开创了哈萨克新诗的先河（由于选择了他的中篇小说作品，这次选本没有选他的诗作）。新时期另一位值得关注的诗人夏侃·沃阿勒拜的诗歌以优美著称，体现出鲜明的民族特色，充盈着浓郁的草原气息。除上述诗人，阿斯卡尔·塔塔纳依，马哈孜·热孜丹等也都很有影响力。

总体上看，这些作品基本上能够代表新时期以来哈萨克语系作家作品的总体风貌。但由于部分代表性作家作品所写题材与“中国作协少数民族文学发展工程”有关要求有些距离而未能进入本选本。另外，由于新时期哈萨克语文学创作中的散文及报告文学偏少，又因已经翻译的相关作品数量有限，这两类文学作品在本选本中没能占到太多的篇幅，实属遗憾。

本作品选中母语原创作品的汉译者，有一部分是八九十年代活跃于翻译文坛的老一代民译汉翻译工作者，有相当一部分是 30 年来成长起来的翻译力量，其中又以哈语系从事汉译的译者居多。大家在接到任务之后，为做好本书翻译工作作了大量努力。在此，我们对所有参与翻译的人员表示真挚的感谢。另外，中国作协和新疆作协的工作人员也为本书的翻译出版做了大量具体的工作，一并表示感谢！

哈萨克族卷编委会

2014 年 6 月 7 日于北京

《新时期中国少数民族文学作品选集·傣族卷》序言

征　鹏

作为中华民族大家庭一员，与其他兄弟民族一样，傣族具有悠久的历史和独具特色的民族文化。作为傣族传统文化象征的贝叶文化，博大精深，源远流长，仅贝叶经、纸本经就有84000“康”（部）之多。它涵盖了佛学、历史、哲学、文学、艺术、天文历法、生态学、心理学、医药、伦理道德、风俗民情、生产生活知识等。作为贝叶文化重要组成部分的傣族民间叙事长诗，千行以上的就有五百余部。口头神话、传说、故事、谚语、歇后语等，更是浩如烟海，不胜枚举。在傣族民间，几乎每个村寨都有大家喜爱的章哈（歌手），不是歌手的人一般也有一定的演唱能力。有人说，傣族是个诗歌的民族，傣族地区是诗歌的海洋，傣族是世界上最爱笑的民族；澜沧江边、瑞丽江畔的每一片树叶，几乎都有一个动人的故事，几乎都可以变成热情洋溢的诗行。

傣族传统文学的先天不足是体裁单一，品种单一，只有诗歌、神话、传说、故事等，没有小说（在佛经文学中仅有类似小说的作品）、散文、纪实文学、戏剧文学等文学体裁。20世纪50、60年代，在党的“百花齐放，百家争鸣”“古为今用，推陈出新”的文艺方针指导下，傣族地区涌现出康朗英、康朗甩、波玉温、庄相、刀保乾、岩峰、岩鹏等著名歌手和诗人。他们的作品《傣家人之歌》《流沙河之歌》《彩虹》《三个傣族歌手唱北京》《幸福的种子》《丹棕颂》《玉娥的新衣》等，以及译成汉文出版的傣族民间叙事长诗《召树屯》《娥并与桑洛》《松帕敏与嘎西纳》《嘎龙》《葫芦信》《三只鹦哥》等，对我国文坛产生了一定的影响，受到广大读者的激赏和欢迎，从而奠定了傣族文学在中国文学中的地位。然而，这些作品均为诗歌，仍然没有小说、散文、纪实文学、戏剧文学作品，体裁十分单一。

进入20世纪80年代后，随着党的文艺政策的进一步落实，西双版纳和德宏先后创办《版纳》《孔雀》等文艺期刊，以鼓励各民族作者创作反映新时期改革开放中人和事的文学作品，同时鼓励少数民族作者用本民族文字创作小说、散文、纪实文学、戏剧文学作品。有了这两块文艺园地，又有园丁的培土、浇水，傣族作者便开始用汉文、傣文创作小说、散文、纪实文学、戏剧文学作品。在大家的共同努力下，陆续发表了傣族作者帕罕的小说《蜜多萝熟了》、方文琴的中篇小说《傣锦情缘》、刀正明的小说《五十度包谷酒》、岩林的小说《渴望幸福的人》、刀金枝的小说《钓鱼》等。同时，也出现了傣族作者用傣文创作的小说，如玉拉罕、岩温、玉光、波温勒等，他们是用本民族文字创作小说的第一批作者。

可喜的是，1988年3月，傣族作家方云琴（女，德宏人）、征鹏（西双版纳人）合著的长篇小说《南国情天》由人民文学出版社出版。评论家、作家张承源指出："这是新中国成立以来傣族作家所著的反映傣族现代社会变革和现实生活的第一部长篇新作。"它"作为第一部长篇巨制，不仅实现了零的突破，……而且以其反映生活的广度与深度，人物众多，主要人物个性鲜明，情节生动，故事新颖等特点而吸引广大读者。若要论及小说的成功之处，我认为在强烈的时代性、独特的民族性艺术性、东西方文化的融合等方面颇具特色"①。评论家、老作家王松说："从艺术的角度去考察和评价这本书，我认为它的主要成就是塑造了傣民族的人物形象，这就是男主人公勐畹坝土司刀承宗和女主人公混血儿美丽的丹瑞·埃利。这两个人物的塑造之所以成功，是因为它不仅把一位傣族土司写得活灵活现，而且把一个意大利人和缅甸人的混血儿完全傣族化了。"②《傣族文学史》指出：《南国情天》是傣族当代文学的第一部长篇小说，"它是当代傣族文学创作第二次崛起的标志"，"它塑造了一系列具有鲜明个性的人物，为傣

① 见《小说评论》1991年第一期，张承源著《傣族现代生活的历史画卷——评傣族第一部长篇小说〈南国情天〉》。

② 见《民族文学研究的新起点——评长篇小说〈南国情天〉》，王松著，《民族文学研究》1991年第三期。

族当代文学的艺术画廊增添了光彩”，它“继承了傣族文学擅于抒发感情的优点，又跳出了傣族文学的传统模式，吸收了国内外文学的表现手法，在继承与创新的探索中迈出了可喜的一步”。①

继《南国情天》之后，又陆续出现了汉文长篇小说《流亡土司》（征鹏、唐中一著）、傣文长篇小说《象滚塘》；中篇小说《傣锦情缘》（方云琴著）、《金蕉雨》（召罕嫩著）；傣文中篇小说集《邻居》（刀正明著）等。同时，也出现了长篇纪实文学《勐泐末代王族》《从领主到公仆》《傣王宫秘史》《溅血的王冠》《康朗贺》（以上五本为征鹏著）、《王城暮色》（帕罕著）、《娜允傣王秘史》（召罕嫩著）等，以及大量的散文、诗歌、戏剧文学作品。可以说，傣族文学创作由此进入了新的时期，文学体裁从单一性开始走向多样性，题材也更加广阔和深入。

收入《新时期中国少数民族文学作品选集·傣族卷》的21篇小说、16篇散文和18首诗词，都是改革开放以来傣族作者创作的作品。从题材上看，既有反映改革开放以来人与人之间、个人与集体和国家之间思想和利益的碰撞、新旧思想之间碰撞的作品，也有揭露“文革”浩劫、防止境外腐败文化的渗透、反映当代社会生产生活的作品，可谓题材广泛，内容丰富，人物刻画栩栩如生。从作品的字里行间和人物性格的刻画、作品的各个侧面反映出傣族是个水的民族，是个把森林和水视为第一生命的民族，是个善于学习、善于团结其他兄弟民族、海纳百川、包容性很强的民族。可以说，这是新时期傣族新文学发展的一个亮点。刀正明的小说《调解员玉叫》、岩云的小说《桔园轶事》、白光红的小说《月亮湾的女人》、何少林的小说《渴望幸福的人》等，反映了改革开放以来傣家人中出现的新思想、新文化、新气象，反映了强烈的时代精神和全新风貌。泓江的散文《人和雨的交响》、宰·诺腊的散文《父亲的眼镜》、冯霄的散文《暖沙河旧事》、刘晓燕的散文《走进神秘蝴蝶王国》等，有一定的情节和人物形象，文笔清新，语言生动，读起来颇有亲切感。在收入该作品集的作者中，既有年近八旬的老者，也有青春飞扬的年轻一代，多数为中青年作者。他们的作品无论在思想上还是艺术上，都有一定的深度。另外，在收入本书的作品中，有三位作者已经离我们而去。我们选用他们的作品，除了对他

① 见岩峰、王松、刀保尧著《傣族文学史》，云南民族出版社1995年出版。

们留下的精神财富予以肯定外，就是要永远记住他们为发展民族文学事业所作出的不懈努力以及贡献。

应当指出，当代傣族文学虽然取得了一定的成绩，填补了过去传统傣族文学中没有小说、散文、纪实文学、戏剧文学等体裁的空白，但作品的数量不多，质量也有待进一步提高。能进入国家级文学殿堂的作品少之又少，有的甚至还处在十分稚嫩的阶段，与源远流长的傣族文化传统并不相称，也与其他民族的文学成就无法相比。

我上小学时曾读过尼古拉·奥斯特洛夫斯基的长篇小说《钢铁是怎样炼成的》。作者在书的扉页上写有一段名言："人最宝贵的东西是生命。生命属于人只有一次。一个人的生命是应当这样度过的：当他回首往事的时候，不因虚度年华而悔恨，也不因碌碌无为而羞耻。这样，临死时候他就能够说，我整个生命和全部的精力都已献给了世界上最壮丽的事业——为人类的解放事业而斗争。"作者曾经参加过前苏联伟大而惨烈的国内战争，其身体受到了严重的摧残，瘫痪在床，双目失明，但他在病榻上以坚忍不拔的精神，以自己口述、他人记录的形式，塑造和刻画了保尔·柯察金等一批青年英雄形象，鼓舞了前苏联及中国的一代代青年人。我从小就佩服奥斯特洛夫斯基，佩服他描写的保尔，喜欢他写在扉页上的名言，并把它作为自己的座右铭，立志像他一样当一名作家，用自己的作品感染人。于是，我从小就珍惜时间，逼迫自己刻苦写作，勇于投稿，虽然遭到不少人的嘲讽和无数次的退稿，但仍毫不气馁，坚持笔耕不辍，终于取得了一定的成绩。我希望我们的傣族作者也向奥斯特洛夫斯基学习，用他的名言激励自己，珍惜生命中的分分秒秒，刻苦创作，用自己的智慧、心血和创造性的劳动，写出一部部、一篇篇好作品，奉献给我们的民族，奉献给我们的国家，奉献给全人类伟大而高尚的文化事业。

伟大的时代呼唤伟大的作品问世。写出无愧于伟大时代的优秀作品，是我们傣族作者和全国广大少数民族作者的共同理想和美好的愿望。我们要把自己的理想化作一串串跳动的音符，奏响我们心中的乐章，点燃我们胸膛的火焰，努力拼搏进取，敢于担当，为弘扬傣民族和整个中华民族的文化事业，为实现中华民族伟大复兴的中国梦而勤奋写作，一丝不苟。

2014 年 8 月

附：后记

《新时期中国少数民族文学作品选集·傣族卷》是中国作家协会为全国55个少数民族作家出版的文学丛书之一，由西双版纳傣族自治州作协、德宏傣族景颇族自治州作协有关人士组成编委会组稿、编辑而成。

在中国作协和云南省作协的领导下，本卷编委会通过信函、邮件信箱、电话，向省内外傣族作者联系、征稿，得到了他们的大力支持。编委会先后收到西双版纳、德宏、红河、临沧、普洱、昆明、北京、深圳、香港、加拿大的傣族作者发来的小说、散文各50余篇，诗词60余首，报告文学、剧本若干，共80余万字。由于篇幅有限，只选用其中不同年龄作者、不同风格的小说20篇，散文16篇，诗词18首。编委会对大家的积极支持和帮助表示衷心感谢！

由于时间短，任务重，征集范围有限，加之编者的水平和阅读面有限，在征编过程中难免挂一漏万，甚至未能把最优秀的作品收入。同时，有的作品文字过长，有的题材太旧，有的与其他人的作品有雷同之处，故未能选入，请读者和傣族同胞们海涵。

傣族卷编委会

2014年8月

《新时期中国少数民族文学作品选集·黎族卷》序言

王 海

黎族是一个聚居于海南岛内、目前有120多万人口的民族。由于生产力的低下，黎族社会历史进程非常缓慢，以至于到了20世纪70年代，其文学发展都还一直停留在口头创作和口头传播阶段，这种状况直至进入改革开放新时期后才开始得到初步改观。至此，黎族有史以来才第一次有了自己的书面文学，才有了作家文学的概念。

从总体上看，新时期黎族作家文学的发展，按时序可划分为三个阶段。

第一阶段是20世纪70年代末至80年代末，这是当代黎族文学的发轫期，也是创作活跃期。这一阶段，首批黎族作家如龙敏、王海、王艺、董元培、符玉珍、马仲川等，他们依托当时海南黎族苗族自治州文化局主办的文学刊物《五指山文艺》在文坛崭露头角，陆续于各级文学刊物发表了一批小说、诗歌、散文作品，结束了黎族没有书面文学的历史，开创出黎族作家文学的新局面。这一阶段标志性的作品有：王海在1979年第3期的《五指山文艺》发表了黎族文学史上第一篇短篇小说《采访》，龙敏在1986年由云南人民出版社出版了黎族文学史上第一部中篇小说单行本《黎乡月》。此外，符玉珍的散文《年饭》，龙敏的短篇小说《年头夜雨》，黄学魁的诗歌《东方夏威夷》先后获得全国少数民族文学创作奖。当代黎族文学正是在这种创作队伍人数不多、没有书面文学传统基础可言的情境下，以其微弱的声音显示出自己的存在，形成了自己历史的发轫的。

第二个阶段是20世纪90年代，主要代表作家有亚根、高照清、黄学魁、黄照良、韦海珍等，他们创作的主要形式是散文和诗歌。这一阶段的黎族文坛相对比较沉寂，创作数量少且形式比较单一，没有出现较具影响力的作品。这与当时社会经济转型对文学的冲击有关，多元的精神文化消费选择逐渐消减了人们对文学关注的单一的热情；这也与海南建省后《五指山文艺》杂志的停刊有关，因为黎族作者们失去了发表作品的主要园地。在这样的环境背景下，上述几位黎族作家的文学坚持就十分难能可贵，他们在当代黎族文学发展史上肩负的是一种承上启下的历史使命，并为自己的后续创作积累了能量。如进入新世纪后，亚根、高照清、黄学魁等都成为了黎族文学创作的中坚。

第三阶段是进入 21 世纪至今，是一个新人辈出、佳作迭现的阶段。除了前两个阶段的不少作家如龙敏、王海、亚根、高照清、黄学魁、黄照良、董元培、马仲川、苏庆兴、王平、李美玲等继续为黎族文学事业贡献他们的新作外，更为可喜的是一批人数渐多的新秀陆续步入文坛。如黄仁轲、郑文秀、李其文、唐崛、谢来龙、唐鸿南、叶传雄、符永进、邢曙光、符凤莲、王蕾、刘国昌、黄明海、钟少勇、符昌贤、黎家璇、苏文殷、金戈、胡天曙、容师德、王谨宇、陈道飞等等。在他们中间，有些是起步较早但主要创作成果的显现是在新世纪的，有些则是纯粹的新人。

21 世纪黎族文学最显著的成就，当属长篇小说创作领域的开拓。其中，最具有代表性的作者是龙敏。龙敏属第一代黎族作家，在 20 世纪 90 年代鲜有作品发表，经过了近 10 年的蛰伏之后，厚积薄发，于 2002 年推出 50 万字的长篇小说《黎山魂》。同一年内，新人黄仁轲也出版了长篇小说《张氏姐妹》。《黎山魂》和《张氏姐妹》的率先出版，刷新了黎族当代文学没有长篇作品的记录，在黎族文学史上树立了一座里程碑。此后，亚根、黄明海也相继出版了数部长篇小说。这批长篇小说的出现，在当代黎族文学发展史中意义重大，标志着当代黎族文学创作又一次实现了历史性的跨越。

这一阶段，还有不少作者纷纷将自己的作品结集出版。据统计，自进入 21 世纪以来，包括长篇小说在内，黎族作者出版的各种文学书目已经超过 40 部。这些书目总体上看数量还不太多，而且其中不少是 10 余万字的小册子，水平也参差不齐，能够真正以高质量的创作而赢得学界和读者关注者不多。但对于一个只有 30 余年文学发展历史的特定的少数民族而言，这批书面文学成果能够以独立著作的形式面世，无论如何都具有着某种特殊意义，代表了黎族文学创作的整体性突破，显示出黎族作家文学已经进入一个新的历史发展阶段。

新时期的黎族文学历经30余年的发展，已经逐渐走向成熟，出现了不少具有浓郁民族特色的各式作品，形成了一个又一个历史性的突破。概括起来，主要有如下几个方面的特点。

一、创作形式的多样拓展。在20世纪70年代末80年代初期黎族作家文学刚刚起步的阶段，不仅作者人数少，发表的作品也大多比较粗糙、幼稚，除了黎族民间故事和民间歌谣的搜集整理之外，只有少量的诗歌、散文和为数更少的短篇小说，体裁样式非常单一。经过30余年的发展之后，创作形式也仍然难以说得上是品种齐全，但总体上还是呈现出不断拓展的态势，并且不乏骄人的成果。譬如，小说创作方面，长篇、中篇和短篇三种形式并存，尤其是长篇小说这种形式的出现，更是黎族文学发展史上的一个跨越性突破。散文创作方面，杂文、随笔、游记等应有尽有，叙事、抒情、哲理、议论各显所长。诗歌创作方面，有自由诗、韵脚诗、散文诗，也有格律诗。文学理论批评方面，有对民间文学现象的研究，也有对当代黎族作家作品的评论；有整体的系统观照，也有具体的个案分析。

二、创作题材的多向开掘。发轫于新时期的黎族作家文学在其起步的最初阶段，无论是小说、散文还是诗歌创作，黎族作者们在题材的选择上涉猎面都比较狭窄，主题也比较单一，多为配合时政的宣传或对生活简单的直观记录。经过30多年的发展，在不同阶段的黎族作家们的共同努力下，黎族文学创作的整体水平已经由弱渐强，不断提升，不仅是在艺术形式方面开始呈现出多样化的迹象，题材领域也日益扩大。从历史发展的纵向延伸来看，虽然还远不能形成一个完整的编年史，却也从古至今都有涉猎。从横向考察，当代黎族文学创作的内容涉及社会生活领域的方方面面。就大处说，既有历史的观照，也有现实的描写；既有本民族乡土生活的记录，也有现代都市故事的讲述；既有弥漫硝烟的战争场面，也有恬静秀美的田园景观……就小处而言，山寨农家的日常起居、生产劳作、爱情婚姻、民情风俗，以及农场生活、校园生活、城镇生活……都成为黎族作家们创作观照和把握的对象；心灵的一丝悸动，生命的点滴启悟，情感的细微触动等等，都入文入诗。所有这些，都表明了黎族作家创作眼界的扩展和驾驭题材的功力提升。

三、民族生活的多面展现。题材的不断拓展，使新时期黎族文学的创作内容更为丰富多彩，特色更为鲜明突出。这主要表现在以下几方面：

首先，作家们面对纷繁复杂的社会生活，能够及时地捕捉时代的信息，真实地描画出本民族人民在新时期的生活变迁和思想风貌。这一特点，比较突出地表现在新时期初期的创作中。黎族作者们或者通过对现实生活的及时把握，向人们讲述党的十一届三中全会以后五指山区发生的新变化，歌颂党的富民政策给黎家带来的新生活；或者通过青年男女之间的爱情纠葛、家庭事务的处理、日常生活的描写，表现时代发展给人们带来新生活的同时，现代文明意识也对人们的传统思想观念产生着剧烈的冲击。从中，我们看到了一个民族的发展与时代的变化之间所具有的那种不可分割的联系。

其次，新时期黎族文学的创作特点，还突出表现在对本民族优良传统文化思想的继承和褒扬之上。这是新时期黎族文学创作中比较普遍的一个主题。许多黎族作家的创作，多是将民族的传统美德作为思考的起点，表现出一个特定民族在久远的历史中形成的特定的道德观念，以及在观念的规范中对美的赞颂和对善的张扬。

第三，与传统继承紧密相联系的是，在许多黎族作者的创作把握中，还突出地表现了他们对传统文化思想进行了重新的审视。而这种审视，又是以现代意识和现代文明作为参照的。因此在黎族文学创作中，以新的思想观念去考察社会、思考问题、揭露矛盾、反映生活，也就成为了许多黎族作者创作中的一种自觉。

总之，当代黎族文学30余年的发展已经实现了一种历史性的跨越，当代黎族文学的发展未有穷期。

《新时期中国少数民族文学作品选集·黎族卷》的出版，既为当代黎族文学提供了一次成果展示的机会，也为当代黎族文学提供了一次接受检验的机会；它既是一段历史的总结，也是一段历史的开始，其积极意义不言而喻。

愿黎族文学有更好更快的发展！相信黎族文学一定会有更好更快的发展！

2014年7月

附：后记

经过数月的编选，《新时期中国少数民族文学作品选集·黎族卷》一书终于定稿。作为第一部全面展现当代黎族文学创作成果的作品选集，其所具有的价值和意义不言而喻。

书稿的编选工作是在中国作协的统一部署，在海南省作协的具体组织安排下开展的。期间，海南省作协主席孔见先生给予了高度的重视和实际的支持，海南省作协秘书长梅国云先生给予了直接具体的指导。

对于黎族卷编选工作的开展，在努力保证所选作品的政治标准和文学标准的前提下，我们主要遵循以下原则：一是尽可能照顾到黎族文学发展不同阶段的代表作家作品，以真实反映出新时期黎族文学发展的历程轨迹；二是优先选编在各级评奖活动中获奖、入选各类公开出版的文学专集和在《民族文学》等权威刊物发表的作品，以保证作品集的整体质量；三是切合黎族作者的创作实际，尽量扩大作品的选编收录范围，尤其注意选编青年作者的优秀作品，以鼓励后起，促进黎族文学的发展；四是书中所选作品的排序一律遵照统一要求按发表时间而定。

编选过程，亚根主要负责稿件的征集和初审工作，王海负责稿件的遴选和复审以及全书的统筹工作。

该书得以完成，得到众多黎族作者的积极配合支持，在此特表谢意。

黎族卷编委会

2014 年 5 月 11 日

《新时期中国少数民族文学作品选集·傈僳族卷》序言

杨泽文

一切都有迹可循。至今在云南省、四川省境内和西藏的藏南地区，居住着一个总人口超过70万的古老民族——傈僳族，其历史可追溯到一千多年前。

傈僳族的族称最早见于唐人樊绰《蛮书》所记载的“栗粟两姓蛮”。8世纪时，傈僳族先民受“勿邓”“两林”和“丰巴”三大乌蛮部落统治。12世纪以后，傈僳族人先后属元（朝）丽江路军民总管府、明（朝）丽江土知府。16世纪中叶，大批傈僳族人向西渡过澜沧江，翻越碧罗雪山，进入怒江流域并逐渐形成了傈僳族最大聚居区。此后，又有傈僳族人陆续向北、向南和向东迁移，最终形成了今天傈僳族聚居区和杂居区主要以三江（怒江、澜沧江、金沙江）并流区域为主的分布格局。

傈僳族是勤劳、勇敢的民族，又是富有艺术创造力的民族。在漫长的历史长河中，其为开发祖国边疆、守护祖国边疆做出了艰苦卓绝的贡献；同时，伴随着其漫长的社会历史和长途迁徙的历程，创造了丰富多彩、绚丽多姿的民间文学作品，为祖国的文化宝库增添了光彩。傈僳族民间文学丰富多彩，它包括神话、叙事长诗、各种歌谣、民间传说、故事等等。其中《创世纪》《我们的祖先》等神话传说，不仅是研究傈僳族远古历史的宝贵资料，也是中国民间文学宝库中的珍品。

新中国成立后，随着傈僳族民间文学被广泛采录、整理、发表和出版的同时，傈僳族的民间文艺家也随之茁壮成长。一些傈僳族民间文艺家，在从事傈僳族民间文学采录工作的同时，开始尝试业余文学创作，为傈僳族作家文学的萌芽创造了条件。傈僳族的文学进程也因此开始出现了划时代的三个重大转变：由口头文学向书面文学的转变；由民间文学向作家文学的转变；由非社会主义文学向社会主义文学的转变。而引导和推动这三个重大转变的，是党的民族政策和文艺方针；实现这三个重大转变最重要的条件和动力，则是傈僳族作家队伍的形成与壮大。

傈僳族地区教育水平的逐步提高和文化工作领域的不断拓展，为傈僳族文学创作人才的培育奠定了基础。特别是党的十一届三中全会实现了指导思想上的正本清源和拨乱反正，中国由此开始了社会主义改革开放的伟大征程，文艺创作也迎来了日趋繁荣的大好局面，广大文艺工作者的创作积极性和创作热情空前高涨。尤其是上世纪 80 年代开始，全国各地如雨后春笋般创办的文艺刊物，为傈僳族作品的发表提供了良好的平台，傈僳族作家队伍因此得以完成了“整体起飞”。特别值得一提的是，1982 年怒江傈僳族自治州文化局和州文联筹备组创办的《怒江》文艺刊物，更是将繁荣傈僳族文学和培养傈僳族文学创作人才作为其办刊宗旨。此外，滇西八州市文联创办的文艺刊物，如《金沙江文艺》《大理文化》《临沧文艺》《玉龙山》《孔雀》《原野》等等，也刊发了不少傈僳族作家的作品；《民族文学》《边疆文艺》《大西南文学》《边疆文学》《滇池》等全国、省市文学期刊，对傈僳族作者也给予了特别的关注和大力扶持。

傈僳族文学青年的不断涌现，是 20 世纪 80 年代云南高校里最动人的景致之一。1983 年，以云南民族学院民语系大学生为主的“溪流文学社”成立，很快吸纳了一大批傈僳族文学青年，由此直接催生了傈僳族作家文学的一支重要生力军。许多正在接受高等教育的傈僳族文学青年，以饱满的热情和对故土的眷恋以及对未来美好生活的向往之情，创作了大量乡土气息浓郁的纯真作品，并将其选编于社刊《溪流》和发表在省内外报刊上。从“溪流文学社”走出的许多傈僳族文学青年，多年后成为怒江傈僳族自治州乃至整个傈僳族作家文学创作队伍的中坚。

新时期以来，中国在发展少数民族文学事业、培养少数民族作家方面所做的努力是前所未有的。从上世纪 90 年代开始，创作成绩突出的傈僳族作家，陆续被中国作家协会吸收为会员，被省、州、市各级作家协会吸纳为会员的数量则达到上百人之多。傈僳族作家的作品日益引起省内外文艺人士的关注，著名作家和评论家如晓雪、张永权、张长、汤世杰、张承源、王一之、左玉堂、晨宏等都以不同的文本形式介绍和评论过傈僳族作家的作品。云南民族出版社对傈僳族作家作品的出版更是给予持续关注和大力支持，傈僳族作家创作的小说、散文和诗歌等文学作品得以源源不断地出版，显示了傈僳族文学从未有过的勃勃生机与持久活力。作为最能体现新时期以来中国少数民族文学创作成就的“全国少数民族文学创作骏马奖”，从上世纪80年代初设立至今已成功评选了十届，先后有三位傈僳族作家创作的作品（第四届、第六届、第十届）获此重要文学奖项。它标志着傈僳族文学创作开始走向成熟，同时也标志着傈僳族文学创作进入了一个由作家主导的全新时代。

新时期以来，傈僳族文学创作队伍在不断发展壮大，同时，其文学素质也不断得到提高。这得益于傈僳族创作者拥有本民族的文学资源、中华民族的文学资源和世界其他民族的文学资源。正是这三种文学资源，使傈僳族作家根据需要不断保持借鉴能力和创新活力，傈僳族文学因此在保持“与时俱进”的同时，不仅具有鲜明的民族特色，而且丰富了中国文学宝库。

作家要有自己的写作根据地。这个根据地是他所熟悉的，也是他所懂得的。绝大多数傈僳族作家，都将自己的出生与成长之地当作自己的写作根据地。因此，只要我们抛开惯常角度，以自然环境和人文地理的视角加以观察，就不难发现一个非常有趣的现象：新时期以来的傈僳族文学，是边地和边疆的文学，是高山草甸和绿色森林的文学，是峡谷、雪域和江河的文学，也是基督教和各种原初宗教十分活跃的地方文学。这一切使傈僳族文学与国内主流文学有着风格迥异的特质，给中国文学提供了一系列的新鲜元素，包括不同的人物形象、不同的文化模式、不同的自然风景、不同的生态图景，还有超现实的人神共存的世界观。在人与自然的关系上，傈僳族文学既有彼此对立和互为因果的生动呈现，又有和解共生与相互依存的深刻诠释。

虽然绝大部分傈僳族作家“用母语思维”和“用汉语写作”，但并没有因为使用汉语而使自己的作品失去本民族的特色。究其原因，用汉语描写本民族生活而获得成功的傈僳族写作者，都有着自己的语言策略。虽然全国通用语的汉语进入到民族地区之后，免不了要和民族语言交汇融合，以至形成一种具有民族特色和地方特色的“混合语”，而运用“混合语”书写的文学作品其语言在一定程度上失去了汉语的规范与纯正，甚至免不了出现轻度的“夹生”“陌生”和“面目全非”现象，但民族地区的读者反而觉得它亲切和顺口，在表情达意方面更适合本民族、本地区读者的需要，汉语也因此获得了全新的生存空间和崭新的生命形态。

回顾新时期以来傈僳族文学的发展历程，尽管取得了前所未有的显著成绩，但毋庸讳言，傈僳族作家的文学创作还存在着文化视野狭窄、艺术表现手法单一、语言意识简单、呆板等诸多不足与缺憾，以至还未产生影响全国的文学作品和创作人才。

文艺是民族精神的重要火炬，是幸福生活的重要指标。不可否认，新时期以来傈僳族文学的不断发展与繁荣，对于推动民族团结进步、促进边疆繁荣稳定、增强民族文化自信和提升幸福指数等方面，起到了不可替代的作用。

作为中国少数民族文学发展工程出版扶持专项之一，《新时期中国少数民族文学作品选集·傈僳卷》的编选和出版，为广大读者了解新时期以来傈僳族文学创作提供了一个清晰的脉络和澄明的视野。须知，一个民族的文学作品，是这个民族社会生活的生动反映；一个民族的美好梦想，需要文学艺术的真切表达。限于篇幅，虽然所收录的文学作品只是沧海一粟，但正如一滴水可以反映出太阳的光辉，只要透过这一扇小小的文学之窗，就不难解读一个民族的精神世界和人文品格。仅从这一点而言，《新时期中国少数民族文学作品选集·傈僳卷》的选编和出版，其意义已经超越了文学的范畴。

2014 年 5 月 31 日

附：后记

春末夏初，滇西的天气是越来越热了，无论置身于室外或室内，难免让人焦躁不安。令人欣喜的是，《新时期中国少数民族文学作品选集·傈僳族卷》终于完成最后的编审工作。作为编者，我们在如释重负之后周身感到少有的畅快，内心深处也仿佛升腾起了丝丝凉意。

2013年9月初，中国作家协会创联部和云南省作家协会在楚雄市联合召开《新时期中国少数民族文学作品选集》（云南5个少数民族）编审会，决定《新时期中国少数民族文学作品选集·傈僳族卷》由杨泽文担任主编、玖合生担任副主编，并负责推选5至7名编委。经过多方听取意见和审慎考虑后，中国作家协会最后确定了7位编委成员。编委成员的选定，充分体现了中国作家协会所要求的“需是本民族文学创作或评论、研究领域最高权威”之条件，为接下来的作品征集和编选工作打下了良好基础。

从2013年10月至2014年3月，为期半年的征稿顺利结束。在这一过程中，副主编主要负责作品的征集和初选工作。在作家、作者和作品的推选工作方面，怒江傈僳族自治州民族事务委员会、怒江傈僳族自治州文学艺术界联合会和云南省民族学会傈僳族研究委员会给予了全力的配合与支持，同时对《新时期中国少数民族文学作品选集·傈僳族卷》的编选工作提出了许多宝贵意见和建议，让编委成员深受感动。

为了按时按质按量编好《新时期中国少数民族文学作品选集·傈僳族卷》，居住地相距230余公里的主编和副主编除了时常通过电话、电子邮件沟通之外，还分别于2013年12月中旬在德宏州召开的滇西文学创作年会，以及2014年4月在昆明召开的《新时期中国少数民族文学作品选集》第二批选编工作会议期间，对稿件征集与稿件审读工作进行了深入交流；编委成员分别在稿件的初审和复审过程中，也各自做出了最大的努力；主编在规定的时限内圆满完成了选编稿件的最后编辑与终审工作。

对于征集作品的选编工作，我们严格按照中国作家协会有关“选编内容”和“选编要求”来进行，坚持选稿标准，注重选稿质量。对于创作成就相对突出的傈僳族作家作品，数量上相应选编得多一些，但作品体裁限定不超过两种。所选作品充分体现正能量，并力求凸显傈僳族文化、民族精神和现代意识。

对选编的文学作品，原则上要求新时期以来在全国公开出版的报刊上发表过，或是由出版社公开出版发行过，但鉴于实际情况已适当放宽到内部报刊刊发的作品；对于当今方兴未艾的网络文学作品，根据作品质量和作者的影响力，也进行了适当编选。最终选定的文学作品按小说、散文、诗歌体裁排序，其比例根据征集作品的实际情况确定；作品排序则一律按发表时间而定，年下按月、月下按日分别先后；作者同一体裁的多篇作品，亦按发表的先后顺序排列，并以发表或出版最迟的作品参与作品选集的排序；每篇作品均标明出处，包括所发表报刊之名称、期刊号或文学网站平台；作品后附作者简介，注明出生地、出生日期、现居地等自然信息。

2014 年是中华人民共和国建国 65 周年，也是全国唯一的傈僳族自治州——怒江州建州 60 周年。《新时期中国少数民族文学作品选集·傈僳族卷》的出版发行，为“国庆”和“州庆”献上了一份文化贺礼。从中，我们不难领略到建国以来、特别是改革开放以来，在祖国西南地区安居乐业的傈僳族人民在物质文化生活以及精神风貌等诸多方面所发生的前所未有的巨大变化。

对于怒江傈僳族自治州以外有影响的傈僳族作家，虽然编委成员通过多方渠道进行了广泛了解和认真调查，但鉴于时间和相关信息等诸多局限的原因，仍有可能存在遗漏，在此深表歉意。此外，由于时间短促，选编工作难免会有错漏和不当之处，敬请专家学者和广大读者谅解并给予批评指正。

傈僳族卷编委会

2014 年 5 月 25 日

《新时期中国少数民族文学作品选集·佤族卷》序言

聂　勒

这是佤族人自己的声音。

可能有些陌生，甚至有些晚了，但你终于听到了。

毫无疑问，这是木鼓的声音，是大自然和一个种族天籁般的合唱。它清新自然，芬芳纯粹，宛若来自世外，是人世间很少能听到的神秘的声音。

佤族人认为，木鼓是一种通天神器，即人类唯一可以与天通话的神物。除了在梦中，一个人永远无法与天（神灵）通话，而木鼓可以。远古时代，当木鼓声响起，天上便凝聚了黑云，仿佛预知人间即将发生什么，战争、部落纷争、人鬼争地等信息都要以木鼓之声来传达至远方。木鼓一响，这座山听到了就会传到另一座山，那座山听到了又传给下一座山。这样一再传递，最终便传到天神那儿。他是万物的创造者和终结者，他爱戴万民，又毫无人性地惩罚人类；木鼓一响，战争或许就要开始了，杀戮或痛苦即将发生在某处地域。因而，佤族人对木鼓的崇敬是至高无上的，对它极其敏感和敬畏！这听起来有些恐怖，但这是历史，这是一个民族深沉而动人的历史故事！

如今，木鼓声声又响起，但它不再是杀戮和仇恨的预告，而是一个民族传递欢悦的喜讯。这种声音传递的方式，也不再只是声音，而是尊贵的文字！当你悉心阅读这一篇篇浸染佤族作家情感的文字，你仿佛感受到有一种神秘的抚摸在贴近你的心灵、你的灵魂、你的世界。你很冲动地想拥抱她，但你不知道她在哪儿。这也许就是文学——带有土著特色的佤族文学。文学，是一个民族的文化精神和文明程度的标志，是一个民族灵魂的火焰。一个没有文学或者说没有作家、诗人的民族便没有希望。作家、诗人是一个民族在世界民族之林中最能够展现民族精神的文化符号。

木鼓声声伴奏时间的步伐。时代的车轮滚滚，一转眼已进入 21 世纪。放眼世界，到处是蓬勃的生机和春天的诗篇，到处是工地的轰鸣和忙碌的人群。曾经压抑和失落的情绪已恢复希望的烈焰！曾经绝望和感伤的民族正迎接着自己的世纪！我们知道，佤族是一个从原始部落社会直接进入新社会的民族。当我们从遥远的闭塞的原始部落走进这个文明社会，进而能用自己的笔抒写时代的心声、写出优秀的作品时，我们知道发生这一切的缘由和背景是什么。毋庸置疑，这种感恩穿透着我们的心灵。当我们能用文学的形式抒发心灵的激情时，这个时代唤醒我们觉醒。它像佤山的牛角号，让我们在追寻珍爱的同时，去追寻更加美好的生活。我们有充足的理由更热爱自己脚下的土地、自己的祖国、自己的家乡，这也是我们成为时代作家最充分的理由。应当承认，在我们这个喧嚣而充满理想的时代，社会经济发展了，人们的心灵却蒙上了阴影。多年来，我们企图寻找这个答案，但至今仍未找到。我们想，有两个根本的东西似乎与此有关，一是很多人不再迷恋于深邃的大地，而大地蕴含着人间一切美好的万物。一个自然人一旦离开了这种深邃，他的灵魂便无处安放，他就不再沉醉于真理和梦想的追寻。饮水忘源，飘浮于滚滚红尘之中，心灵的阴影便自然顿生；二是缺失感恩之心。一个人、一个作家或诗人若没有一颗感恩之心，无法想象他的创作会是多么苍白无力！我们一直相信，一个心灵里没有祖国和人民的作家，不是一个好作家！祖国和人民也不会将他记住，民族也会把他忘记。祖国是我们最伟大的母亲，也是文学永恒的主题，许多优秀篇章，总是与祖国和时代紧紧相连。可是，当我们翻开当代文学刊物或书籍，里面常常充斥着一些个性化很强的带有自慰性质的全然与故乡、与土地、与时代、与祖国、与基本事物无关的所谓作品。它们已经很少涉及感恩的命题，让人感觉文学仅仅是一种自慰自乐的东西。可以说，文学正是以这种自戮的方式吊死在空幻虚伪的繁荣里。而在少数民族文学的任何一种体裁里，到处充满爱的感恩。它一直是其传统并弥漫在创作灵魂里。作为中国少数民族作家的一部分，佤族作家用自己感恩的心和笔触耕耘自己民族神性的土地，描绘部落后人的精神高地。我们相信，历史将证明这种价值的存在，人民将不会忘记他（她）们。

在木鼓声声里，历史的潮流滚滚向着未知的前方。我们不知道自己的未来将是什么。我们的语言、我们的母语、我们的文化等，会被大潮湮没吗？尽管我们十分勇敢地说：不！但将来的事谁知道呢？所以，在今天，我们要特别感谢中国作家协会给予佤族文化代表者整体展示自己、审视自己的机会。同时，作为一个民族的文化历史工程之一，我们也要尽可能地做好这件事。这是时代赋予我们的重任。完美地做好这件事，就是在保存一个民族珍贵的记忆，保存这个世界上一种神秘而深厚的文化，保存这块土地上一种独特而优美的声音！

2014 年 5 月 4 日

附：后记

从开始编选本书的那一刻开始，心里就有两种说不出的滋味。一种是幸福。这是一个古老民族作家诗人第一次整体向世界展现自己的时刻，是开天辟地的时刻，是进入历史的时刻，也是激动人心的时刻。另一种是不安。怎么把这部史书般的作品编选好是一个问题，毕竟半个多世纪以来，特别是改革开放 30 多年来，佤族不仅有了自己的作家、诗人，还逐步形成了群体。他们以自己独特的不同于其他族群的视角观察这个世界，发现这个世界，亲爱这个世界，从而形成各种风格迥异的优秀作品。如何取舍这些作品，绝不是一件容易之事。好在编选之前，我们确定了一个原则，那就是：这个作品一定要代表当代佤族的文学品质和作家风貌，要对得起这个民族，对得起这部传世作品！凡是优秀的作品原则上都尽量列入，较少考虑地区分布、平衡和扶持的问题。这样，编选起来就容易得多了。另外，我们毫无疑义地认为，这些优秀的成熟的作品，有许多将来必定成为本民族后来写作者的某种范文和教义。正因为考虑到这些因素，我们才将那些不成熟或不太成熟的作品毫不迟疑地舍去。在此也郑重地向这些作者表示歉意。同时，当看到作品成书时，相信您会理解编选者的用心和考量！

收入本集的很多作品都发表在《人民文学》《诗刊》《民族文学》《人民日报》等全国重点文学报刊上，一些作品曾荣获包括“全国少数民族文学创作骏马奖”等在内的国家级、省级以上奖。应当说，作为一个民族的代表性作品集，它的质地是硬朗的，是对得起历史和后人的。通过这部作品集，可以让我们和世人更全面地了解佤族文学，认识佤族作家，感受这个古老民族独特的爱、体温和亲抚！同时，我们也想通过它向所有热爱文学的佤族作家或文学爱好者发出倡议：拿起您手中的笔书写这伟大的波澜壮阔的时代，描绘佤山绚丽多彩的生活和佤族人的前世今生！让文学唤醒这个古老民族的意志和梦想！唤醒这块土地上生生不息的生命与灵魂！

最后，我们想说，尽管佤族文学取得了一些成就，但与全国、与世界、与其他兄弟民族文学相比，还有较大的差距。清醒地认识这一点很重要，我们佤族文学作家必须百尺竿头更进一步地发挥自己的聪明才智，利用好自己地处边地、富有民族文化性格、部落文化等丰富资源的优势，把自己的作品写好、写精、写朴素一些，共同促进中华文化大发展大繁荣，为我们这个古老民族唱响自己的心灵牧歌！

佤族卷编委会

2014 年 5 月 1 日

《新时期中国少数民族文学作品选集·畲族卷》序言

钟伯清

畲族是一个原居于闽粤赣交界地区，后迁徙流布于东南五省的古老民族。在筚路蓝缕的迁徙过程中，畲族对我国东南山区的开发做出了巨大贡献，也创造了自己古朴而富有特色的民族文化。在畲族色彩斑斓的文化百花园中，畲族文学可算得上是一朵奇葩。

一

与其他民族文学分为民间文学、作家文学两部分不同，畲族文学可分为民间文学、半民间文学（小说歌）和作家文学三部分，并在时间上大致呈现出渐次沿袭的发展过程。其中，小说歌是介于民间文学与作家文学之间的特殊形式，它的出现在畲族文学发展中具有重要意义。

畲族作家文学的出现，基本上是在新中国成立之后的事。虽然前有成就“似在（闽中）十才子之上”（郑振铎语）的元末明初诗人蓝仁、蓝智，后有清乾隆时期的理学名家雷鋐，但他们当时都并非畲民身份。从这个角度来说，解放前畲族并没有真正意义上的作家文学。直到新中国成立，在“百花齐放、百家争鸣”文艺政策的鼓舞下，畲族作家文学才从无到有，逐渐发展起来。如今，一个颇具特色的“畲族作家群”正渐行渐近。

我们之所以提出“畲族作家群”的概念，主要基于以下两点考虑：

一是畲族作家已经有了一定的规模。没有一定数量的作家，就难以用“群”的概念来称呼。据不完全统计，在各类报刊发表过文学作品或出版文学作品的畲族作家、作者至少有20余人，其中中国作家协会会员就有5人（分别为雷子金、吕奎文、雷德和、雷风行和钟一林，其中雷子金、吕奎文已故），省级以上作协会员则有10余位。对于一个有着70万人口的少数民族来说，这个规模的作家群体不算大，但考虑到畲族作家文学基本是新中国成立后才开始起步以及畲乡较为落后的教育条件，发展到这个规模已属不易。

二是畲族作家的群体意识正日益加强。由于种种原因，早期畲族作家更像是“一个人在战斗”，但近年越来越有“群体化”的趋势。这种群体化趋势，既表现为某种程度上的对民族生活素材的集体转向，也表现为畲族作家内部的互动、沟通与提携上。前者作为畲族作家群的创作素材特色，今后将逐渐在畲族作家的作品中越来越鲜明地表现出来；后者则通过微信群、QQ群、创作笔会等方式，不断促进畲族作家之间的人际关系互动和信息沟通，增强畲族作家作为一个群体的向心力和凝聚力。

我们说畲族作家群“渐行渐近”，则包含如下几层意思：

第一层意思是从新中国畲族作家队伍的发展来看，这个群体的确是渐行渐近，并逐渐显现的。以作家的出生年代为标准，从目前掌握的畲族作家来看，年代越往后，畲族作家、作者人数越多，有所成就者也越多。这种趋向很有意义，说明畲族作家队伍正在不断成长与壮大。

第二层意思是从畲族作家的作品来看，不仅创作成果的数量越来越丰富，创作涉及的文学种类也越来越多。从小说、报告文学、民间故事、诗歌，延伸到古诗词、传记、剧本、科普等诸多种类的作品；从文学创作延伸到文学评论、文学研究、外国文学译介，等等。这种多元化、多取向的文学创作转向，说明畲族作家的创作视野已经有了新的拓展，并已经从实践跨向理论，提升到了一个新的高度。

第三层意思是畲族作家的创作路径，正显现出由早期抽离民族身份的一般意义的创作，逐渐向回归民族原点、反映民族生活的创作方向转变的态势。这种创作的民族化的取向，一方面反映了畲族作家对民族身份认同的态度，另一方面也使畲族作家群的特征得以彰显。越来越多的人通过畲族作家的作品感受到了畲族作家群的存在，也感受到了畲族民族文化的独特魅力。

二

从创作成就来看，畲族作家的创作类型丰富。无论在小说、散文、报告文学、人物传记、诗歌领域，还是民间故事、文学评论、外国文学作品翻译等领域，畲族都不乏卓然有成的作家。

在畲族作家中，有几个是值得特别推荐的：

雷子金（1936—2002），笔名紫荆，福建宁化人，中国作家协会会员。1957年毕业于北京大学东方语言文学系朝鲜语专业。雷子金是著名的文学翻译家，先后发表《斗争的序曲》《红色花朵》《特别监狱》等30余部朝鲜文学译著，曾被评为吉林省延边自治州民族团结模范、优秀作家。其作品曾获全国第三届少数民族文学翻译10多项奖励。

吕奎文（1936—2009），广东梅州人，中国作家协会、广东省作家协会会员。一生创作了数百万字的文学作品，尤以写报告文学、小说见长。《小小说创作技巧》（合作）获中国写作学会首届优秀科研成果奖，长篇报告文学集《人生你好》获广州市文学红棉奖二等奖。吕奎文还是广东省残疾人文学培训班开拓者，悉心培养残疾人文学爱好者，文品、人品都堪称文学界的标杆。

雷风行（1944— ），笔名田雨、风云，福建宁化人，中国作家协会会员。是畲族老一辈作家中的另一位代表人物，历任人民铁道报社文艺部、经济部主任，副总编辑，《中国旅客报》总编辑，高级编辑。雷风行的创作尤以报告文学见长，著有《史丰收数字传奇》《詹天佑之路》等长篇报告文学和其他著作20余部。长篇报告文学《神州大动脉》获全国第六届铁路文学奖。

雷德和（1957— ），则是第一位专注于畲族题材小说创作的畲族作家，先后在《青年作家》《民族文学》上发表中短篇小说数十篇，出版短篇小说集《夜闯卑库山》。其中短篇小说《永远吃香的人》（与姚更青合作）获首届全国少数民族文学奖。短篇小说《兰糟》入选《中国新文艺大系·少数民族文学卷》，日本早稻田大学教授牧田英二编选的《中国边境文学·中国少数民族作家作品》对雷德和的小说多有介绍。雷德和的小说为读者了解畲族历史文化提供了一个窗口。

钟一林（1964—　），笔名山哈，鲁院第十二届中青年作家高级研讨班（少数民族作家班）学员，中国作家协会会员。1982 年开始从事散文、小说、报告文学、影视剧本等的创作，成绩斐然。作品曾获司法部第一、第二、第四届“金剑文化工程”文学奖、艺术奖，《民族文学》年度小说奖（2013 年）。近年来，开始转向畲族题材的文学创作，《莪山纪事》《畲客蓝儿》可看作是这一转向的探路之作，正在创作中的长篇报告文学《等待史图博》已获浙江省精品文化工程项目基金扶持，值得期待。

钟怡音（1978—　），笔名粲然，厦门人。发表小说数十万字，散见《人民文学》《小说界》《上海文学》等报刊，出版小说集《季节盛大》。获第四届《福建文学》“初出茅庐”征文大奖赛最佳新人奖。《南方周末》评论文章称《季节盛大》是“具有奇观性的灿烂炫目的小说”。被 2003 年度中华文学人物评选提名列为最被看好的网络作家。近年，钟怡音开始了儿童文学和散文领域的另一种开拓，也很值得期待。

此外，钟红英、钟秀华、钟而赞等，都是畲族中青年作家中的翘楚。其中，钟红英的长篇纪实文学《畲山风》近来连获中国作协少数民族重点作品扶持项目和福建省委宣传部文艺发展基金资助项目的资格。假以时日，这些中青年才俊必能取得更大的成就，乃至辉耀中国文坛。

三

然而也应该看到，畲族文学仍处于起步状态，畲族作家群正处于成长时期。这就决定了畲族文学和畲族作家群不可避免地存在着种种不足和局限，正如浙江省丽水市政协副主席李江波所说，畲族文学创作目前表现出“一少”（指有影响的作家、作品少）、“二散”（指畲族整体形成不了创作核心，作家本身没有创作方向）、“三缺”（指畲族缺少品牌作家，缺少发表作品的阵地，缺少培训和指导）现象。这个评价，我们觉得整体上是符合畲族文学的现实情况的。这种“少、散、缺”的问题，正影响着畲族文学的繁荣和发展。

面对这种状况，畲族文学和畲族作家应该也必须有所改变。令人欣喜的是，一些改变正在悄然开始。

改变的表现之一，是民族素材在创作中的应用越来越受到关注。除雷德和外，钟一林、钟红英等畲族作家也开始花大量的精力投身畲族题材的文学作品的创作。这种对民族历史文化和民族社会生活书写的集体回归，极有可能成为畲族作家的一个新的创作方向，构成畲族作家群具有鲜明特色的整体创作核心。

改变的表现之二，是在钟一林等人的协调、推动下，畲族作家和文学爱好者开始越来越具有整体意识。以 QQ、微信等即时通信软件为工具，沟通信息，指导写作，推荐作品，提携新人。这种相互提携、相互帮助的良好风气，使畲族作家群体呈现出前所未有的团结感、整体感，这对畲族文学爱好者的培养是极为有利的。

当然，仅仅这些改变还是不够的，为了更好地培养畲族文学新人，我们认为还可以适时推动成立畲族文学爱好者沙龙等机构，为畲族作家、文学爱好者的创作提供稳定有效的互动平台；适时推动畲族文学内部刊物的出版，为畲族作家提供一个稳定的发表作品的阵地，推动畲族作家、作品从量到质的全面提升；条件成熟时还可以推动成立畲族文学基金或文学奖励项目，奖励畲族作家和以畲族为题材的文学作品，等等。

总之，只要这种改变持续下去，“一少”“二散”“三缺”必将仅仅成为畲族文学发展阶段上的一段历史现象。

21 世纪的中国文坛，一个规模不断发展壮大的畲族作家群正渐行渐近。这不仅是所有畲族人的梦想，更是一个正在进入视野的现实！

2014 年 7 月

附：后记

历经半年紧张的作品征集、选编工作，《新时期中国少数民族文学作品选集·畲族卷》（下简称“畲族卷”）终于定稿付梓，这是一次站在历史高点上，对畲族文学尤其是改革开放以来畲族文学创作成果的一次系统疏理和检阅。

2013 年年末，遵照中国作家协会“关于选编出版‘新时期中国少数民族文学作品选集’第二批卷本的通知”精神，浙江省作家协会高度重视，精心组织，在召集在杭畲族作家听取意见建议后，形成了以著名作家麦家为顾问、浙江省作家协会党组书记臧军为名誉主编，畲族作家钟一林及钟红英、钟伯清分别担任主编、副主编的强有力选编班子。

今年 3 月初，浙江省作协党组书记臧军、副书记曹启文、秘书长王益军认真听取了主编钟一林的专题汇报，表示在组织、协调等各方面全力支持“畲族卷”的各项工作，在具体选编上充分尊重畲族主编、副主编的意见。

畲族有盘、蓝、雷、钟四姓，是中国人口较少的少数民族之一，人口约 70 万，主要分布在闽、浙、赣、粤、皖、黔、湘、鄂八个省区的深山茂林中，其中以闽、浙为最，分别占畲族总人口的 53% 和 25%。受历史诸多因素影响，与其他较强的一些少数民族相比，畲族作家相对而言人数不多、规模不大，畲族原创文学作品亦相对较少、较弱。时间紧，任务重，为确保所辑作品的广泛性和代表性，编委会采取两条腿跑步的方法：一是由浙江省作家协会发文，分别向上述诸省作协（文联）和民委（民宗）系统寄发征稿启事；二是通过编委会成员依托网络等现代传媒及作家之间的关系网络互相提供名录的方式，有的放矢地去查找畲族作家及作品名录，努力做到“广泛撒网、重点捕捞”，确保了在短时间内取得显著成效。

从排查摸底的情况来看，全国畲族作家群体主要集中在党政、文化、教育系统，其中 5 名中国作家协会会员，20 余名各省、市（县）作家协会会员，常年坚持写作并在报刊发表文学作品的近20人。在此期间，我们共征集到畲族作家创作的中短篇小说48万字，散文72.6万字，诗词歌赋50余首，报告文学130.2万字，总数达250余万字。

编委会确定了明确的选编原则：

一是坚持作者的民族成分必须是畲族的原则，严于甄别，不出纰漏。期间，我们发现一位在全国报刊发表大量诗歌的兰姓女作家，尽管能自证祖上为畲族，却因为历史原因，连续三代更改了民族成分，提供不出有效的身份证明而成为不符合入选条件者，只能忍痛割爱。

二是坚持入选作品须已公开发表或出版的原则，严把作品发表关。我们在选编作品的过程中，经北京某编辑的推荐，征集到杭州一位80后畲族作者的中短小说近10篇，经审读，小说质量尚好，可惜均未曾发表，经沟通，除向有关刊物推荐其作品外，其作品亦只能抱憾不予入选。

三是坚持广征博取，重在质量的原则，不因人事变迁而有所疏漏，亦不因名气大小而有所取舍。中国作家协会会员雷子金（1936—2002）和吕奎文（1936—2009）先生因去世无法与其家属取得联系，本着不遗漏一个重要作家、作品的精神，编委会千方百计寻得吕奎文先生的报告文学《从坎坷走向辉煌》，精选了其中4篇代表作品。遗憾的是，毕生从事朝鲜文翻译、译作等身的雷子金先生，却因其作品非本次选编既定内容，不得不放弃入选。福州大学副教授钟伯清和福建省文联钟红英都在学术研究领域发表或出版有不少研究论文或专著，亦不得不遵循原则放弃入选。

厦门女作家钟怡音（粲然）是一位颇具实力的小说作家，曾在《人民文学》《小说界》《上海文学》等重要文学期刊发表系列小说，并与杨少衡、北北（林那北）等以“崛起的福建小说家群体”的名义在京开作品研讨会而广为关注。但2002年后她逐渐淡出文学圈，直到最近，经多方联络，我们征集到她的小说集《季节盛大》，从中精编了6篇共计5万字的中短篇小说。

四是坚持小说、散文、诗歌、报告文学全面展现，均衡入选的原则。在有限的容量里，为全面、均衡地展现畲族作家文学创作的整体风貌，充分呈示畲族文学发展成果，经反复权衡、认真择取，最后形成“畲族卷”的结构与规模：短篇小说15篇，13.4万字；散文36篇，13.8万字；诗词歌赋26篇，1万字；报告文学10篇，15.3万字。全卷共计43.5万字，较全面地展现了新时期以来畲族作家在文学创作上的总体成就和精神风貌。

五是坚持编审分工合作的原则，严把选本质量关。“畲族卷”入选文章，报告文学由钟一林负责，散文、诗歌由钟红英负责，小说由钟伯清负责。在审稿、校对之时，三人相互合作，交叉互审，最大限度保质保量完成了作品的选编工作。在此，向他们致敬。

浙江省作家协会在领导、通联、组织协调上对“畲族卷”的顺利出版提供了强有力的支持和保障，在此，向他们表示衷心的感谢。

一花独秀难寻芳，百花争艳满园春。“畲族卷”的出版发行，既是畲族文学创作的里程碑，也为中国少数民族文学百花园增添了一抹绚丽多姿的色彩。

畲族卷编委会

2014 年 5 月 30 日

《新时期中国少数民族文学作品选集·高山族卷》序言

石一宁

在我国55个少数民族中，高山族是居住在台湾的少数民族，是我国统一多民族大家庭中不可分割的一部分。“高山族”是我国政府对台湾少数民族的正式族称，台湾当局则称其为“原住民”。高山族内部又分为阿美人、排湾人、泰雅人、赛夏人、布农人、邹（曹）人、雅美人、鲁凯人、卑南人、邵人、平埔人等。他们有自己的语言，没有本民族的文字。据2004年台湾行政主管部门统计，台湾“原住民”共有452579人，占台湾总人口的2%左右，主要分布在台湾本岛的山区和东部沿海纵谷平原及兰屿上。此外，根据2010年第六次中华人民共和国人口普查，中国大陆有高山族4009人。他们大多是抗日战争胜利前后，从台湾移居大陆的高山族的后裔。

高山族有丰富的神话传说和民歌等口头文学传统。人类起源、风俗习惯、生产生活和自然现象、动物、植物等，是高山族神话传说的主要内容。高山族民歌，则生动地表现了高山族人民的劳作、抗争、爱情和婚姻等，具有鲜明的民族文化特色。

20世纪80年代初，台湾文坛出现了“山地文学”。“山地文学”主要指高山族作家的创作，也包括汉族作家以高山族生活为题材的作品。“山地文学”伴随着台湾高山族人民争取种族平等的社会运动应运而生，问世之后即取得令人瞩目的创作实绩。90年代，台湾高山族争取民族平等的社会运动进一步发展，高山族同胞作为弱势族群的生存状况引起台湾民众的普遍关注，“原住民”问题成为台湾社会的一个焦点话题。“原住民文学”

（系“山地文学”的名称调整）也因而再掀高潮。“山地文学”“原住民文学”热使一批高山族的卓异作家和作品突起于台湾文坛。台湾当代高山族的主要作家有莫那能（排湾）、田雅各（布农）、陈英雄（排湾）、田敏忠（泰雅）、奥威尼·卡露斯（鲁凯）、霍斯陆曼·伐伐（布农）、孙大川（卑南）、瓦历斯·诺干（泰雅）、巴代（卑南）、伊替·达欧索（赛夏）、乜寇·索克鲁曼（布农）、里慕伊·阿纪（泰雅）、拉黑子·达立夫（阿美）、启明·拉瓦（泰雅）、利格拉乐·阿女乌（排湾）、夏曼·蓝波安（达悟）、亚荣隆·撒可努（排湾）、卜衮·伊斯玛哈单·伊斯立端（布农）、董恕明（卑南）、沙力浪·达岌斯菲莱蓝（布农）等。

因为编辑方针所限，《新时期中国少数民族文学作品选集·高山族卷》仅收入中国大陆的高山族作家和中国大陆之外具有中国作家协会会籍的高山族作家作品。又因在中国大陆的高山族人口不多，作家也相应较少，故本书收入的只有大陆的田中山、林华、陈军、马敏学、陈连生和台湾的莫那能等 6 位作家的散文和诗歌作品。本书固然不无遗憾，但或正因如此，本书收入的作品更显得格外珍贵。而且，2014 年 8 月，中国作家协会所属作家出版社已编辑出版《台湾少数民族作家作品选》，收入奥威尼·卡露斯、莫那能、卜衮·伊斯玛哈单·伊斯立端、夏曼·蓝波安、巴代、启明·拉瓦、董恕明、亚荣隆·撒可努、乜寇·索克鲁曼、沙力浪·达岌斯菲莱蓝、里慕伊·阿纪和霍斯陆曼·伐伐等的小说、散文和诗歌，填补了中国大陆文学出版的一项空白，让大陆读者窥见了台湾高山族作家创作风貌之一斑。

本书收入的 5 位中国大陆高山族作家的作品，既流露了作者和亲人对台湾原乡的思念和乡愁，也反映了高山族同胞在祖国大陆和平安宁的生活，而且还表达了大陆高山族同胞对两岸统一、骨肉团圆的渴求和期盼。田中山的散文《高山族人民的怀念》，带着浓厚的时代色彩，更透露出高山族在祖国大陆享受的政治平等和尊严。陈军的散文《80 年前的台湾雾社起义》，回顾 1930 年 10 月 27 日台湾雾社地区泰雅人不堪忍受日本殖民主义者的奴役，发动震惊台湾和日本的雾社起义的历史，再现和讴歌了台湾少数民族可歌可泣的民族意识和反抗精神，激励读者缅怀雾社起义先烈，弘扬民族精神，继承台湾少数民族爱国爱乡的光荣传统。马敏学的叙事长诗《半屏山的故事》，以神话传说为题材，表现了主人公阿兰不畏强暴，追求纯真爱情的勇毅精神。台湾的半屏山在高雄市区北郊，大陆的半屏山在浙江省洞头县，皆为旅游胜地。关于半屏山的传说甚多，但这首长诗撷取了更有意义的题材，除了爱情的内涵，还化用了“半屏山，半屏山，一半在大陆，一半在台湾”这首半屏山民谣，通过主人公阿兰因思念亲人化为岩石的形象，反复咏唱“大海难挡骨肉情，亲人一定要团圆”，赋予诗作更为宏大的思想主题。这首长诗既是叙事，亦富于抒情性。陈连生的诗歌《台湾一定要回归祖国》，亦从台湾半屏山的传说起兴，表达追求两岸统一的心声。诗言志，歌咏言，“台湾一定要回归祖国，这是祖国各族人民的心愿!”诗作的结尾两句，铿锵激越，掷地有声。

林华是大陆高山族的第二代，也是目前大陆高山族最活跃的作家，现任职于中央民族大学。她受过良好的教育，读过中国作家协会鲁迅文学院的高级研修班，她的《难忘的寻根之旅》《我的亲人》《南飞的候鸟》《永远的原乡之恋》《月夜的吟唱》和《关于父亲的断想》等散文，追忆来自台湾台东县的父亲对高山语研究事业的执著，抒发对原乡亲人和风土的思恋，表达两岸隔阂亲情阻断的沉痛。“阿里山的日出是希望之光，它属于台湾，也属于整个中华大地，它应该照亮祖国的每一片山河。”“世界上没有什么能够割断骨肉亲情，也没有什么能够阻挡长久的思念。我们期待统一，我们期待和平，我们期待中华民族永远的繁荣富强。大陆和台湾就像唇齿相依的同胞兄弟，虽有一湾海峡相隔，但却永远不能分离。”（《难忘的寻根之旅》）林华的散文文采华丽，情感浓烈，读来颇为令人动容。林华的诗歌也表现出一定的才华，诗作《我是自己的女神》《我们最伟大的节日》和《双乳峰之千年礼赞》主题宏伟，大气豪迈，有英爽之风。

作为入选本书的唯一一位台湾作家，莫那能的作品展现了另外一种人生遭际和体验。莫那能因劳动过度导致先天眼疾提前发作而双眼失明，《一个台湾原住民的经历》在叙述作者的苦难身世的同时，也描绘出了台湾社会的一个侧影。尤为可贵的是，莫那能的作品并不止于舔舐自己的伤口，而且把心灵的天眼投向挣扎于社会底层的同类人群，自觉地为他们发出反抗的呼喊和同情的歌吟。如《一个冰冷的凌晨》，咏叹的是一个被人欺凌的盲人按摩女；《雕像》写一位坐在茅屋里的老人思念飘零异乡的子女，“老人孤苦的眼神逐渐地风化了/在思念中风化成一尊寂寞的雕像”。身处逆境的莫那能又是一位坚强自信和睿智豁达的诗人，双目全盲使人“像一个找不到母亲的婴儿”和“像一只失去草原的麋鹿”，彩虹、云海、夕阳和鸟儿，无情地飞出了“灵魂之窗”，而亲人的笑容和朋友的欢颜，“完全停止了他们光鲜的跃动/只在记忆的大海里发亮”。然而，诗人最终走出失去光明的恐惧而重新振作：“我们只是失去了灵魂之窗/并没有失去灵魂”；诗人要让灵魂的行脚，“越过黑暗的藩篱/走出寂寞的囚室/在自由自在的大地上/伸出温暖的双手/握住辛勤的人的双手/展开宽阔的胸怀/拥抱寂寞的人的寂寞/在这无光的世界/将风暴和厉雷还给黑暗/将寂寞和恐惧丢给记忆”……（《无光的世界》）这是何等博大的情怀和感人的诗情。失明何以成就莫那能？诗作《诀别了，彩虹》道出了其中的奥秘：“诀别了，彩虹/不必为了我看不见你的七彩叹息/因为我在善恶无度的人间/虽然失去了高高在上的美丽/却获得了结实的黑白分明”。莫那能的作品，经验独特，情感真挚，风格朴厚沉郁，却又流贯着一股昂扬激奋之气。

中国当代文学正在迎来进一步发展繁荣的可喜景象。少数民族文学是中国文学的重要组成部分，而高山族文学又是中国少数民族文学所不可或缺的重要构成。期待本书的编辑出版，对高山族文学创作能够起到一定的推动和促进作用。当前，两岸关系正步入和平发展的历史新阶段，亦殷切希望本书的面世能为两岸文学交流和祖国统一大业做出贡献。

2015 年 4 月

附：后记

《新时期中国少数民族文学作品选集·高山族卷》收入新时期发表的高山族作家文学作品。

高山族在大陆地区人数少、居住分散，文学写作者更是少之又少，且相互间鲜有联系，调查工作难度较大。经郑重考虑，中国作协创联部民族文学工作处和民族文学杂志社共同承担有关选编工作，并按照编选程序和要求，成立《新时期中国少数民族文学作品选集·高山族卷》编委会，由全国台联副会长、党组成员、中国作家协会会员陈杰任主编，《民族文学》主编石一宁、中国作协创联部副主任冯秋子任副主编。编委会严格按照中国作协少数民族文学发展工程的有关要求，积极联系中央民族大学、全国台联等单位搜集高山族作家作品和资料，并在此基础上按作品体裁分类，依据发表时间排序。

在整理和编辑过程中，中国作协党组成员、书记处书记白庚胜提出了详细的编选意见，并直接指导编选工作。

本卷编选过程中得到高山族作家及其亲友的大力支持。在与已故老作家的家属联系时得到他们的热情帮助；在与台湾盲人作家莫那能联系时，其友人不仅帮助联络沟通，还提供了他的两部作品。

我们也得到了中国作协外联部梁飞、全国台联杨洋秘书、北京市台盟陈军、中央民族大学马国伟、赵鹏等诸先生的帮助。作家出版社在录入、编辑和出版过程中的协助也给我们留下深刻印象。在此，一并致谢。

由于本书编选时间紧、工作量大，难免疏漏，不尽如人意的地方，恳请读者批评指正！

高山族卷编委会

2015年4月10日

《新时期中国少数民族文学作品选集·拉祜族卷》序言

李梦薇

这是一个永远追逐着太阳和温暖的民族。

曾经，他们的祖先生活在遥远的青海、甘肃高原。基于我们无法考证的原因，他们放弃了参与部落之间的征战、杀戮，本能地向着温暖的、阳光灿烂的南方走去。那是一场何等漫长、何等艰难的民族大迁徙啊！一代又一代的族人消失在迁徙的路途中，其间还有一部分同胞因未能赶上迁徙的队伍而流落在西南的丛林中，过着一种与世隔绝的生活，被后人称为“苦聪人”，以至在新中国成立后的一段相当长的时间里，人们还未能判断出这一批同胞的族属。

当一条叫澜沧江的河流出现在他们眼前的时候，奔腾咆哮的江水、雄奇葱茏的群山让他们驻足惊叹：啊！这就是我们梦中的家园。于是，这片茫茫无边的大山有了一个新的名字——拉祜山。这是一片标不出实际范围却又真实存在的属于他们居住的山野河流。从此，他们在这里追逐猛虎、耕种旱谷，唱着快乐和悲伤的歌谣，一代又一代地走过了漫长的岁月。

这是一个崇尚自由又敬仰祖先的民族。在漫长的迁徙过程中，他们曾经失去了很多很多的东西，但唯独没有失去的是他们奔放的热情和对祖先的敬仰。在春意盎然的日子或果实累累的金秋，年轻人会几天几夜地围坐在火塘边倾耳凝听老人吟诵《牡帕密帕》《根古》的乐音，用心灵追忆着祖先的荣光，用敬畏品读着他们迁徙路程中那些令人心动的故事……

这是一个热情奔放的民族。蓝天下的丛林和山野，是他们纵情驰骋的乐土，绵延叠嶂的山峦和漫山遍野的鲜花是他们尽情放歌的家园。不用说是富饶的收获，就是一点小小的喜悦，也会把他们的欢乐即刻点燃，然后尽情地用热情奔放的歌舞宣泄他们的情感。至今流传在拉祜山的民谚：——“谷子黄，拉祜狂”就是这个热情奔放的民族的真实写照。

这是一个忠于爱情的民族。游猎民族的天性，让青年男女的交往有了广阔的天地，爱情的表白一旦被接受，就是终生不渝的信守。一首以拉祜族民歌为主旋律的《婚誓》，自问世以来就一直在共和国的大地上广为流传，其所歌颂和赞美的就是拉祜族男女之间忠贞的爱情。如果爱情一旦受外力的干扰而不能结合，他们就会毫不犹豫地寻找一种叫“狗闹花”的植物，双双服下殉情。在历史的长河中，曾有不少的诗篇，写下过这个民族无数凄美的动人故事或传说，至今提起，仍然让人扼腕叹息。

这个民族又是幸运的，他们的努力追寻，终于追上了一轮初升的太阳——中华人民共和国的诞生。从此，在中华民族的大家庭中，他们有了自己正式的名称，有了和其他民族一样拉起手来共同富裕的平等地位。同时，这个民族也是一个善于学习和富有包容性的民族，他们发现外来乐器吉他的音域比他们传统的小三弦更宽广、共鸣更好，而且和弦也更能表现拉祜族歌曲中的多声部合唱。于是，他们在坚持使用小三弦的同时，也用吉他为自己的快乐伴奏。当然，歌曲的内容、甚至演唱的风格还是原汁原味的拉祜族元素。在北京、在中央电视台的演播大厅里，他们黑红相间的民族服装配上多色彩的吉他，演唱着一首叫《快乐拉祜》的歌曲，一切是那么的自然和谐。

同样的，随着这个民族追赶时代的步伐，一批拉祜族的文学爱好者和作家也成长起来，他们在继承本民族口头文学的基础上创作出了拉祜族的第一批文人作品。当然，在这个过程中，很多的汉族作家和非拉祜族作家为他们的成长做出了很大的努力，政府和有关部门也一直在为此提供着有力的支持。我们今天奉献在读者面前的这套丛书就是一个很好的证明。

这本选集是拉祜族文学中前所未有的第一部。这是一个无可争议的事实。这其间的不少作品其实也是这个民族的第一次、第一个或者第一篇、第一首。因此，这些作品中时时流露出的稚拙也同样无可争议。但是，通过这些作品，我们听到了拉祜山丛林的风雨，感受到了拉祜山乡土的冷暖或者哀乐，看到了历史上拉祜人艰难的生活和对美好爱情、幸福生活的追求，更看到了一个长期没有自己文字的被称为“猎虎民族”的族群在奋力追赶时代潮流的步伐。

拉祜民族是幸运的，拉祜族作家也是幸运的。他们幸运地站在了一个时代变迁和文化的交叉点上。这个交叉点让他们感受到古老的过去，又深深地体验到现代文明带来的巨大冲击。各种各样的文化在这里碰撞。这种碰撞让当代的拉祜族作家们既痛苦又兴奋，五光十色的大千世界让他们想停也停不下脚步。他们只有努力前行，去寻找文学的方向和享受创作的甘苦。而这些，正是产生伟大作品的人文基础和时代背景。期待，在不是很远的将来，我们会看到拉祜族的作家和他们的作品走向一个更高的文学境界。

2014 年 10 月

附：后记

中国作家协会编辑出版“新时期中国少数民族文学作品选集”，这不仅是中国当代文坛的盛事，也是中国少数民族文学的幸事，它将使中国少数民族文学发展走向一个新高度。接到编辑《新时期中国少数民族文学作品选集·拉祜卷》通知时，说真的，心里充满了幸福和感激！感谢中国作协对少数民族文学事业的支持和抬爱，也感谢云南省作协给予自己的信任和肯定！然而，兴奋之余也不免产生些许担忧，感觉肩头责任沉重，压力甚大，深怕辜负众望，但这些担忧很快随着手头这些拉祜书面文学的展现一一消去。我们相信，在各方面的关注和支持下，我们会交出一份满意的作品。虽然拉祜族的弹唱歌舞表演在普洱市位居前茅，甚至登上了央视和国内外的舞台，如世人耳熟能详的《婚誓》曾唱响了大江南北，并成为经典，在文学方面却一直都很薄弱，写作者寥寥，作品很少。尽管如此，一些作者还是在文学这条路上执著地前行着，不懈地努力着！

本书收录了普洱市、西双版纳州和临沧市有关作者的小说、散文和诗歌作品。他们的作品曾获“全国少数民族文学创作骏马奖”等在内的国家级和省级的一些奖项。他们的作品用质朴和热情抒写拉祜山这片土地，用独特的视角和生活体验来展示浓郁的边地少数民族的风土人情、精神信仰。透过他们面对困难、矛盾的处理方式，揭示了少数民族朴实、热情、善良的秉性和超越苦难的人性之美。

尽管我们的作者已尽全力，但和其他民族的作品相比还有一定的差距，仍显厚重不够！但我们相信：希望在未来，只要我们满怀信心，希望就不远！通过这本书，我们呼吁更多的拉祜族文学爱好者能够参与到文学队伍来，按照习近平主席为我们指引的方向，写出更多边地题材的、积极向上的、温暖人心的作品。文学的力量是无形的，让真善美时时凝聚正能量，流淌在边疆大地上，抚慰众生。

拉祜族卷编委会

2014 年 10 月

《新时期中国少数民族文学作品选集·水族卷》序言

潘国会

在党的十八大精神指引下，中华民族的民族文化自觉与文化自信不断提高。水族文学就在这种新形势下结集问世了。

本卷所收录者，均为来自不同地区的水族作者创作发表于粉碎“四人帮”以后到2011年12月30日之间的文学作品，

我们优先选编发表在地、市级以上评奖活动中获奖、列入年度排行榜、入选各类文学专集的作品。其题材广泛、内容丰富、体裁多样、风格各异、构思新巧、情文并茂，从不同角度展现出水族特色和民族风情，具有鲜明的时代特征和艺术感染力，能启迪人的智慧，陶冶人的情操，从中获得民族乡土气息，增强民族感情，为广大读者所赞美。

水族文学从口头文学转变为汉语文学书面创作是新时期的一个重大突破。水族从普遍接受汉文化教育至今不过五六十年，旧社会读过私塾的人少之又少，且大多只认得几个汉字、不会说汉话，根本无法用汉语文来记载日常生活以及重大事件。能用简单汉语文来翻译水族语言文化始于上世纪五六十年代。后来，经过党的政策不断深入人心，汉文化教育的不断普及，水族地区文化教育质量不断提高，水族文学读者慢慢意识到可以用汉语翻译和记录水族文化。从此，水族文学才算有了起步，到上世纪80年代开始有文学作品问世。如今，水族文学创作队伍正在不断壮大，作品质量也在不断得到提高。

卷中所选作品内容健康、特色鲜明，符合民族宗教政策，反映改革

开放以来水族地区发展进步及水族精神状态之正能量。它们按小说、散文、诗歌、报告文学排序，以作者发表、出版时间而定，年下按月、月下按日别先后排序。当发表、出版年月日相同时，则以作者的姓氏笔画为序，并按作品获奖、发表刊物层级从高到低排列。每位作者在正文后附以简介。

本卷为水族文学第一个文学选本。有了这个好的开头，相信水族文学之路会越走越宽阔。

水族是我国古老的民族之一，有着悠久的历史和灿烂的文化，主要聚居在贵州省三都水族自治县，其余分布在邻近的荔波、独山、都匀、丹寨、榕江、从江等县，以及广西的融安、大化、南丹、环江、河池等县市，云南省的富源县等等。根据2000年第五次全国人口普查统计，全国水族人口数为40.69万人。

水族先民大约在公元前11世纪殷商亡国之后由中原睢水流域一带向南迁徙，从殷商的主体文化中分化出来，逐步融入百越族群之中。第二次举族大迁徙，大约发生在公元前2世纪秦王朝统一中国发兵征服岭南之后。它促使水族先民从百越母体中分离出来，逐步由南溯流向西北迁徙，进入龙江、都柳江上游一带繁衍生息，大致形成后世的分布格局。经过在共同地域的长期生活，水族先民在经济社会交往中获得文化认同感和归属感，逐渐形成独特的民族文化特征。于是，水族作为一个单一的人群共同体正式形成。

水族有自己的语言和古文字。水语属汉藏语系壮侗语族侗水语支。用水族古文字所写的《水书》是水族古老的宗教文化典籍，也是民间传统文化的精华；在日常生活中，水族人民以口头水语作为主要的交流工具。全国解放以后，特别是改革开放以后，由于接受大量的汉文化教育，水族已通用汉文字。

水族有自已的历法，以小季种植的月份为岁首（夏历九月），以大季收割的月份为年终（夏历八月）。另外，水族有很多节日，如端节、卯节、霞节、舒尼喜等等。按传统，各村寨轮流过节，以图吉利。这些节日大都选在亥日和卯日过。届时，村村寨寨敲铜鼓，家家户户宰畜禽。同时，水族还举行芦笙舞、赛马、对情歌等大型活动。

水族的文化艺术丰富多彩，有大量的口头民间文学。其中，有多种多样的韵文体歌谣和散文体神话传说、故事、寓言、童话等，以及著名的情歌和双歌，即喜济和喜走。民间工艺有剪纸、刺绣、染织、编织、银饰加工、陶瓷、雕刻等。水族还是一个能歌善舞的民族，每逢节庆必欢舞助兴。

2014 年 7 月

附：后记

《新时期中国少数民族文学作品选集·水族卷》收录了改革开放以来水族作家的百余篇（首）优秀作品。

水族作家主要聚集在贵州。水族人口不多，相比那些文学强势的民族，其创作队伍并不那么强壮。但是，水族作家们在文学百花园里也结出了朵朵奇葩，一些人还获得了少数民族文学创作骏马奖。正是他们在文坛上的辛勤耕耘，使得水族文学成为中华文学宝库中不可或缺的一部分。

为全面展示水族作家的创作态势，贵州省作家协会从拟定编辑方案到组建编委会，都经过认真酝酿和仔细斟酌，并严格按照中国作协关于“新时期中国少数民族文学作品选集”丛书编辑方案的要求选编作品。贵州省作协在收到中国作协下发的选编通知后，即通过电子邮件、电话等方式，发送选编通知至贵州省各市州作协及相关省市作协，并召开编委会议，商议作品选编标准、审读要求等。主编潘国会、副主编任菊生，根据各方提供的水族作家名单、联系方式及时与水族作家联系，收集作品，分别审读。为全面展示水族作家的创作成就，潘国会还多次下到县区乡，甚至远走广西，亲自上门收集老作家的作品，还为许多没有电子文本的作家作品码字打印。主编、副主编在不到三个月的时间里通读了所有稿件，不断交流信息，反复与贵州省作协沟通，力争做到全面公正，多方位展现水族作家的创作水准和整体实力。

然而，因该选集所选作品时间跨度长、选编时间短，编辑水平有限，难免有遗珠之憾，敬请各位读者、作者谅解。

最后，本卷编委会要感谢中国作协创联部的有关指导与协助，感谢广大水族作家的关心与支持！

水族卷编委会

2014年4月28日

《新时期中国少数民族文学作品选集·东乡族卷》序言

冯　岩

生活居住在我国大西北甘肃省临夏回族自治州境内的东乡族，是甘肃境内特有三个少数民族之一。目前，全国大约有东乡族人口60多万，其中，甘肃省临夏回族自治州大约有45万，东乡族自治县境内聚居着22万，其余散居在新疆、青海、宁夏、兰州、定西等地。

历史上，东乡族自称Sarta，原意为“商贾”，是以成吉思汗西征返回后留居的中亚撒尔塔人为主，与当地汉族和回族等其他民族逐渐融合，于元末形成的一个新民族，史称“东乡回”“回回”等，解放后统称“东乡族”。东乡族语属阿尔泰语系蒙古语族，有语言无文字。现在，大多数东乡族成年人兼通汉语，汉字是东乡族的通用文字，部分东乡人会用阿拉伯字母拼写东乡语或汉语的“小经”文字。东乡族信仰伊斯兰教，有独特的民族风俗习惯。西北“花儿”是东乡族民间文艺的重要形式之一。东乡族所在地的历史文化遗存非常丰富，2012年在东乡韩则岭发现的世界上珍藏的最古老的牛皮《古兰经》，具有很高的历史文化价值；境内有马家窑、齐家、辛店等文化类型文化遗址10多处，以及被喻为“龙骨”生长在数千万年前的古生物化石；有被称为“中华第一刀”的在东乡林家文化遗址考古出土的铜刀，经考证，其为我国最早的铸铜器物之一；风山乡池滩出土的乌龟化石亦被国家博物馆所收藏。源远流长的东乡族民俗风情、诗歌传说、民族碑铭、丹霞地貌、遗存古迹，与现代民族经济文化相映成辉，特别是进入新时期改革开放30多年以来，发生在这块贫瘠土地的神奇变迁，让人感慨赞叹不已。

东乡族是全国唯一以居住地地理方位命名的少数民族。过去，由于其居住境内“山高没顶子、沟深没底子”，极其险恶的自然条件，养成了这个民族坚忍不拔、性格刚毅的民族特点。同时，东乡族非常热情好客，乐观豁达，为人质朴。东乡手抓、东乡平伙、东乡土豆片、唐汪桃杏、油香、馓子等民族特色饮食闻名各地，传统的东乡族擀毡技术、刺绣技巧也很有名。东乡族有自己丰富多彩的民间文学和古老的民族艺术传统、神话传说、民间故事、民歌“花儿”、谚语和谜语等。长篇叙事诗《战黑那姆》《璐姑娘斩蟒》和《勇敢的阿里》，脍炙人口。其中，叙事长诗《米拉尕黑》《赤孜拉姒》等是其民间文学宝库中的代表作品。《白羽飞衣》等童话故事颇富启迪和教育意义。新中国成立以来，在现当代民族文学领域，东乡族中涌现出了不少著名的老中青作家。如著名东乡族诗人兼花鸟画家汪良玉先生，他早在解放初期创作的宏篇叙事长诗《米拉尕黑》就十分有名。进入改革开放以来，他又出版有诗集《汪玉良诗选》《大地情思》《水磨坊》，长篇小说《爱神・死神》（合著）等多部文学专集。其作品曾获全国第一、二届少数民族文学一等奖和第七届全国少数民族文学骏马奖，甘肃省敦煌文艺奖等多种文学奖10余次，曾获得中国作家协会颁发的文学创作60年荣誉证书，以及甘肃省委省政府授予的“文艺终身成就奖”。著名东乡族作家、学者马自祥先生成果显著，其作品涵盖了小说、诗歌、散文、民族民间文学研究等多个领域，曾出版各种文学作品和学术著作20多种，先后荣获中国文联、中国民协授予的“德艺双馨”艺术家称号，曾经两次荣获全国少数民族文学骏马奖以及甘肃省委、省政府授予的“文艺终身成就奖”等。近几年来，东乡族历史上的第一个女作家冯岩、东乡族青年作家了一容、诗人钟翔等也陆续在全国少数民族文坛崭露头角。其中，冯岩已经发表各类作品数百万字，出版个人散文集3部，与人合著5部，其两部作品集分别获得甘肃省首届“黄河”文学奖优秀奖和第五届甘肃少数民族文学一等奖等；钟翔出版个人作品集3部，散文集《乡村里的路》获得全国第十届少数民族文学骏马奖；东乡族实力派青年作家了一容，更是在全国短篇小说创作中独领风骚，其小说多次被《小说选刊》《小说精选》《中华文学选刊》等转载，并入选年度最佳小说和各类文学书籍，部分作品被译介到国外，曾获中国当代少数民族文学研究创作新秀奖、全国第三届春天文学奖等10多个各种文学奖项，并获宁夏“德艺双馨”文艺工作者称号。另外，新疆东乡族诗人艾布出版多部诗集，并且翻译了大量的维吾尔语版诗歌作品，曾经两次获得新疆“汗腾格里文学奖”等；东乡族老作家马如基、汪玉祥以及作家马自东等都出版了作品集。以上几代作家及其代表作品，以勤奋执著的精神和不懈耕耘的实力，成为新时期东乡族文学的瑰丽篇章。

此外，新时期东乡族作家中也不乏像著名民间文艺家赵存禄先生和著名地方史学者马志勇等一些爱好文学写作的文人墨客。他们在从事自己专业领域研究、取得显著成果的同时，也发表了一些高质量的文学作品，实属难能可贵。还有，入选本卷的不少东乡族作家、文学爱好者及其不同风格的文学作品，同样展示了新时期以来东乡族文学百花园中山花烂漫、百花争艳的繁荣景象。

2014年3月

附：后记

为繁荣发展我国少数民族文学事业，中国作家协会决定选编出版“新时期中国少数民族文学作品选集”。2014年的春天，根据中国作协少数民族委员会关于征集出版第二批“新时期中国少数民族文学作品选集”的通知精神，甘肃省特有民族东乡族入选第二批名单。为此，甘肃省作协积极组织开展甘肃特有民族之一东乡族的作品选征集组稿工作。此项工作得到甘肃省文联和省作协领导的高度重视，安排省作协副主席魏珂牵头负责此项工作，并成立该书编委会，征求东乡族老作家汪玉良先生、马自祥先生等人的意见和建议，由东乡族女作家冯岩具体负责该作品集稿件的征集、初审以及筛选、编辑等各项具体工作，从全国范围内广泛征集到新时期以来在东乡族文学创作中有一定影响和实力的作家作品和其他反映东乡族文学成就的各类优秀文学作品，共征集各类作品200多篇，从中筛选出近百篇各类作品，充分体现了新时期以来东乡族文学创作的崭新风貌。

在本书的征集编辑过程中，我们本着尊重历史、尊重作者的原则，广泛发放了约稿函征集作品，在着重收集、整理上世纪七八十年代东乡族优秀文学作品的时候，认真细致地进行了有关作家书稿作品的分类梳理、初审和甄选工作。由该书主编冯岩全面负责、尽职尽责，西北民族大学的硕士研究生马小平、包嘉敏也尽心尽力协助其开展从收集、复印、打印电子版等等繁杂的工作，付出了大量细致艰苦的劳动。省作协副主席魏珂、省文联副主席汪小平等的督促和指导，保证了此项工作的如期顺利完成。但由于我们的水平有限，掌握的资料有限，加之时间紧迫，难免有这样或那样的疏漏和不尽如人意之处，还望恳请各级文学界领导、前辈和广大的读者、作者朋友，特别是东乡族的同仁们多提宝贵意见和建议为盼。

东乡族卷编委会

2014年4月12日

《新时期中国少数民族文学作品选集·纳西族卷》序言

杨世光

春风传吉讯，心海起欢澜。获闻中国作协斥巨资组建庞大的工作团队编纂出版“新时期中国少数民族文学作品选集”，纳西族文学卷荣列其中的消息，我作为纳西族一名老作家，感到欢欣鼓舞，热血沸腾，为这一排虹列锦、宏伟空前、赋意深远的历史工程拍手叫好。

让我担任纳西族卷的主编，不免诚惶诚恐，因我多埋头于自己的30余部著作而未能对纳西族文学的最新态势做更多深细观照，唯恐力不从心；但好在有年轻的和晓梅副主编和其他编委的鼎力襄举，他们富学博才，把时握新，见广识远，加之广大纳西族资深作家和新锐作家的热切支持，形成强势合力，使我又获得了满满的信心。我深深意识到，纳西族文学是中华民族文学宝库的有机构成，它和各民族文学一道璀璨于古今，这正是它的价值意义所在。让纳西族文学的多元、博大和精深更完善地彰显于世，让它的精神、气质进一步融入到民族的心灵和血脉之中，化生出民族前进的鼓扬力，是我们的光荣使命和历史责任，是一份义不容辞的担当。这也正是我们合力编好这卷作品的出发点和着眼点。

以党的十一届三中全会为伟大标志的新时期以来，纳西族文学和全国各民族文学一样，迎来了欣欣向荣的春天。作家们沐浴着改革开放的阳光，解脱精神枷锁而自由呼吸，释放情怀，发奋创作，为新时代歌唱，谱写盛世华章，使纳西族文学以焕然一新的面貌推进到了崛起与繁荣的新天地。

自然，对纳西族文学来说，这样的发势局面，也是历史根基和传统源脉的赓续与弘传。纳西族是一个崇尚文化的民族，生活在高山险峻、江河雄浑的大美环境中，善于从自然灵气与社会文化的契合中培养深沉内敛又不断进取的性格，进而创生出自己的文化。唐宋以还，它回旋在汉文化、藏文化、南诏大理文化三面强势交汇的地带，始终保持了敏于学习和多向包纳的热情和智慧。文字，稳步成为最好的与外界沟通一致的媒介，也成为纳西族解读自己、展示自心的渠道，于是，文字和书写文字的人们在这个民族中得到最大的尊崇。这个根脉，一直沿传而下。

纳西族的书面文学，最早是用自己的象形文字撰作的东巴文学作品。而纳西族对先进文化的追仰，使它在明代便兴起了汉文作家文学，首开先例是土司阶层的木氏作家群，木泰写了纳西族第一首格律诗，其后是木公、木高、木青、木增。公、增二人的诗文选入《列朝诗选》《四库全书》，影响直达中原。清代“改土归流”后，出现了一批来自中下层的旁姓作家群，当中有先行者周之松、李洋，有成就显著者桑映斗、牛焘、杨竹庐、杨昌、木正源、李玉湛等。从“五四运动”到新中国建立，纳西族文学进入新文学时期，相继出现了第一个小说家李寒谷，第一个女作家赵银棠，第一代新诗人杨琦、和柳等，他们的新样式作品在省内外赢得了声誉。

时至今日，在几代作家不懈努力接力的基础之上，纳西族文学总体随时代前进而呈喇叭状放射发展，作家阵容不断壮大，创作题材更加广泛，形式嬗变更趋多样，艺术手法更臻成熟，文学研究渐入佳境，各类作品日益繁荣。我于 1994 年在丽江召开的“20 世纪纳西族文学创作讨论会”上所做的主题报告中，把新文学历程分为交接期、开拓期、转折期、崛起期、繁荣期，幸运的是后四时期的代表性作家都聚合到了繁荣的新天地；而我在报告末尾所列的诸如“缺乏史诗性长篇力作”“在国内外有影响的作品为数不多”“女作家少”等不足的缺点，于今已得到了彻底的改观。这样的聚合繁荣与大改观，在这卷作品中得以信实反映，令人欣慰。

梳理繁荣的经纬，抽绎到的是作家们更为丰富的具象，栩栩然跃动在这卷作品的字里行间，显现出纳西族新时期文学队伍的如下特征：

老作家矢志不渝，笔耕不辍。哲思灵动的诗人杨琦，以随笔名世的赵银棠，以短篇小说步入文坛的赵净修，用 18 年写成 142 部长篇小说的历史演义巨匠王丕震等，长寿而跨入新时期，孜孜不倦创作，直至鞠躬尽瘁而谢世；进入古稀的老作家木丽春、牛相奎、戈阿干、杨正文、和国正、杨森，包括我，小说散文诗歌论文几套笔墨齐挥，他们的成果大多获得省级以上文学奖，其中戈阿干和我获全国少数民族文学创作奖（骏马奖前身），是新时期文学的中坚力量之一，至今依然保持着创作的激情，行走在创作路上不离不弃，堪为风范。

中青代作家稳健有为、自强不息。英年早逝的沙蠡，毕生以文学为梦想，出版了20余部作品，无憾于己，无愧于世；军旅作家和国才的小说和拉木·嘎土萨的诗文，摘取了全国少数民族文学创作奖（骏马奖前身）；白郎的文化散文，大气、深邃，充满历史感和社会感；人狼格的诗，深远空灵，能达到灵魂深处；和克纯的诗，以个性的话语点染社会与人生；蔡晓龄的诗与小说，摇曳生姿，富于张力；和绍全的散文别具一格地反映时代和人生命运；白庚胜、杨福泉的散文，透出一股学术气韵；周文英的散文因真因情而动人，她还以本民族的角度审视作品，写下一批高质量的评论；和大海的散文博语锐思，卓有棱角。他们所在的行业岗位各异，却都充当着创作的桢干，为纳西族文学事业做出了可贵的贡献。

青年作家层出不穷，前景灿然。当中的佼佼者和晓梅的中短篇小说，连连发表于国内重点刊物，以其独异的历史景深和艺术神魅，入围“21世纪文学之星”丛书，先后摘取《边疆文学》奖、“春天文学奖”、《人民文学》年度奖等多项国家级和省级奖；东巴夫出道即不凡，获滇西文学奖；和凤琼的小说充满了神奇灵性；周杰的诗细腻动人；90后的李志文初露锋芒，等等。他们涉濯新潮，文感新敏，手法新灵，语境新阔，透出一派新气。他们是纳西族文学的未来。

纳西族文学就这么代代相承，环环相扣，向着光明的新里程延伸。

在这卷作品编选当中，尚有已故作家杨廷圣、剧作家和汉中等诸多作家的作品，包括纪实、评论、诗词等，由于体例、时限等因素的制约，未能选入，但他们的作品同样闪烁在纳西族文学的长廊，谨此向他们表达由衷的尊敬。

全卷编就之际，也让我向承担具体运作的王川蓉名誉副主编、和晓梅副主编及为编辑工作尽心尽力的编委和编校同仁，表达由衷的感谢。

最后，我借木增“著作重光亘代标”“始信如椽出大方”的豪语，引作纳西文学的新预言，并接赋一首绝句，寄托美好的祝愿：

漾彩文泉茂母邦，
珠鸣玉响叩心窗。
天时雨露源源沛，
执信群流化大江。

让我们为构铸“亘代标”之作，筑圆我民族的文学大江梦而努力拼搏。

谨为序。

2014 年 4 月

附：后记

2013 年夏末秋初，云南楚雄凉意未至，暑气尚存，“新时期中国少数民族文学作品选集动员大会”在这美丽的彝州召开。我们得知中国作家协会将花费巨资，组建庞大的工作团队，出版自十一届三中全会以来的各少数民族文学作品选集大型丛书，纳西族卷荣列第二批出版规划，由纳西族著名作家、云南人民出版社原副总编辑杨世光先生担任主编，和晓梅主席担任副主编，负责具体事务。

想想看，30 年历史积淀，55 个少数民族，这将是一套多么博大多么深远多么厚重的丛书！我们纳西族文学能荣列其间，成为密不可分的一个链环，而我们将是它的编纂者和记录者，这又是一件多么荣耀的事情！

当时，参加会议的除我以外，还有白族卷、佤族卷、傈僳族卷、普米族卷的主编、副主编，负责该项工作的中国作协创联部副主任尹汉胤先生、云南省作协主席黄尧先生。

很快，经与杨世光先生多次协商、讨论，我们制定了编辑方案，并确定了编委会名单，编选工作开始有条不紊地进行。

《纳西族卷》的编纂工作，受到时任中国作协书记处书记白庚胜老师的关注，作为纳西族杰出的学者、作家，他十分关心纳西族卷本，打电话询问我工作进展情况，在我到北京参加青创会的时候又特别嘱咐我不能遗漏一些在外工作的纳西族作家，并列出细致的名单。他对工作的一丝不苟，对青年作家的莫大信任与鼓励，深深感动了我。

在编选过程中，我们按中国作协通知精神，所选作品时限为十一届三中全会以来至2011年底，个别作品稍延至2012年中，各类作品一律按发表和出版时间先后顺次排序。

至2014年4月底，纳西族卷本的编辑工作初告完成，杨世光老师在最后终审时做了细致的阅改、订正、定稿。

我们十分怀念这段艰苦忙碌却充满了温暖与感动的日子，感谢所有为这本书真诚付出的人：

丽江市文联主席王川蓉女士提供了良好的工作环境，并调配了工作人员，配合工作，在她的大力支持下，编辑工作十分顺利；丽江市文联党委书记曹文斌提供了宁蒗纳西族摩梭作者信息；就职于成都的白郎老师帮助收集客居四川的纳西族作家信息，为落实杨琦老师的生卒年月，他还与杨琦老师的女儿杨菲女士取得联络；和大海老师认真整理香格里拉区域纳西族作家及其作品的相关信息提供给我们；李承翰编委承担了第二遍审读的工作；其他所有编委都尽其所能，给予我们最大的支持和配合；云南师范大学丽江籍教授余嘉华老师帮忙提供了一些作品。值得一提的是，我的同事杨冬梅、何顺学分担了最烦琐最辛苦的打印、扫描、校对和排版等一系列技术工作。如果没有这些师友的无私付出，很难想象这本书的选编会如此顺利完成。

也许，纳西族卷在所有的卷本中并不是最闪亮、最耀眼的一卷，但我深信，假如多年以后的某一天有人愿意翻开它，并静静地阅读下去，那他会惊讶地发现：这是一个多么具有内涵的民族！虽然人口数不多，可她却拥有那么多热爱生活、欣赏生命的人。她的灵魂，她的高贵，她的情怀，全在这沉淀的文字中复活。

最后，我要强调的是，出于各种方面的原因，《纳西族卷》也会存在种种不足，但能为这本书尽心尽力地工作过，将成为我们生命中最值得珍藏的一页。

纳西族卷编委会

2014 年 4 月 30 日

《新时期中国少数民族文学作品选集·景颇族卷》序言

穆智·玛波

景颇人从西北向西南迁徙的波澜壮阔的历史进程中，历经几千年的风雨飘摇，在血与火的浸染中艰难跋涉，在汹涌的波涛中奋勇前进，并创作了著称于世的创世史诗《目瑙斋瓦》和婚嫁史诗《孔然斋瓦》，以及各种优秀的口头文学。景颇族文学之所以能够得以迅续发展，作为太阳神——炎帝的子孙，我们酷爱艺术，创造艺术，用口传的方式，把丰富多彩的民间文学以口传方式一代代传承下来，为后世文学创作打下了坚实的基础。

相传，景颇族曾经有过羊皮文字。在漫长的迁徙途中，由于战乱、气温等诸多原因，文字逐渐消失，但从妇女的上百种织锦图案名称和男人刻在竹木器具上的图案名称中可以看出，景颇族文学一直以特殊的形式存在于生产生活中。

现在使用的景颇文，是 1895 年由美国传教士和景颇族大斋瓦、大懂萨、大祭司们通过反复研究后，在缅甸克钦邦八莫创造出来的。它于上个世纪 30 年代初传入德宏。从文字传入德宏到改革开放之间，虽然在北京民族大学和云南民族大学开设有景颇语专业班，也有了报纸和电台，但景颇族文学创作（主要指文人创作），少之又少。更不用说用汉文创作，人们学习景颇文的主要目的仅仅是读《圣经》。在很长一段时间里，景颇族文学创作基本上属民间文学的范畴，还没有形成真正意义上的书面文学作品。改革开放后，景颇族文学创作一开始就充满活力，展示出勃勃生机和无限的前景。作家们纷纷创作发表了自己的作品，使整个景颇族文坛热气腾腾，欣欣向荣，呈现出前所未有的文学浪潮。景颇族祖祖辈辈连想都不敢想在报刊上发表作品，而今自己的作家群出现了，自己的民族能够在报刊上讲自己想讲的话，可以表达自己的愿望了。这是一个惊天动地的变化，这应当感谢改革开放给景颇族作者带来的春雨春风。有了改革开放，才有景颇族文学的今天。它使景颇族的诗歌、散文、小说作品陆续刊登在各级报纸杂志上，个人中长篇小说也陆续出版。从上世纪 70 年代末初见端倪到 80 年代末形成的“景颇族作家群”在云南风靡一时。总人数不到 14 万的人口中，在短时期内文学发展得如此迅速（含用母语创作的作家作者），主要得益于党的民族政策落到实处，得益于相关部门的鼎力支持，得益于景颇族厚重的民族历史文化和丰富多彩的口头文学。

为落实党的十八大精神，中国作家协会组织编辑出版《新时期中国少数民族文学作品选集》，并指定让我主编景颇族文学卷，使我有幸成为通览景颇族当代文学史（汉文部分）的第一人。我们编委会力争使每个文学爱好者能在这本《新时期中国少数民族文学作品选集·景颇卷》上留下痕迹，虽然所选作品质量参差不齐，但与其他 56 个兄弟民族站在一个平台整体亮相，将对景颇族文学创作起到积极的推动作用。

30 多年来景颇族文学史上已有三位作家荣获五次少数民族文学“骏马奖”，这是文学发展的最好见证。他们的获奖，是对景颇族作者一次次最有力的鼓励和鞭策，相信景颇族文学的明天一定会有更大的发展。遗憾的是，这些获奖作品因时间原因来不及翻译并选入此卷之中。

景颇族文学事业的发展是令人振奋的，甚至令人震惊。从无到有、从小到大的作家群，书写了时代的新篇章，填写了景颇族文学史的空白。取得的成就可喜可贺，也值得骄傲。客观地说，横向比，和其他兄弟民族还有很大差距；纵向比，的确是不断超越自身的历史，发生了天翻地覆的变化。通过发展，有了一定的数量，但还没有出现真正意义上的在全国范围产生影响的汉语作品。还有待于加倍努力，不断创作，争取在量的基础上有质的飞跃。

2014 年 7 月

附：后记

这个选本终于完成了。天气很热，此时喝口茶，冲个凉，吹阵风是惬意的，但我们的心里沉甸甸。

景颇族是一个多支系、多语种的跨境民族，主要居住在缅甸、泰国、印度和中国云南德宏、临沧、怒江地区，经历了从西北到西南的漫长迁徙，与周边各族人民、相邻国家边民和谐相处，抗击英、日入侵者，创建了自己的山地生活模式，开辟了边境贸易，禁毒防艾等等历程，生活悲壮多姿，可歌可泣，方方面面都在文学作品中有所反映。而这些表现本民族生存状态与审美取向的作品，大多是用景颇文完成并发表在景颇文的报纸、杂志和书本上。文学是美学，美是共通的，但（由于只要求用汉文创作并发表的文学作品）一些深受国内外景颇族读者喜爱的母语作品这次是真的遗漏了。

这个选本就所选汉文文本来说也有遗憾。尽管我们广泛联系了有关作者，但是有的作者已经离世，有的作者根本联系不上，使自荐与推荐结合，稍显空虚。

值得欣慰的是，我们这个有文字史仅一百多年的、几十年前发表文章还只标体裁、不标题目的民族，现在已经有了上百人的创作队伍。他们有的使用本民族文字，有的使用汉文，有的使用缅文、泰国文、印度文等文种创作。写出了有影响的长篇、中篇、短篇小说和散文、诗歌及影视文学剧本。有几个作者甚至创造了景颇族文学的多个第一：比如第一个出版个人单行本，第一个获得省级奖，第一个获得全国性奖励，第一个作品被译成英、日文，第一个在省级或国家级刊物发表作品，第一个写出被公映的文学剧本……

我以为，景颇族文学的“摹写”阶段已经完成，“思与表”的阶段已经来临。如何更深入、更广泛地思考我们的历史和生存状况，更多、更技巧、更深层地表现我们的人物、环境、单纯和复杂……是全体景颇族作家面临的问题。

我回老家时，寨子里的老人说要请月亮下来和我玩一个晚上，而且真的玩了一个晚上。我问我们为什么搬家时，他们说："你家公（你爷爷）看见有九个马鹿飘在空中所以就跟着走了。"

这两个事情让我思考什么是形而上，也让我坚信我们是一个诗性的民族。这个民族没有伟大作品诞生似乎是不合逻辑的。

景颇族卷编委会

2014 年 5 月 26 日

《新时期中国少数民族文学作品选集·柯尔克孜族卷》序言

赛娜·伊尔斯拜克

中国文学是多民族的一体多元的，是中华民族文化振兴一个不可忽略的元素，是国家和民族持续发展的精神动力之一。全球化是当下的现实，在一体多元主义文化背景下，回归文化传统、寻求民族文化身份的认同成为不可遏制的潮流。从中国少数民族文学的角度来看，重要的是我们拿什么对外交流？发扬我们自身的什么优势，我们的作品才会被关注、被研究、被传播？目前存在哪些问题制约我们的文学发展？在新的历史时期各族人民共同书写“中国梦”的当下，我们该如何讲好中国故事，传达中国声音？

随着国家对民族文化、原生态文化的尊重，各民族之间的文化差异和文化特点得到了很好的重视。柯尔克孜族的史诗《玛纳斯》成为世界非物质文化遗产被加以保护、传承和研究，中国作协少数民族文学发展工程、新疆民族文学原创和民汉互译作品工程等，都与国家对保护文化多样性的扶持分不开。的确，在新世纪实施中国少数民族文学发展工程，对人口较少且用母语创作的柯尔克孜族文学发展起到了推动作用。

中国柯尔克孜族人口 20 多万，其文学创作 99% 使用母语。母语写作是作家对民族身份的认同、对民族文化的自觉坚守。母语作家以其民族特有的审美方式感知和认识世界，以自己的母语反映本民族社会历史生活，表达作家及其民族对世界的独特审美观照。母语写作，既是民族文化发展和中国文学全面发展的需要，也是促进国际文学交流和加强睦邻友好关系的需要。在全球化背景下，中国少数民族母语写作对于保护世界文化的多样性和差异性亦具有特殊意义。

民族地区生活的差异性、思想情感的独特性是作家创作的丰富资源。柯尔克孜族作家扎根于民族生活的热土，从饱含民族历史文化内涵和生活气息的沃土中挖掘素材、提炼生活。如果脱离民族生存的土壤就意味着放弃了自己的优势与位置，那么柯尔克孜族文学的发展之路就是植根传统的坚守、丰富之路。柯尔克孜族文学主要由民间文学和书面文学两个部分组成，最为著名的是英雄史诗《玛纳斯》。这部史诗是世界文学的瑰宝。除此之外，还有民间达斯坦（叙事长诗），如《交劳依汗》《阿吉巴依》《萨依卡勒》《巴额什》《托勒托依》等。史诗中诗化的英雄已成为民族审美感情的凝结体，因为他凝结着锤炼千百年的民族感情，具有生动感人的艺术力量。柯尔克孜族书面文学的发展伴随着其经济生活的变化涌现出一大批诗人和作家，如阿曼吐尔·巴依扎克、艾斯别克·奥汗、吐尔干拜·克力奇别克、加安巴依·阿萨纳勒、萨坎·吾买尔、阿山巴依·玛特勒、曼拜特艾山·叶尔格、吾尔哈力恰·克德尔巴依、阿布都热合曼·斯玛依、莫明·阿布都卡得尔、朱玛卡德尔·加合甫等等。这些作家在诗歌、小说等领域创作了一大批在国内外皆有影响的作品。它们植根于本民族人民的生活土壤，挖掘和表现本民族独有的生存状态、特定心理、生活特质和文化传统，塑造了具有鲜明民族性格的艺术形象。这一类作品，占了柯尔克孜族书面文学的主流。柯尔克孜族是一个史诗民族，是一个用诗歌来表达自己的民族，因而诗歌在中国当代柯尔克孜族文学中占相当大的比重。其诗歌作品语言瑰丽细腻，有着纯粹的民族语言特质、思维模式和强烈的民族特性。柯尔克孜族当代文学长篇小说也有了令人惊喜的长足发展。吾尔哈利恰·克德尔巴依的长篇小说《阿吉别克英雄》价值不仅仅在于揭开历史之谜为英雄立传，为草原游牧文化正名，更在于它所具有的现实意义。买买提吐尔逊·玛提克的长篇小说《潇潇旷野》讲述了20世纪二三十年代一个穷乡僻壤小小牧村的故事。通过描写以曼别特为代表的柯尔克孜族进步人士在中国共产党领导下获得新生和荣耀的故事，刻画了一代英雄人物和有志之士的光辉形象，表达了人们对自由和幸福的追求，富有浓郁的民族特色。

当我们把作品作为民族文化传承和积累的一种范本还原于它们所属民族的文化系统和文化语境时，许多在主流文化语境或其他文化价值系统中不被注意的文化价值便会立即凸显出来。它们包括草原文化朴素的生态意识、人性的真善美等等。在差异性与独特性中探求人所共有的普遍性是民族文学的优势之所在，也是世界上不同国家不同民族的优秀作品的共同追求。柯尔克孜族本身就有爱护自然、敬畏山水的传统。柯尔克孜族作家艾斯别克·奥汗的《大象的眼泪》、吐尔逊·朱玛勒的《猎人》、阿依别尔地·阿克骄勒的《三条腿的野山羊》，都蕴含着草原文化朴素的生态意识，对贪欲无度的人们敲响了警钟，让我们看清了生态破坏和人的精神蜕变的关系。柯尔克孜族女作家古丽孜亚·瓦力的长篇小说《喧嚣的蛙沼》，讲述了主人公以贪婪之心寻找财富、权力，却为满足自己的欲望最终道德败坏，受到自然界的惩罚。小说大胆尝试民间故事的叙事模式，以女性特有的丰富想象力，深刻反思人与自然界的关系，呼吁保护大自然和人类的生存空间，阐释了人与自然和谐共处的生态文化理念。民族文化的特质与价值是超越国界的。少数民族作家应发扬自身的优势，在全国乃至世界更广阔的文化背景下进行创作，把本民族文化的特质以艺术形式保留并传播出去。

地缘因素决定了柯尔克孜族的文学书写具有开放性。中国的柯尔克孜族主要聚居在新疆，而新疆位于欧亚大陆的心脏地区，与8个国家接壤，是世界上历史悠久、地域辽阔、影响深远的四大文化体系的交会处。去年，习近平主席在出访中亚四国时提出了共建“丝绸之路经济带”的重大战略构想。新疆作为亚欧大陆的桥头堡、丝绸之路的核心区域和横贯东西的交通大动脉，在“丝绸之路经济带”的战略地位非常凸显，今后必将成为名副其实的我国对外开放的前沿阵地。柯尔克孜族文艺作品要乘此东风翻译成汉文或外文出版，同时将国内外优秀作品大量翻译成柯尔克孜文，加以交流、交融，促使柯尔克孜族作家的思维发生嬗变，开始对创作方法和表现方法进行新的思考和探索，为自身的发展和柯尔克孜族文学的振兴迈开新的步伐。目前，柯尔克孜族与其他兄弟民族一样，正经历着自然经济和半自然经济相适应的传统文化向与市场经济相适应的新型文化的转变过程，处于历史性的文化转型期。社会变革给民族地区带来了翻天覆地的变化，柯尔克孜族作家创作出了时代变迁下的人生百态。艾斯别克·奥汗的小说《没有睡意的夜晚》《骑牦牛的人》，反映了柯尔克孜族人在改革开放背景下，在游牧文明与现代文明的猛烈撞击中真实的生存状态。市场经济的阵痛改变了他们的世界，他们的民族心理、民族气质在这空前深刻的社会变革和文化更新的过程中发生了深刻的变化。特别是市场经济与竞争打破了自给自足的经济形态的平衡，大大改变了人与人之间关系的旧有模式。从游牧到定居，改变的不仅是柯尔克孜族的生产生活方式，而且改变着他们传统的民族习俗和观念，以及民族空间分布格局。揭示现实矛盾，描绘改革在柯尔克孜族人民心中掀起的波澜，是这一批柯尔克孜族作家表达的一种方式。

2014 年 11 月 14 日

附：后记

在近半个世纪以来的历史长河中，当代柯尔克孜族作家、诗人被记入了新疆多民族文学发展的史册。“中国作协少数民族文学发展工程”专门梳理和归纳柯尔克孜族作家创作成果的选本，无疑对进一步提升少数民族文学在中国文学格局中的地位和影响，加强多民族文学的交流和对话，促进民族团结进步，具有十分重要的历史意义和现实意义。

柯尔克孜族卷编委会严格按照中国作协出版工程项目的有关要求，将柯尔克孜族具有代表性的作家作品遴选而出，分为中短篇小说、散文、诗歌三部分，以反映粉碎“四人帮”改革开放以来柯尔克孜族文学创作的整体脉络，力求体现柯尔克孜族人民在祖国大家庭在大时代背景下的真实生活状态。该卷是柯尔克孜族作家创作并公开发表的精品力作的权威展示，具有审美价值、艺术价值及研究价值。该卷用诗性文字赞美生活，具有浓郁的民族特色，充分反映了柯尔克孜族传统文化的价值观，深刻体现了民族性同当代性的结合，展示了柯尔克孜人民在历史进程中曲折向前的心路历程以及对美好未来的向往和追求。其中，青年作家创作的具有探索性的作品，极大地丰富了柯尔克孜新时期的文学内容。

诚然，由于本书编选工作量大，时间跨越较长，再加之时间紧，在我们的编撰过程中难免会有所疏漏，也难免会有一些不尽如人意的地方，敬请广大读者谅解。最后，感谢中国作协、新疆作协对少数民族文学尤其是人口较少民族文学的大力扶持！感谢此卷的编委们及《新疆柯尔克孜文学》杂志社的大力帮助！感谢翻译家们的艰辛劳动！

柯尔克孜族卷编委会

2014 年 11 月 14 日

《新时期中国少数民族文学作品选集·土族卷》序言

鲍义志

土族是生活在青藏高原的一个古老的民族。根据2010年第六次全国人口普查统计人口数为2895565人，近29万人，是一个人口相对较少的民族。土族主要分布在青海省，是世居民族。

土族源于吐谷浑，1700多年前从辽河流域迁徙到中国西部。当时的鲜卑慕容氏吐谷浑是今天土族的主体先民。在其形成过程中，融合了蒙古、藏、汉等民族成分，大体在元末时期形成了一个统一的新民族——土族。

土族被称为彩虹民族，土族之乡被称为彩虹的故乡。这不仅仅由于土族妇女的花袖衫代表了土族人的审美追求，更是表达了土族人对大自然和谐之美的追求和对美好生活的向往。

作为土族先民的吐谷浑王国强盛时期，其疆域东起今甘肃东部、四川西北，南抵青海南部，西到新疆若羌、且末，北隔祁连山与河西走廊相连，号称东北4000里，南北2000里，前后共存300多年，是我国历史上少数民族立国时间最长、疆域最大的地方政权之一。吐谷浑时期，丝绸之路青海道被称为吐谷浑道，曾辉煌一时，对中西经济文化的交流产生过重要的桥梁作用。吐谷浑对外开放，善于学习先进文化，吸收和包容文明成果，促进了生产力发展和经济繁荣，也留下了一笔丰厚的精神文化遗产。闻名遐迩的“青海骢”、“阿干之歌”和“折箭训子”，成为中华民族文化宝库里的经典。

土族在历史上全民信仰藏传佛教，涌现过一大批高僧大德。

土族传承和发扬了吐谷浑的优秀文化传统。土族有自己的语言，土族语属阿尔泰语系蒙古语族。土族没有自己的文字，但千百年口口相承流传下来的民族民间文学丰富多彩。创世神话《阳世的形成》《苏贝尔吾拉》，长篇叙事诗《拉仁布与吉门索》以及传说故事《男儿嫁女》《祁家延西》等等，这些民间文学涉及土族生活的方方面面，内容丰厚博大，想象瑰丽神奇，是土族人民世世代代在这块土地上艰难生存繁衍生息的真实写照，是土族人追求美好生活进程的壮美画卷。

土族丰富的民间文学凝聚了这个民族的审美思维、道德观念以及价值标准。同时，土族的文化传统也充分体现了土族文化和中华民族文化血脉相通的关系。而土族的民族民间文化又是孕育土族文学的沃土。新中国成长起来的土族作家和诗人们，无一不从土族传统文化中汲取水分和营养。

董思源是新中国成立以后较早从事文学创作的土族作家。他的小说、散文最早用文学的方式反映了土族人民的精神风貌，充分展现了土族人民翻身当主人的喜悦心情，代表作有《黑泉的故事》《金色的长城》《晨曲》等。他的作品虽然带着时代的印记，但对生活的反映真挚而朴实。

进入新时期以来，土族文学进入了一个蓬勃发展的时期，涌现出一大批作家和诗人，形成了作家群。为此，从 20 世纪 90 年代起，青海省作家协会和青海土族研究会联合，先后召开过四次土族文学创作会议。这些文化活动极大地推进了土族文化的繁荣。

这一时期，从鲍义志、张英俊、桑吉仁谦、李占忠到李卓玛的小说，祁建青、解生才、阿朝阳、东永学的散文以及吕霞、师延智、衣郎等的诗歌，从总体上讲，呈现出一派异彩斑斓的风貌，在我国各民族的文学百花园中散发出独特的芬芳。

土族文学队伍的形成，自然离不开社会和各个方面的支持和关注，但更是每一位土族作家勤奋耕耘和矢志不渝追求的结果。土族作家们植根于生活的沃土，讴歌火热的生活，鞭挞愚昧和丑恶，挖掘人性深层次的底蕴，反思历史积淀的沉重。土族作家们的作品不但走出了省门，发表在了全国一级的刊物上，还被介绍到海外，让外界了解了这一人数较少民族的风貌。在历届的全国少数民族文学评选等活动中，土族作家也为自己和自己的民族赢得了荣誉。

让人感到十分可喜的是，目前，一批年轻土族作家已经显示出了他们不凡的实力，其中如李亘玛，已经创作出版了三部长篇小说，是土族长篇小说空白的填补者。她默默地耕耘，相信会有更大的收获。诗人衣郎的诗作在省内有着一定的影响，他思维活跃，善于从多方面借鉴新的表现手法。这些年轻土族作家们的努力让人看到土族文学新的希望。

感谢中国作家协会为少数民族编选这样一套丛书，使得55个少数民族的文学成果有机会集中展示。中华民族文学百花园的五彩缤纷，充分显示了改革开放后中华大地的独特魅力，而各民族和谐相处正是社会主义优越性的具体体现，我们认为，民族文学的繁荣，乃是对伟大“中国梦”最生动、最鲜活的诠释。

2014年11月11日

附：后记

《新时期中国少数民族文学作品选集·土族卷》选编工作，是从2014年8月份开始的，所选作品为粉碎“四人帮”以来至2011年年底公开发表的优秀中短篇小说、散文和诗歌。长篇小说，列出篇目保存。具体选编工作在本卷本编委会统一领导下进行，主编为鲍义志，各成员依各自不同的工作情况和业务特长，分头实施。初选作品，大致是鲍义志负责选编中短篇小说，祁建青负责选编散文，邢永贵负责选编诗歌。最后，所选作品统一到阿朝阳处完成校对和整理工作。

当然，由于本卷作品的初选工作牵扯时间跨度大、牵扯面广，加上早期作品没有电子文稿，也使选编工作遇到了较大困难。但是，作为本卷选编人员，抱着对本民族文学事业的满腔热情，抱着对作者负责对历史负责的认真态度，辛勤工作，尽最大可能还土族文学以本来面目，基本保证了入选作品的思想性、艺术性及其时代和风格所赋予的代表性。

2014年9月，初选工作基本完成。随后，由阿朝阳负责校对、整理初选作品，同时联系作者，对初选作品中的相关内容再做必要的修订和补充。2014年9月底，阿朝阳完成这项工作，由其将大致作为定稿的文本呈交主编鲍义志审定。本卷本主编鲍义志在接到文本后，于百忙之中以最短的时间审读完全文，并欣然作序。至此，《新时期中国少数民族文学作品选集·土族卷》宣告编定。

眼下，《新时期中国少数民族文学作品选集·土族卷》即将出版，不用说，这是土族文学史上的大事、喜事。作为编者，能接手这项工作，深表荣幸。

《新时期中国少数民族文学作品选集·土族卷》的出版，是中国作协自2013年以来实施的少数民族文学发展工程又一具体项目，寄予着党和国家对土族文学事业的关心，也寄予着对土族文学事业的希望。我们相信，《新时期中国少数民族文学作品选集·土族卷》的出版，必将激励现有土族作家的创作热情，催生土族新一代作家群体，从而有力地推动土族文学事业健康蓬勃发展。

土族卷编委会

2014年12月5日

《新时期中国少数民族文学作品选集·达斡尔族卷》序言

吴 刚

“一沙一世界”，这里面蕴含着丰富的哲学意味！由此，我想到，一个民族不分大小，都拥有自己的文化，拥有独特的精神文化生活。达斡尔族虽然是一个只有13万人口的较少民族，但同样，她的文化魅力无穷。

达斡尔族人生活在东北大兴安岭脚下、嫩江岸畔。丰富多彩的英雄故事、乌钦说唱、民歌扎恩达勒、神话传说哺育了一代代达斡尔人，也给作家的创作提供了丰富的养料。

达斡尔族最早的书面文学与达斡尔族母语文学紧密相连。清代中后期，敖拉·昌兴用满文字母拼写达斡尔语创作乌钦，开创了达斡尔族书面文学的先河。随后，钦同音、玛玛格奇、孟希舜、金荣久等人继续用满文拼写的达斡尔语创作“乌钦”，书面文学得到发展。清末以后，随着满文的衰落，达斡尔人很少使用满文。新中国成立后，达斡尔人开始用拉丁字母创作乌钦，出现了色热、莫德尔图等优秀的文人乌钦作者。

新中国的成立，促进了达斡尔族汉文创作的快速发展，并且形成了作家队伍。自20世纪50年代起，索依尔、孟和博彦、巴图宝音、乌云巴图等作家讴歌新社会、赞美新生活，表达了达斡尔人民的心声。

新时期，达斡尔族文学创作成就突出。1978年，李陀以《愿你听到这支歌》获首届全国优秀短篇小说奖。达斡尔族作家以自己的心灵与智慧参与到时代的精神激变之中。由此，笔者深深地感到，拥抱时代、思考时代，反映人类社会积极的、进步的文化取向，是作家的使命与担当！

新时期以来，达斡尔族地方经济发展和其他民族地区一样，需要甩开贫穷的帽子。就在达斡尔族经济有待振兴之时，达斡尔族作家群体悄然形成。内蒙古莫力达瓦达斡尔族自治旗，先后走出了阿凤、苏华、萨娜、张华、苏莉等女作家。她们互相影响，成就非凡，在《当代》《钟山》《十月》《民族文学》等知名文学期刊发表中短篇小说。她们大踏步前进，加入中国作协，由此出现了令人瞩目的“女作家群”现象。她们以女性细腻的观察和体验，表现着达斡尔人的生活，向外面世界传递着达斡尔人的审美追求。

莫力达瓦女作家成就突出，男作家也并不逊色，鄂玉生、孟根、慕仁等作家也都写出了比较优秀的作品。只不过，两相比较，女作家的成就太耀眼、太夺目。于是，人们不断地把掌声送给女作家。就在人们在慨叹女作家成就之时，伴随着新世纪的脚步，又一代新的女作家宛如一颗颗新星，冉冉升起。达拉、晶达、安正雨刚刚起步，旋即引起文坛注意。我们不得不再次慨叹女作家群的力量竟如此强大，她们不仅相互影响，而且还熏陶培育了下一代。

这是文化传播的魅力，更是文化振兴的神奇！莫力达瓦作家群的成就，是达斡尔文化的积淀，是作家的刻苦努力，也是历届自治区、市、旗作协的培育与扶持的结果。自 1981 年以来，在内蒙古自治区 3 个自治旗定期举办的“三少”民族笔会上，许多达斡尔族文学爱好者脱颖而出。30 余年过去，达斡尔族作家队伍壮大起来！这给我们一个启示：对于作家虽不可拔苗助长，但完全可以搭建“室内大棚”，强健其根基，培养其本领，待他们走出“室外”，则可百花争艳！

达斡尔族作家队伍也并非仅仅莫力达瓦作家群一枝独秀，在齐齐哈尔、新疆、呼和浩特、海拉尔、北京等地，都有达斡尔族优秀作家。在齐齐哈尔，赵国安的创作突出。近几年来，他创作出反映达斡尔族迁徙新疆的长篇小说《西征》。新疆的奇克尔尼晓创作的短篇小说《达斡尔青年》，获得过新疆文学大奖。北京的孟晖创作的小说、散文，颇有影响。达斡尔虽然是一个小聚居、大杂居的民族，但各地达斡尔文化之间并无断裂，而是彼此相连。如今，各地达斡尔族作家作品汇聚起来，构成了耀眼的达斡尔族文学！

达斡尔族作家汉文创作虽不足百年，但文学体裁却丰富多样，小说、诗歌、散文、报告文学、戏剧、影视、评论等等，都取得了丰硕成果。其中，尤以小说创作成绩最大。历史上，达斡尔是一个诗性的民族，歌舞唱诵，促进了韵体文学的发展。而小说是叙事的艺术，达斡尔族作家何以能够创作出繁复的故事情节？也许是祖祖辈辈讲故事的能量传递给了后人，让他们成长为优秀的小说家。

达斡尔族是一个开放的民族，她以宽广的胸怀吸纳着各民族的文化。达斡尔族作家在反映本民族生活的同时，广泛涉猎各民族生活，汉、蒙古、鄂伦春、鄂温克等民族生活都曾进入达斡尔族文学作品。农区、牧区、林区的种种社会生活，达斡尔族文学都有反映。

达斡尔族虽没有文字，但一直想尽办法保护着自己的语言。于是，用拉丁字母记音达斡尔语创作乌钦，成为母语诗人的努力方向。有的作家还用蒙文或其他民族文字创作着文学作品。本卷收录了这类文学的汉译作品。

文学作品艺术地再现了社会风貌，体现着作家的个体劳动。阅读本卷作品，我们能够感受到达斡尔族作家的才思，也能看到作品所反映的广阔的社会生活。翻阅那些发表时间较早的作品，我们看到有着明显的时代痕迹，这些痕迹似乎与文学理想有着矛盾。不过，试想，古今中外，哪部作品能够背离时代？只不过，我们要摒弃的是那些符号化、标签化的内容。那样的文章也不能称之为作品，因为它们与真正的创作并没有关联。

本卷选择了 23 篇小说、13 篇散文、11 篇诗歌，总计 47 位作者的作品。体裁按照发表时间先后顺序编排，整体看来，已经具备了断代文学史的线索。如果耐心通读它们，不仅能感知达斡尔族文学的发展脉络，更能体察到人口较少民族作家的人文历史情怀！

我们透过达斡尔这个人口较少民族的文学窗口，能够看到国家发展进步的影像，能够感受到达斡尔人与世界同步的精神律动！

2014 年 12 月

附：后记

《新时期中国少数民族文学作品选集·达斡尔族卷》收入的是改革开放至2011年年底之间发表的达斡尔族文学作品。作品排序按发表时间先后而定。

本卷目录初稿先由副主编、中国社会科学院民族文学研究所吴刚提出，后经本卷编委、内蒙古自治区莫力达瓦达斡尔族自治旗文联主席孟大伟补充，又与大部分作家沟通，最后确定入选目录名单。

在编辑过程中，本卷主编、内蒙古文联副主席、内蒙古作家协会主席特·官布扎布，本卷副主编、内蒙古作协驻会副主席锡林巴特尔等提出编选意见，并具体指导了编选工作。

本卷编选参考了《达斡尔族当代文学研究丛书》（内蒙古大学出版社2012年版）、《20世纪达斡尔族鄂温克族鄂伦春族小说集萃》（内蒙古文化出版社2008年版）、《达斡尔鄂温克鄂伦春短篇小说选》（内蒙古人民出版社1991年版）等资料。

本卷编选得到达斡尔族作家的热情支持。令人感动的是，在与故去的老作家的家属联系时，得到了他们的热情帮助。孟和博彦的夫人俞敏老师不仅寄来了作品集，而且还不厌其烦地帮助查寻文章样刊。

在编选新疆达斡尔族作家作品时，得到了内蒙古社会科学院赛音塔娜研究员、疆大学开舒昌及其女开乌兰等人的帮助。在扫描、编辑过程中，还得到了中国社会科学院民族文学研究所毕传龙、马秋晨的帮助。在此一并表示感谢！

由于时间紧，加之编选能力有限，本卷定有不足，恳请读者批评指正！

达斡尔族卷编委会

2014年11月24日

《新时期中国少数民族文学作品选集·仫佬族卷》序言

潘　琦

我曾用山头尖、筷子尖、笔头尖“三尖”来形容仫佬山乡的人文及自然景观。山头尖讲的是山峰秀美峻拔的自然风光，筷子尖讲的是仫佬人心灵手巧，笔头尖讲的是仫佬人文化水平高，多出文人。如今，“三尖”成了仫佬山乡的文化符号，广为流传。

大概我在以往的文章中流露过对仫佬族文学的自信，使得常有人问我：为什么仫佬族能出那么多文人、那么多作家？我不假思索地回答：“因为仫佬族是一个尚文好学的民族，推崇中华民族传统文化‘学而优则仕’的思想。”记得上高中时，父亲对我说：“考上大学可以穿皮鞋，考不上大学只能回家穿草鞋，你自己想好吧！”这几句话让我认准了自己应该走的道路，刻苦学习，一定要考上大学，改变自己的命运！我这种朴质的想法在仫佬人中普遍存在，它从某种角度上反映出这便是仫佬人尚文好学、立志成才的动力！

仫佬族是一个少数民族，全国人口不足20万人，90%聚居在桂西北的罗城仫佬族自治县境内。一方水土养一方人，一方人造就一方文化。千百年来，仫佬族先人用自己勤劳的双手和聪明的智慧，建设美丽神奇的仫佬山乡，缔造绚丽多彩的仫佬族文化。仫佬族尚文、好学之风世代相传，成为仫佬人良好的文化精神和优良的文化基因。在全国56个民族中，10万人中拥有的大学生人数比例仫佬族排居第三位，有些100多户的山村，竟有几十个大学生。仫佬人中有科学家、教授、博导、博士，有众多的专家、学者、作家、艺术家，可谓人才济济，门类齐全，精英不少，其中以文学人才居多。这种文化现象引起国内外专家学者的兴趣，纷纷到仫佬山乡考察研究。研究结果表明，其原因是仫佬族比较早地接受了汉文化的教育，本身又有良好的文化基因、勤奋好学、自强不息，加之新中国成立之后优越的社会主义制度和党的民族政策，为仫佬人才成长提供了良好环境。

近年，中国作家协会为进一步繁荣少数民族文学事业而选编出版“新时期中国少数民族文学作品选集”丛书，仫佬族卷本作为第二批选编出版。这是仫佬族文学发展史上一件大事善事。从某种意义上说，仫佬族卷的出版，标志着从国家层面上对仫佬族文学事业发展的支持与肯定，也是新时期仫佬族文学一个新的开始。无论是对仫佬族文学人才的培养，还是对仫佬族文学精品的创作，它都具有深远的影响和重要的意义！

这次入选的30多位作家都是新中国成立以后成长起来的老、中、青仫佬族作家，他们在国内文坛中小有影响，所选作品均在全国公开刊物发表，有的作品已出版成册，有的作品在全国文学性评奖中获奖，有的被翻译成为多国文字和少数民族文字出版。这反映了仫佬族文学发展达到了国内和国际一定的水准。

综观仫佬族卷，体裁门类齐全，作品内容丰富多彩，民族特色鲜明，有不同角度、不同形式、不同故事，形形色色，曲折有致。这些作品全景式表现了仫佬山乡新时期发生的沧桑巨变和仫佬族人民昂扬奋发、团结友善、开放包容的精神风貌。无论是其小说、诗歌、散文、报告文学，都风格朴素，以简洁而生动的笔触，配合生动感人的故事，给读者一种亲临其境的感觉，有一种新鲜活泼的气韵，读起来神味隽永。这是仫佬族作家独特的品质。全书所有作品始终保持着真实、自然的基调、积极向上高扬的情绪，给人一种感动的力量，充分体现了仫佬族的正能量。仫佬族作家是自己民族的眼睛、耳朵和喉舌，他们了解、表达和描写自己民族的情绪、愿望、热情和利益，难能可贵，值得赞扬。

艺术的力量是无穷的。诗歌是一团火，在人的灵魂里燃烧，文学可以启迪人的心智……哪里有人类，哪里就有文学艺术。拒绝文学艺术和不懂文学艺术的人生，必定是枯燥无味的人生。我们通过阅读仫佬族卷，可以领悟到文学艺术的真谛和作家的造诣，学习到仫佬族作家的创作经验和对人生的种种感悟，从中得到最美的艺术享受。

当今仫佬族文坛依然十分活跃，新人辈出，各类作品灿如繁星。这次中国作协出版少数民族文学作品选集仫佬族卷，全面推介了仫佬族作家作品。借此保存史料、推广仫佬族文学史料之举，很有价值。事物是发展的，鉴往以知来。仫佬族卷出版，只是我们对中国少数民族文学发展涓滴贡献。可以预料，在党的文艺路线和民族政策的指引下，中国少数民族文学事业必将日益更新更快更健康地发展，为实现中华民族文化的伟大复兴做出新的贡献！

2014 年 7 月

附：后记

《新时期中国少数民族文学作品选集·仫佬族卷》是中国作协主编的“新时期中国少数民族文学作品选集”丛书选本之一，由广西作家协会组织经验丰富的仫佬族作家、编辑家进行选稿和编辑。按照丛书编委会的要求，《仫佬族卷》的编选经历了作家遴选、作品征集、作品备选等过程。其最后形成的选本，分为小说、散文、诗歌、报告文学四个部分，结集了改革开放以来仫佬族作家创作的优秀作品。

仫佬族是中国人口较少的少数民族之一。一代代仫佬族人在构建自己民族文化的过程中，努力学习借鉴其他民族的先进文化，逐渐形成了本民族的文化自觉与自信。上个世纪 50 年代，仫佬族作家开始登上中国文坛，以叙事长诗《虹》告诉世界这个南方民族七彩斑斓的梦想。改革开放以来，仫佬族文学创作更是呈现了斑斓多姿的喜人局面，各种体裁争妍斗奇，佳作琳琅。仫佬族作家以自己的努力，收获了包括“鲁迅文学奖”“全国少数民族文学奖”“广西文艺铜鼓奖”在内的国家级和省部级的文学奖项，一次次用文学为民族正名。仫佬族作家用作品构建了这个民族的文学世界，与其他民族文学一同推动着中国少数民族文学的多样化发展。无疑，《仫佬族卷》是他们做出的又一新贡献。

《仫佬族卷》的编选是一次总结和再学习的过程。感谢中国作协给予这个宝贵的机会，使我们能再一次回顾仫佬族文学的发展、总结其中的成功经验，为仫佬族文学的再出发集聚力量；感谢辛勤创作的仫佬族作家提供了优秀的作品。由于时间仓促与视野所限，选编挂一漏万，难免存遗珠之憾。敬祈热心读者批评指正。

仫佬族卷编委会

2014 年夏日

《新时期中国少数民族文学作品选集·羌族卷》序言

羌族卷编委会

羌族作为历史最悠久的民族之一，其文学发展史已有数千年之久，并因生活的地域不同与支系的众多而呈现出自己的丰富性。

从远古到近现代，羌族文学主要以民间文学的形式表现。

它们鲜活地存在于羌人的历史进程中，将经历的场景和想象、情感表达出来后，又以口传心授的方式传承下来，在各个时期都体现出了自己的特点。无论是远古神话，古代传说、史诗、歌谣，还是近现代的民间传说、故事、民歌等，它们都内容广泛、形式优美、艺术水平极高。其题材涉及天地起源、动植物的来历、民族习俗、地方及人物传说等。

在当代，以汉语言文字进行创作的羌族文学进入一个崭新的发展时期，体裁涉及散文、诗歌、小说、散文诗、游记、电视文学剧本、杂文等，表现技巧日渐成熟，特别是十一届三中全会以来的30多年里，羌族创作队伍不断壮大，创作成果引人注目。

伴随着改革开放的步伐，羌族作者、作家倾情于时代变迁，抒写故乡山水民情，表达生活情思。其间，朱大录的散文《羌寨椒林》、谷运龙的小说《飘逝的花瓣》、何健的诗歌《山野的呼唤》，分别获得了第一、二、三届全国少数民族文学创作奖。他们以《新草地》《民族文学》等为阵地，创作发表了大量作品，而汶川创办的《羌族文学》成为了团结和培养羌族作者的重要平台。

20世纪90年代，羌族的文学创作于经济文化发展的大背景上受已成长起来的羌族作家影响而得到进一步繁荣。生于60、70年代的羌族作者加入到创作群体，老作家发扬传、帮、带的精神，共同歌吟时代，取得成绩。如，叶星光的小说《神山　神树　神林》获第二届四川省少数民族文学创作奖、《情殇》获全国首届路遥文学奖，余耀明的《羊皮鼓》获得了“1998·中国杯”全国青年诗歌创作佳作奖。

进入21世纪，羌区经济社会得到更好发展，各级党委政府对文学事业高度重视，尤其是“5·12”汶川特大地震后，羌文化得到的空前关注与发展，广大作者所创作的作品和所出版的专著产生的影响，超过了以往各个时期。

其间，谷运龙文集《谷运龙散文选》获第五届四川文学奖，小说《迁徙》被改编为同名电影。李炬的诗集《夏天的速度》、杨国庆的诗集《一只凤凰飞起来》、张力的报告文学《飘飞的羌红》分别获得了四川省第三届、第四届、第五届少数民族文学创作奖；雷子的诗集《雪灼》获第九届全国少数民族文学“骏马奖”；张成绪（成绪尔聃）的长篇小说《银雪骁骑》获公安部第九届金盾文学奖；羊子获巴金文学院第七届茅台文学奖，其长诗《汶川羌》入评第六届鲁迅文学奖，与其《昆仑看》先后成为2008年度、2012年度中国作家协会重点扶持作品。

近来，羌族作家及其作品得到社会广泛关注：四川省作协在成都主办了“谷运龙散文创作研讨会”，四川省作协、《诗刊》社、《民族文学》杂志社联合在北京中国现代文学馆为羊子举办“羊子长诗《汶川羌》作品研讨会”，他还参加中国作家代表团赴美参与了爱荷华大学“国际写作计划”，开展以“生命探索”为主题的中美作家交流。羌族作家群的作品也得到集中展示：汶川《羌族文学》编辑部主编出版了文集《汶川时空——地震周年作品精选集》《读书间——〈羌族文学〉作品精选》，茂县羌族文学社主编出版羌族文学史上第一套羌族文学作品专集“羌山文丛”小说集《那方的故事》、诗歌集《颤动的笛音》、散文集《云朵上的歌谣》，以及地震灾区第一套文学作品集《羌族文学作品选》。羌族第一本文论集《从遥远中走来——羊子长诗的评论》收录了叶梅、梁平、徐希平等发表在报刊的专题论文，艾克拜尔·米吉提、叶延滨、李小雨、彭学明、张清华等在作品研讨会的专题发言，以及著名诗人流沙河先生的专题座谈等文章。

值得一提的是，谷运龙的《灿若桃花》、羊子与作家王晋康合著的

《血祭》、冯翔的遗作《策马羌寨》等填补了羌族长篇小说的空白。谷运龙在坚持创作小说的同时，其散文《淘金》获民族文学山丹奖，《家有半坑破烂鞋》《岷江河——母亲的河》分获四川省第二、三届少数民族文学奖，之外还出版了散文集《天堂九寨》《花开汶川》《我的岷江》。羊子在诗歌创作的同时，写出了一些歌词，其中《神奇的九寨》被广泛传唱，并获国家广播电影电视总局颁发的全国优秀歌曲奖、四川省第八届“五个一工程”奖。

现在，一支较为稳定、并有新鲜血液注入的羌族作家群体业已形成，其中有中国作家协会会员 3 人、中国少数民族作家学会会员 5 人、四川省作家协会会员 20 余人。各类文学作品在《四川文学》《星星诗刊》《民族文学》《诗刊》《文艺报》《人民日报》《草地》《西部散文家》《民族》等报刊上陆续发表，所出版的个人专著如长篇小说、小说集、长诗、诗歌集、散文集、民间文学集、评论集等达近百部之多。

此次选编的作品只是其中极少的部分。但是，从总体来看，羌族文学仍有不尽人意的地方：在体裁上仍以诗歌创作为多，散文次之，小说创作相对薄弱，影视剧本、文学评论基本处于空白状态，显得有点失衡，长篇小说的创作仍是弱项。这些都需要经历一个酝酿沉淀的过程，需要更多羌族作家、作者肩负起自己的使命，在已经取得历史性的开篇与奠基之后，继续摈弃边缘化创作观念，坚定民族信念和创作理想，创作出更自觉、更深远、更具影响力的优秀作品。

在此，衷心感谢中国作家协会让羌族文学得到这样一次历史性的展示，它将有力推动羌族文学事业迈上更新的高度。

2014 年 6 月 15 日

附：后记

这件事情终于圆满了。在人类历史长河中跋涉了数千年的羌族，终于有了第一本由中国作家协会主持选编的文学作品集。

2014 年 2 月，根据中国作家协会和四川省作家协会的要求，迅速成立了本卷编委会，制定出总体实施方案，下设编辑部，负责日常事务。编委会人员分工协作，分片联系作者，征集作品编辑部在第一时间将"《新时期中国少数民族文学作品选集·羌族卷》征稿启事"公告在羌岷网、汶川文学艺术网上，扩大征集面和影响力。

尤其是编辑部人员加班加点、任劳任怨，承担了大量具体事务。为了将有些文章征集到手，他们还三番五次用电话催促，或到图书馆、档案室、个人藏书处查找相关文章，复印、扫描、打印、校对、分类整理。经过一个多月的同心协力，征集到 200 余篇各类作品。

随即，仔细审核相关材料，将不符合要求和事实的予以剔除，确保此项工作的严肃性和公正性。遵照中国作家协会组稿要求，征集作品时间段为 20 世纪 80 年代到 2011 年 12 月 30 日止，最终选出 27 名作者，小说 11 篇，诗歌 38 篇，散文 35 篇，共计 84 篇作品，报四川省作家协会审核后，于 6 月初报送中国作家协会。

鉴于时间和精力有限，在选编中可能存在考虑不周的地方，敬请批评指正！有一个必须说明的事实是，一些优秀作品因为年代久远无法寻找，或毁于"5·12"汶川特大地震，或是作者自己不愿意提供，或因选本字数有限，不得不忍痛割爱。对此，我们深表遗憾。

最后，对中国作家协会、四川省作家协会的关心和指导，对阿坝师范专科学校图书馆、《草地》杂志编辑部、阿坝州图书馆、汶川县文联等部门提供的支持和帮助，我们表示衷心的感谢！

羌族卷编委会

2014 年 6 月 15 日

《新时期中国少数民族文学作品选集·布朗族卷》序言

陶玉明

布朗族是中国的一个古老民族，生活在澜沧江和怒江领域，主要分布在云南省的保山、怒江、德宏、临沧、普洱、西双版纳等州市，目前有11万多人，属于中国人口较少民族之一。

布朗族作为一个古老民族，有辉煌的历史和灿烂的文化。从哀牢国遗址发掘出来的许多文化遗址和文物证实，哀牢国有丰富多彩的耕织文化、装饰文化、饮食文化、婚俗文化、丧葬文化。然而，由于这个民族地处边陲，交通不便，信息闭塞，只有语言，没有文字，许多文化艺术瑰宝和古老民俗都只是靠口碑的形式流传下来。

历经千百年的沧桑岁月，布朗族的史诗、歌舞、神话、传说经过时光的打磨、岁月的洗炼，像刚出土的金银碎片一样熠熠生辉。新时期的布朗族文学汲取民族优秀传统文化的营养，在改革开放春风的沐浴下生根发芽、开花结果。

每个民族都有受其历史文化影响的精神特质，布朗族具有崇尚自然的淳朴天性、敬畏生命的谦和态度、注重教育的坚定信念、讲究礼仪的文雅追求、英勇抗暴的自曰精神、海纳百川的开放胸怀。布朗族的这些精神特质成了布朗族文学追求的核心价值观。

新时期的布朗族文学主要反映改革开放以来布朗族地区的发展变化和布朗族人民在这一历史时期的精神追求，讴歌在中国共产党的领导下，布朗族地区在社会主义现代化建设中取得的巨大成就。每位作家的作品都对党、对祖国、对人民、对社会主义充满了深深的感恩。

新中国成立后，布朗族涌现了一批文学作家。他们主要有：岩香南、俸春华、鲍启铭、蒋源、金常学、穆文春、艾帕新、冯朝良等。改革开放以来，布朗族又出现了一批年轻的布朗族作家。他们主要有：陶玉明、李俊玲、郭应国、周雅婷、杨芳等。这些作家以文学的方式，从不同角度反映这个民族的历史变迁和精神追求，为记载历史、传承文化作出了文学上的贡献。本卷所收录的布朗族文学作品均为十一届三中全会以后在各类刊物发表的作品，体裁包括小说、散文、诗歌 3 种类别。作者有 50 后、60 后、70 后、80 后和 90 后各个不同时期的作家。作为布朗族作家，他们的作品具有很强的民族性和地域性。这些作品立足现实，扎根乡土，从不同角度展示布朗族地区的自然风光、民族风情，表达对故乡、对民族的热爱，讴歌改革开放以来布朗族地区经济发展、社会进步、民族团结，反映新时期布朗族人民的价值取向和精神追求。作为少数民族作家，他们始终坚持以人民为中心的创作导向，在创作道路上与人民同行、与时代共进，贴近实际、贴近生活、贴近群众，为人民立言，为时代放歌。令我们欣慰的是，每位布朗族作家都有强烈的历史使命感和社会责任感。他们的作品往往都以善良的愿望、悲悯的情怀和理想的光芒关照少数民族和民族地区的事件和人物，从现实出发，从实际出发，从细节出发，用温暖人心的文学方式表达出对少数民族和民族地区社会生活的认识，表达出对审美的判断、对历史的选择和对未来的思考。

岩香南是建国后出现的第一位当代布朗族文学作家。他从孩提时代起就受到布朗族民间文学的熏陶，熟悉布朗族民歌和故事，7 岁开始学习汉文，直至大学毕业，阅读过大量的文学作品。1974 年开始创作诗歌、散文、小说、报告文学。他的作品充满了浓郁的民族特色，叙述细腻，文笔跌宕，充满诗情画意，读罢令人恍若融入布朗山寨，与那里的人们同喜同忧，同歌同乐。散文《土壤和花朵》以清新的笔调抒发出作者对新生命的礼赞；《别致的婚礼》采用诗化的对话展示出布朗族文化的丰厚积淀。他的第一篇小说《南丽赶街》从不同的角度折射出时代的风云变幻、传统心理与现代意识的无声碰撞。其中，散文作品《土壤与花朵》曾荣获全国少数民族文学创作奖，《金鹿姑娘》获云南省首次民族民间文学搜集整理奖。

俸春华，既是一位学者又是一位专家，出版和发表过大量的民族历史文化专著和文学作品。同其他大多数布朗族作家相比，俸春华的文学作品有着自己鲜明的创作风格。首先，他采用了多样化的文学形式，诗歌、散文、小说和电视剧都成为他施展文学才华的广阔天地；其次，他的作品更注重揭示社会生活——文化转型过程对布朗人的影响。如《感谢菩萨》一文通过布朗山寨“食”的变化折射出社会的发展和进步。这种以小见大的构思，与作者淋漓酣畅的笔墨融合在一起，令人耳目一新。他的作品直指民族文化的深层，带有历史的厚度，文化反思精神从始至终贯穿全文，有一种震撼性的艺术效果。俸春华的每一篇散文都具有鲜明的自传色彩，每一篇文字中都融注着他鲜明的个性。

陶玉明是改革开放以后出现的布朗族中青年作家，也是布朗族目前唯一的中国作家协会会员。他从小爱好文学，阅读过大量的文学作品，并多次参加国家、省、市级作家协会举办的文学培训，是鲁迅文学院第 12 期高级研讨班（少数民族班）学员。他的作品充满生活气息和时代精神，是当代布朗族文学的领军人物。作品先后在《人民日报》《中国国家地理》《云南日报》《文艺报》《文学界》《芳草》《时代文学》《民族文学》《边疆文学》《中国散文家》《中学生阅读》等刊物发表。散文作品《江边山》获中国作家协会《民族文学》杂志社举办的中华人民共和国建国60 周年“祖国颂”优秀奖，《冬天的南勐河畔》获《人民日报》、中国作家协会主办的“盛世民族情”征文优秀奖。著有散文集《我的乡村》、民族文化专著《中国布朗族》《布朗族》等，散文集《我的乡村》获 2012 年“云南省少数民族文学创作精品奖”“全国第十届少数民族文学创作骏马奖”。

布朗族作家鲍启铭的文学作品最大特点是：文笔流畅，语言贴切，刚健清新，娓娓动人；能将通俗性和趣味性、大众性和高雅性融为一体，无疑具有明显的可读性。如小说《布朗与汉人喜联姻》，讲述了澜沧江畔那个深水潭如何因恶龙的作怪，逐渐干涸而变为干海子的过程，更主要是歌颂了汉族和布朗族人民之间深厚的友谊。主题鲜明，意义美好。《澜沧江姑娘》《黑龙小伙与白凤女郎》《长鼻子象仙下云州》等，人物形象栩栩如生，呼之欲出。散文《透视请客风》，将请客送礼的种种行为入木三分地揭露于光天化日之下，呼吁全社会都要厉行节约、反对浪费。《教师的相互称谓不可赶时髦》《铁筋草》《父亲指引我为人》《又见故乡换新绿》等都具有现实的教育意义。鲍启铭的诗歌《教师的勉语》《教师的足迹》《教师的眼睛》《教师的胸怀》等简洁明快、清新朴素，从中能够看到人民教师对祖国的忠诚，对教育的职守，对学生的关爱。鲍启铭的作品充满着浓郁的乡土气息和民族风情。读着它，使人如沐春风，倍感温馨。

金常学和穆文春是布朗族历史文化研究专家，发表和出版过诸多的布朗族学术专著，有时也从事文学创作。他们的作品光照历史、直面当代，闪耀着现实主义的光芒。

李俊玲、杨芳、周雅婷、郭应国分别是70后、80和90后成长起来的一批年轻作家。他们热爱家乡、热爱民族，对哺育他们成长的布朗山水充满了深厚的情感。他们的作品主题鲜明、格调高雅、创作风格清新活泼，为布朗族文学的发展注入了新鲜的血液。

2014年12月

附：后记

随着城市化的不断推进，许多优秀民族传统文化已经濒临消失，及时挖掘整理、抢救和保护民族文化意义非常重大。

少数民族文学，作为民族文化的一个重要组成部分和民族文化传播的一个重要载体，在经济全球化和文化多元化的今天显得弥足珍贵，在促进各民族团结、构建社会主义和谐社会方面更有其特殊的意义。中国作家协会选编和出版少数民族文学作品集是发现和培养少数民族文学人才，发展和繁荣少数民族文学的一个重大举措。我们相信，坚持这一方向努力，少数民族文学会迎来百花齐放的春天。

中国是多民族构成的大家庭，在文学发展的道路上一个民族也不能少。布朗族是中国56个民族中的一员，自然不能落后。《新时期中国少数民族文学作品选集·布朗族卷》承载着国家的希望、民族的希望，以雏燕学飞的方式开始在中国的文学大地上亮相。感谢中国作家协会和云南省作家协会给布朗族的作家和文学爱好者们打开了这一扇“面朝大海春暖花开”的门窗。我们相信，民族文学的未来会更加美好。

《新时期中国少数民族文学作品选集·布朗族卷》的选编工作是一项极为艰苦的工作。首先因为布朗族作者数量极少，并且居住分散，找到一个作者要经几番周折，有的至今也无法和他们取得联系。其次是布朗族作家、作者年龄偏大，不能使用电脑打字，不能借助网络发稿，他们的稿件要请人打印和发送。再次是在布朗族知识分子中，研究民族历史文化的专家多，从事文学创作的少。年轻一代的布朗族从事音乐、舞蹈等艺术的多，从事文学创作的寥寥无几。从收集到的作品上看，尽管都已是在刊物上发表的作品，但作品的质量参差不齐，给选稿工作带来了困难。

由于时间仓促，在选编工作中难免有疏漏和错误之处。在此，敬请读者原谅。

布朗族卷编委会

2014 年 12 月

《新时期中国少数民族文学作品选集·撒拉族卷》序言

韩文德

撒拉族有着神秘而带传奇色彩的族源传说。传说13世纪中叶，成吉思汗曾3次西征，征服了中亚细亚花剌子模、灭吉里和钦察诸部后，随即遣发当地各族人群组成“西域亲军”到东方对西夏、金和南宋作战，被遣发的有工匠、妇孺，也有知识分子和宗教人士。撒拉人便是这一大潮流中被遣发东来的浩荡队伍中的一支。传说撒拉族的先祖尕勒莽、阿赫莽作为这一支遣军领袖，牵十几峰骆驼驮着故乡（中亚撒马尔罕一带）的水和土，驮着远古先祖乌古斯汗传于撒拉尔部族的一部手抄本《古兰经》，以部族形式遣军来到循化屯军戍边，从此一直世居这片土地。

撒拉族是中华56个民族中的一员，是全国22个人口较少民族之一。撒拉人生活的青海省循化撒拉族自治县，地处青海高原东部边缘，那里四周环山，滔滔黄河之水奔流而过，碧绿的农田和果林掩映下村庄错落，阡陌相连，鸟语花香，炊烟袅袅。撒拉族人在近800年的生活生产过程中，积累了丰富多彩的民间文学，传承和发扬了撒拉族自强不息、勤劳善良的优良传统，诞生了很多优秀的民间文学作品。新中国成立以后，作家文学也应运而生，只有16岁就“适逢内战，遂辍学参加工作”的秋夫（韩秋夫），最先跨进撒拉族文学乃至青海当代文学的开拓者行列。他先后在《青海日报》《青海湖》担任记者编辑工作，创作发表了散文《旗台堡妇女站起来了》、评论《用火一样的语言燃烧人心》《论诗的感化作用及其特征》等，在《延河》发表《二月的庄子羞了》等诗歌，从此真正揭开了撒拉族作家文学的序幕。

撒拉族文学在近60年的发展中，经历了萌芽期、成长期和逐步成熟期3个阶段。20世纪50年代，由于社会和时代变迁的需要，秋夫先生早期的诗歌创作倾向于抒情和感化作用，其作品显得清新、明丽、隽永、朴素。短短几年里，他在省内外报刊发表了数十首质量品格较高的诗作，在省内外产生了一定的反响。他立足撒拉民族及青海这片创作的沃土，硬是支撑起了撒拉族作家文学的一片天空，使撒拉族文学步入一个作家文学萌芽时期。

进入新时期以后，撒拉族文学迎来了成长期和逐步成熟期，不仅拓宽了文学领域，出现了大量的文学作品，而且基本形成了自己的作家群体，在小说创作上出现了马学义、闻采等作家，在诗歌创作上有马学功（马丁）、韩文德（撒玛尔罕）、韩国鑫、韩莉华（寒栗）等诗人，在散文创作上有了韩新华、闻采、马丁、韩庆功等作家。就作品而言，出版的个人诗集、小说集、散文集有《秋夫诗选》《命运的呼唤》《家园的颂辞与挽歌》《清水微澜》《撒玛尔罕的鹰》《时间两侧的颂辞》《寻找柏拉图》《指甲花》《故乡在哪里》《悬崖边上的抒情》等10多部。据不完全统计，至今发表在全国报纸杂志的诗歌有1300余首，散文近百篇，小说20余篇，报告文学十数篇，文学评论30余篇。

尤其是进入21世纪以来，撒拉族作家的创作势头更加迅猛，作品不断在《诗刊》、《中国作家》、《民族文学》、《上海文学》、《星星》诗刊、《诗选刊》、《飞天》、《草原》、《天津文学》、《西藏文学》、《朔方》、《诗林》、《光明日报》、《文艺报》、《文学报》等国内报刊频频亮相，并且不断在国内文坛掀起一波又一波的微澜。马丁的长诗《东方高地的圣者之旅》《生命的颂辞与挽歌》《王月》，撒玛尔罕的长诗《光焰的颂辞》《世界的血》《祷辞与幻象》连连发表后，在省内外诗歌界尤其少数民族诗歌界产生了一定影响，有3人获得全国少数民族文学“骏马奖”，近10人次获得青海省人民政府文艺创作奖及文学期刊奖和其他形式文学奖。撒拉族文学无论从创作体裁、作家群体、作家作品和创作成就，都已经形成一种前所未有的规模，为青海文学乃至全国少数民族文学增添了一抹浓彩。

20世纪50年代，秋夫在诗歌创作的同时，涉猎中、短篇小说写作，但因猝不及防的政治风云，身陷囹圄，小说作品未能见诸报刊。到了1964

年，优素福（马明善）以一篇《摔跤手的故事》揭开撒拉族小说创作的第一幕。马学义的小说全面展示了撒拉族的生活全景，深切关注当代撒拉人的喜怒哀乐和撒拉族人民的坎坷命运。他的小说大多截取撒拉族生活的横断面，具有鲜明的时代感。《鲁格娅》《命运的呼唤》《花儿皇后》等使撒拉族妇女形象在小说中作为主人公出现。马学义凭着他丰富的生活经验和对生活的深刻理解，为读者提出了许多值得深思的社会问题。

闻采以诗歌步入文坛，后转向散文、报告文学、小说创作。他的第一篇小说《独眼猎人与独眼雪豹》就出手不凡。小说中关于人与野兽的对抗、敌视、戒备、挑战的描写惊心动魄、扣人心弦、耐人寻味，尤其是人性与野性、文明与野蛮、正义与邪恶之间的冲突，升华了小说的题旨。他创作的撒拉族第一部中篇小说《下弦月》，通过精巧的布局结构，描写了 3 个不同民族青年之间产生的爱情纠葛和命运悲剧。

撒拉族散文创作始于 20 世纪 50 年代初，丰富和成熟于 80 年代初。早在 50 年代初，在《旗台堡妇女站起来了》《庄严的权力》等篇什中，秋夫以年轻记者的敏锐笔触，展现了社会变迁、身份转换后人民群众的精神面貌。进入新时期，韩新华的《我们家乡的天池》《核桃树》等以朴实又生动的语言，描绘撒拉族家乡独特的自然景观、民俗风情，充分表达了对民族和家乡的热爱之情，真实展现了撒拉族的风情和地域特色。闻采的《清水湾》《孟达峡三思》等借景生情，回望与思索撒拉族的风云历史。马学功的《父亲》《独坐走廊》等以纪实与诗意的不同手法，探索了散文创作的新途径与新境界。韩庆功的《品味循化》《撒拉人》等，已切入到撒拉族的精神、心理、观念等重大命题，以及撒拉人的处世哲学和坦然、乐观、智慧、俭朴、感恩、节制等民族秉性。撒拉族作家的散文，始终关注撒拉人在各种文化强烈冲击下所保持的一种谨慎和担忧，骨子里却始终渗透着与生俱来的信仰精神和贵族气节。这种既矛盾又统一的民族心理情结，成就了撒拉族散文作家挖掘民族性格内涵、追寻民族历史渊源、倾诉家园情结的一种反思和认知特征。

撒拉族诗歌创作取得了丰硕的成果。秋夫作为撒拉族文学的先驱和开拓者最先走向诗坛，在 50 年代初就以《二月的庄子羞了》《雪》《风的传述》《黎明》等优秀诗篇而闻名，与罗洛、黎焕颐、昌耀并驾齐驱。经过 23 年的炼狱苦难，特别是进入新时期以后，他对现实和命运的思索由非理性的情感表述转化为理性的思想感悟，并在不断求索中形成自己独特的风格。其《秋夫诗九首》《明朗在黎明里的黑暗》《黑狼》《人与鹰》等诗作风格瑰奇，想象独特，意象怪诞，语言奇崛，意境深远，以哲学家的姿态审视中西文化的契合相融，无疑是这一时期诗化哲学的代表作。

马学功（马丁）的诗具有冷峻、峭拔、悲壮、深沉的风格，早期诗作如《孟达峡》《阿丽玛》《打墙》《骆驼，骆驼》等紧贴家乡峭峻的山、游荡的水、丰厚的热土，那里的毛驴和山羊、唤礼塔和骆驼泉、男人的答丝达尔和女人头上的盖头，都能成为他抒发情感的载体，使自然人文景观与诗意情感浑然天成。到中、后期，他转向了长诗写作试验，从《东方高地的圣者之旅》对民族史传性质的探索，到《五月》中心灵的洗涤与对大地的谢恩，以及《生命的颂辞与挽歌》中有关生命与死亡主题的深层思考，都表现出他“正在以诗歌走向自己的血缘，走向自己的精神宗教，意味着他的诗歌已经获得了那种坚实、陌生元素的独立支撑，终而成为一个时代不可替代的精神文本，并且显示着他的唯一性”（燎原评论《精神与诗歌的孤独朝圣》）。

韩文德（撒玛尔罕）的诗大致上可以梳理出这样三条线索：其一是黄河岸边家园与历史回望，由祖先、跋涉、骆驼、骆驼泉、黄河、筏子客、垦殖、园艺等元素构成；其二是撒拉族的宗教文化，由伊斯兰教、清真寺、麦加、祷告、朝圣等主体意象构成；其三是撒拉人深层的心理意识呈示，由血缘体认、圣光、彼岸、生与死、怀念、赞美、感恩等构成。他的《撒拉人的黄河》《关于死亡》，长诗《光焰的颂辞》《世界的血》《火与桥》等作品，“在撒拉尔民族、伊斯兰宗教以及人性光芒的探索中，以大量‘唯我独有’的发现和细节呈示，形成了一套自己的语言意象系统，并给予宏大框架以有效的支撑。尤其值得注意的是，他在民族和宗教史诗性叙事的高远框架中，淡化了历史事件的复述，进而在当代场景的广阔展开中以多侧面的视角切换，破译迢递的民族基因密码，探询其丰富的心灵本质。就此而言，他在史诗性方向的写作中，找到了一条不同于已往的新的路径”（燎原评论《身份确认中的史诗叙事冲动》）。

韩国鑫的诗歌创作时断时续，虽然作品数量不多，却颇具诗歌天赋与才情。他在《黑骏马如此依恋草原》《少女走向山的那边》等诗歌中对生活经验的灵敏捕捉和意想之外的诗性提升，出手不凡。值得一提的是，由于他的草原工作阅历，反映在诗作中的草原、黑骏马、雄鹰等意象，丰富和拓展着撒拉族诗歌创作的题材领域。

寒栗的诗歌呈现出一种晶莹剔透的感性印象。她不沉醉于自己的内心世界，她的瞳孔有着广角的视线，所涉及的绝大多数意象都是我们身边触手可及的实物。它们之间的变换与衔接很少给人奇峰兀立之感。但这些温润平实的意象一经组合为整体，却散发出新鲜而清澈的灵感，初步展示了年轻作者的才华。

除此之外，还有韩万里、韩学武、马忠、马秀芬、韩晓炫、马建新、韩原林、韩福明等一批年轻作者，也为撒拉族文学大厦增添着多彩砖瓦。

最令人鼓舞并且可喜的是，撒拉族文学创作势头迅猛，正应验了诗歌评论家燎原在韩文德诗集《时间两侧的颂辞》序言中的一句话："在撒拉族这个有着史诗性的历史，却在文字性表述空白的地方，撒拉族的几代诗人正以集体性的书写，建构自己民族历史文化的诗歌文献。"（《身份确认中的史诗叙事冲动》）这是撒拉族作家诗人的幸运，更是撒拉族的幸运。

新时期以来，撒拉族文学正以其越来越强大的实力跃上文学舞台，现已发展成了一个体裁齐全、作家群体完整、作品质量上乘的阵容，为撒拉族的文学大厦打下了坚实的基础。我相信，撒拉族文学必将以其独特的风格迎接新的挑战。

是为序。

2014 年 11 月 27 日

附：后记

今年 7 月，青海省作家协会梅卓主席打来电话，说中国作协在为各少数民族出版文学作品选集。她建议我们尽快商议并成立编委会，负责组织编选《新时期中国少数民族文学作品选集·撒拉族卷》。我们觉得这是一件责任重大、使命神圣的大事，起初还不敢轻率应承。一方面，这项工程繁杂无序，要在近34年的撒拉族作家作品中查找资料、遴选精品，哪个环节稍有疏漏，就恐有负众望，有负于民族；另一方面，这个选本的编选过程要求很苛刻，作品排序不能论资排辈，只以发表作品先后为序，难免得罪新老故交。但是，中国作家协会给55个少数民族出版自己的作品选集，是新中国成立以来少数民族文学的盛典，也是对我们撒拉族文学的一次大汇聚和大检阅。对于编选者，这更是一次难得的学习和通览本民族整体创作的机会。再者，这不是以哪一个个人喜恶之好所能选择的。这是整个民族的大事，甚至可理解为一种使命，责无旁贷。因此，我们又必须承接下来。

按照中国作家协会的编选程序和要求，在青海省作家协会的大力支持帮助下，我们首先成立了《新时期中国少数民族文学作品选集·撒拉族卷》编委会，由秋夫先生任名誉主编，马学功和韩文德任主编并具体负责编选事宜。我们严格按照编选要求，先将中国作家协会的通知精神认真传达给撒拉族每一位作家诗人，并按编选新时期作品（即1977年1月1日至2011年12月31日期间在公开报刊发表或出版的作品）具体要求，广泛征集每位撒拉族作家作品。同时，编委会组织相关编委积极联系青海省图书馆查找新时期以来撒拉族作家诗人的作品，尤其是认真查找近30年来的作品，然后严格按小说、散文、诗歌、报告文学的体裁进行分类，并严格按照发表时间排序进行编选。

在编选过程中，我们既谨慎又认真。一方面，由于才疏学浅，生怕俗眼无法识得文山珍宝，给作者和民族留下遗憾；另一方面，除认真阅读作者提供的篇目外，我们还广泛加强与作者的联系和沟通以征求编选意见和看法，并组织力量在省图书馆、相关期刊编辑部资料室以及网络上查找、对照资料，以原始发表作品与时间为准，还原创作的历史真相。

我们深深感觉到：撒拉族这个只有10万人口的较少民族，在文学创作领域也承受着与民族历史同样沉重的命运。首先是置身于汉文化创作语境、思维方式和创作意识的尴尬和勇气。撒拉族是一个只有语言却没有文字的民族。历史以来，每个民族成员自小接受着民族语言的传承教育，甚至有很多撒拉族人不通汉语。汉语对于整个民族而言，其实相当于一种外语。

要想精通汉语而且立足于汉语言文学创作领地，就得付出双倍乃至十倍的努力；其次是汉文化背景下的社会价值观、人生观存在认同或者间接接受的尴尬和障碍。撒拉族集体认知的信仰、思维、伦理、习俗和饮食等等与汉文化相去甚远，在某些领域甚至格格不入，需要进一步过滤并且融入。这就要求作家既要坚持民族的传统文化，又要给这种吸收和融通的文化注入撒拉族的元素，而这一步是极其艰难的。

值得欣慰的是，撒拉族现在已经形成了老中青相结合的作家队伍，呈现了自己的文学阵容！就整体而言，撒拉族诗歌创作无论从所发表出版作品的数量、质量和获得的各类奖项，都在青海乃至全国少数民族文学界产生了一定的影响。但相对于诗歌，小说和散文创作则显得较为薄弱。这是值得关注并在今后的文学创作活动中需要进一步发扬的优势和弥补的不足。

编选《新时期中国少数民族文学作品选集·撒拉族卷》对我们而言是一次回顾和检阅，更是一次鞭策和鼓励。我们从中看到了一个民族的希望和期待，也看到了撒拉族文学面临的困难和挑战。相信通过更多的撒拉族作家诗人的刻苦努力，撒拉族文学的明天将会更加灿烂辉煌！

需要说明的是，由于或部分作品不符合编选要求，或有些作者提供资料不全，或个别作者本人不愿入选其中，难免有遗珍漏玑之憾，恳望文学前辈同仁和族人理解！

在此，特别感谢中国作家协会对我们撒拉族文学的关注和关心！感谢青海省作家协会在编选过程中所给予的具体指导、建议和帮助。

撒拉族卷编委会

2014 年 11 月

《新时期中国少数民族文学作品选集·毛南族卷》序言

谭自安

毛南族是中国人口较少民族之一，也是广西世居民族之一。毛南族现有人口约10万人，其发祥地为广西环江毛南族自治县下南乡。环江是全国唯一的毛南族自治县。

作为源自百越的南方少数民族，千百年来，毛南族一直生生不息于桂西北的云桂高原东南麓的群山里。这里山高林密，风景如画。打狗河流经毛南族聚居地，川流不息，不断滋润着这个古老的民族。毛南族自古以来，与周边的壮、汉、布依、白裤瑶等兄弟民族和谐相处，平等交往，创造了自己独特的民族文化。"肥套"、石雕艺术、花竹帽编织等是毛南族文化的典型代表。

毛南族有自己的语言，但没有本民族的文字。传统民间文学都是以山歌形式口口相传，而书面文学都以汉字为载体，流传于世。汉字进入毛南族地区大约是明朝中叶，经过数代毛南族先贤的浸染，到了清朝初年，很多毛南文人已经熟练地使用汉字为文作诗。刻于清乾隆年间的《谭家世谱碑》的碑文显示出，作者谭德成的汉字功底已经颇为深厚。

毛南族对汉字的学习是很用心的。早在清朝中叶，毛南族聚居地就已经几乎村村有私塾，寨寨有文人，形成了一股浓郁深厚的学风。至20世纪，这股学风尤为高涨。学风浩荡之下，生活在山乡土地上的文人们，薪火相传，继往开来，乐于从事文化传播工作，勤于创作，生产了大量的文学作品，使毛南山乡在清末民初（19世纪末20世纪初）就赢得"三南文风颇盛”的美誉，并一直因之而响亮于桂西北。虽然因为条件的限制，他们创作的很多作品没能刊行于世而淹没在时间的海洋里，但在现存的碑铭墓志以及口传下来的诗联作品中，文采风流，犹斑斑可见。

如果说，新中国成立之前的毛南族作者们受旧时代风尚的影响，大都从事诗联墓志的写作，常常落于只求一字一句的精巧的俗套（如谭云锦的《回环诗》，形式上的精巧堪称炉火纯青，但内容苍白，显得了无生气），缺乏一种大方自然的气度，虽数量不少，却不足为观。那么，中华人民共和国建立以后的作者们是以一种崭新的形象出现的。他们沐浴新时代的阳光雨露，在“二为”方向和“双百”方针的指引下，推陈出新，不断实践，用心写作，开出了毛南文坛的一派新风。袁凤辰、蒙国荣、谭亚洲的脱颖而出，使毛南文坛的气象焕然一新。作为毛南新文学的开创者，袁凤辰的英年早逝，令人惋惜，但他留下的《唱青石》一诗，风骨铮铮，使得这位毛南族诗人虽死犹生。蒙国荣几十年如一日，一直从事毛南族文化的研究，其散文作品都闪耀着民族精神的光辉。谭亚洲自 60 年代涉足文学，为文为诗，一发而不可收，《爱情的瀑布》让我们领略到了诗人淋漓尽致的浪漫，《狩猎毛南山》不但是他的小说处女作，更是毛南族小说的处女作，备受人们的关注。谭亚洲也因此获得了第三届全国少数民族文学创作骏马奖。韦秋桐长于文学评论，以论鲁迅、论陆地显山露水，其散文、诗歌及民间文学亦皆有优秀作品。

谭自安、覃文静、莫景春、谭征夫、谭志斌、梁露文、谭云鹏都是 60 后作者。作为后起之秀，他们奋勇直追，努力创作，取得了极大的成就。自 90 年代以来，他们的作品不断问世，《民族文学》《芳草》《时代文学》《绿洲》《广西文学》《特区文学》《山东文学》《四川文学》《鸭绿江》《福建文学》等国内大型文学期刊都发表过他们的作品。他们把毛南族文学推向了一个前所未有的繁荣时代。其中谭自安、莫景春还有作品入选《新中国成立 60 周年少数民族文学作品选》；谭征夫的作品入选《建国 50 周年西南铁路文学作品选》《建党 80 周年西南铁路文学作品选》。谭自安还是鲁迅文学院第 12 届高级研讨班的学员，曾先后获得过广西文学金嗓子奖、广西少数民族文学创作花山奖，出版有长篇历史小说及小说集多部；莫景春是鲁迅文学院第 1 届少数民族文学创作培训班的学员，也获得过广西少数民族文学创作花山奖。尤其值得一提的是，梁露文是一个 80 后作者。其作品在《环江文艺》刊出之后，即引起《民族文学》关注，并发表了她的处女作。

在这些作家的周围，始终活跃着一个作者群，如谭贻生、蒙林坚、韦园晨、谭自乐、谭志斌、谭合川等等。这些作者生长在不同年代，或已皓首皤皤，或正年富力强，或尚青春年少，但都以振兴民族文化为己任，紧扣时代脉搏，潜心写作，无怨无悔，甘做精神家园的守望者。这对于一个大山里的民族来说，是极其难能可贵的。

我们有理由相信，在中国共产党的坚强领导下，随着我国国力的不断强大，人民生活水平不断的提高，中华文化必将迎来一个前所未有的伟大复兴。作为中华民族大家庭的成员之一，毛南族必将与时俱进，以一个崭新的姿态展现在世人面前，毛南族文学也将在毛南族作家们的努力之下，取得新的成就。

感谢中国作家协会的帮助，感谢广西作协的精心组织，同时也感谢环江毛南族自治县人民政府的大力支持，使我们在很短的时间内，完成了本书的编选工作。

2014 年秋末

附：后记

经过几个月的搜集整理，《新时期中国少数民族文学作品选集·毛南族卷》终于定稿，并将出版面世。这是对新时期以来毛南族文学成果的一次全面检阅，意义之重大，不言而喻。

2014 年 9 月，遵照中国作家协会《关于选编出版〈新时期中国少数民族文学作品选集〉第三批卷本的通知》精神，广西作家协会高度重视，根据毛南族文学的实际情况，在听取有关方面的意见和建议后，成立了以毛南族作家谭自安为主编，莫景春、谭云鹏为副主编，广西作协向红星为编辑部主任的编选班子，具体执行全书的编选工作。

编选班子在经过几次讨论之后，确定了编选原则，即坚持精选毋滥的原则：只有在国内大型文学期刊上公开发表过的作品才可以入选，入选的文学门类分为小说、诗歌、散文。

由于作者们都散居各地，编选班子平时与部分作者的交往并不密切。在确定入选作者作品之后，我们基本都是通过电子邮件与作者们取得联系的。作者们得到通知后，都积极配合我们的工作，把相关作品寄过来。即使一些素未谋面的作者，在接到我们的约稿信函后，也在第一时间内与我们联系。比如谭征夫远在贵阳工作，我们对他的情况并不十分了解。为了跟他取得联系，我们曾多方打听，仍然没有找到他的联系方式。后来，只得上网搜索，找到他的博客，在他的博客里留言。谭征夫当晚即作出回复，并附上所有作品和他相关的资料。覃文静的作品是我们当初在毛南族作品选中找到的，但没有作品出处，也没有作者简介。经打听，并通过作者单位，才联系上了覃文静。她一听说，便决定换上她的两篇新作。

在作者们的热情支持下，我们顺利完成了编选任务。

除此之外，我们还得到了环江政协的大力支持。

为此，对于所有对本书编选工作提供过帮助的人，表示衷心的感谢。

由于时间仓促与视野所限，也由于我们水平的有限，成书之后，难免有错漏之处，请作者、读者们多多批评指教。

毛南族卷编委会

2014 年秋末

《新时期中国少数民族文学作品选集·仡佬族卷》序言

赵剑平

仡佬族总人口近60万，分布在我国贵州、广西、云南三省区。此外，东南亚的越南也有近2000人，但大多居住在贵州省遵义市芙蓉江、洪渡河流域。芙蓉江、洪渡河发源于大娄山，均为乌江一级支流。以小见大，古巴比伦有幼发拉底河、底格里斯河两河文明，华夏民族有黄河、长江两河文明。而作为华夏民族的一部分，仡佬族其实也有芙蓉江、洪渡河一个小圈子的两河文明。事实上，大娄山岩灰洞出土的“桐梓人”化石，使20万年前至30万年前的人类文明得到了佐证，一环人类发展与进步历史的断链有了衔接。及至大娄山东北部数千年的丹砂开采与提炼，上达皇权，下及民生，都是演绎人类文明的重大事件。从国家20世纪80年代设置的两个唯一的仡佬族苗族自治县来看，仡佬族的这个“两河文明”其实是有一定道理的。务川仡佬族苗族自治县主要在洪渡河流域，而道真仡佬族苗族自治县主要在芙蓉江流域。两个自治县仡佬族人口数量，占了仡佬族总人口数量近80%。从洪渡河畔大坪镇发现的大量汉砖来看，可以认定历史上洪渡河是通航的。当然，洪渡河通航，这跟特色经济丹砂的开发和贩运有直接的关系。芙蓉江虽然不通航，却让郡人尹珍“自以生于荒裔，不知礼仪”，北上中原，“乃从汝南许慎、应奉受经书图纬，学成，还乡以授，于是南域始有学焉”（《后汉书·西南夷传》）。而文化上也有了大的发展。1941年，国民政府析正安县东北部一地，特取尹珍字“道真”命名置县，以纪念这位文化先贤，成了今天的道真仡佬族苗族自治县。当然，尹珍影响，远不止芙蓉江流域，“凡属牂牁旧县，无地不称先师”（《遵义府志》）。且今贵阳、重庆诸城市，仍设“尹公祠”以纪念。雨露滋润，福泽绵延。宋元时期，芙蓉江畔冉琎、冉璞，应邀在重庆合川构筑的钓鱼城，阻止蒙古铁碲南下达 36 年之久，并让蒙哥汗殒命城下，使远征俄罗斯及西亚各国的部分蒙古军团为了争夺王位被迫退兵回师，从而改写了历史。到了清代，遵义归入贵州版图，郑（珍）、莫（友芝）、黎（庶昌）“清三儒”的领头羊郑珍，字子尹，以尹珍姓名做名字，以耕读为本，再兴办学之风，使洛安江边沙滩一个小小的村落气候大成，人才辈出，著述丰沛，“清诗三百年，王气在夜郎”（钱仲联《论近代诗人四十家》）。“沙滩文化”成了那个衰退的王朝一道亮丽的景观。而大娄山北接巴蜀，东与武陵山交错相连，丹砂为媒，来来往往的客商打尖宿夜，形成一个又一个场镇的同时，也将他们乡土的影子——会馆落地生根。仅距离务川汞矿 50 来公里的濯水镇，就有四川、湖南、江西气势恢宏的几家会馆。巴蜀文化、巫楚文化多种文化在洪渡河畔碰撞、交融，加之仡佬族、苗族、土家族多民族杂居，山高水险、沟壑纵横的地理因素，地方文化在漫长的演进中已经形成一种独特而又包容、神秘而又开放的品质。

相对贵州省 17 个世居少数民族而言，仡佬族可追溯的历史源远流长，以久为尊、为长，因而被称为贵州的“古老户”。仡佬族人家办丧事，抬丧、送丧的路上是不丢买路钱的。支撑这种习俗的规则是：作为这片土地当然的主人，是不需要向任何人，诸如鬼神缴纳任何费用的。仡佬族虽然没有文字记载迁徙，却并非真正意义上的“土著”。“仡佬仡佬，开荒辟草”，清楚表明仡佬族是贵州最早的拓荒者，口口相传的仡佬族古歌也有逃生避祸的内容。甚至仡佬族聚居地办丧事，端公做的引魂幡上也写着几十个实实在在的地名，串起来就是一条迁徙路线。历史上，没有经历过战争洗礼的民族是很少的。胜者显，败者隐，仡佬族也不例外。不过，仡佬族作为古夜郎的主体民族在古夜郎消失后，其聚居地归属贵州却是雍正年间的事情。平播结束，改土归流，遵义从四川划入贵州，这种名分的改变，其实也算一次迁徙。夜郎归汉，失国而又作新的适应与融合，继而又割裂，虽然生活没有动荡，生存没有威胁，但文化上、精神上却毫无疑问受到一次又一次冲击。所谓“古老户”，其实是一个地理概念，即现在贵州版图居住历史最久远的民族。而文化上，仡佬族从巴蜀和巫楚的板块中分化出来，入黔不过两百多年光景。这种历史与地理、政治与经济的特殊性及其相互交错和渗透所形成的积淀，构成了芙蓉江、洪渡河两河流域仡佬族精神与文化原初的土壤。

正是这种复杂多元而又独立大气的文化品质，注定这一片山地文学资源的丰盈与富足，并催生乡土文脉，赋予生于斯、长于斯的文人以灵气与才情，能够历朝历代作家作品涌流不断。继“沙滩文化”“清三儒”之后，现代作家蹇先艾、寿生，几乎在同一个时期受到鲁迅、胡适一南一北两位大师举荐。而这两位黔北作家之所以受青睐，皆出于一个共同的原因：乡土文学。这种乡土的表达，使得黔北作家在中国现代文学史上占据了一席之地。那一时期，除了蹇先艾、寿生两位代表作家，还有段雪笙、陈沂、卢葆华、肖之亮、秦川等一批黔北文化孕育出来的作家走出乡土、走向时代的洪流。到了当代，小说家石果、诗人廖公弦继承乡土表达的传统，使黔北乡土文学站到了时代高度，产生了广泛影响。十年内乱，劫后余生，新时期黔北作家仍然以乡土文学为正统，结合历史的反思，相继有小说家何士光、李宽定、石定、赵剑平、戴绍康及诗人李发模走向全国。乡土文学几乎成了黔北作家的一种命运，一种走向成功的必然选择。可以说，黔北乡土文学所以能够成为气候，正是黔北地域文化独特魅力的投射与展示。尽管对不同的作家而言，际遇有所不同，理解有所不同，表达有所不同，但黔北地域文化的影子总或深或浅笼罩着这些乡土作家的魂魄，浸染在他们乡土表达的每一部作品中。

毫无疑问，大娄山东南一隅成就芙蓉江、洪渡河“两河文明”的仡佬族文化是黔北地域文化重要的组成部分。文化能够成为一种范式、一种力量，显然是因为它的民间性、社会性。作为“开荒辟草”的仡佬族及其文化，对黔北地域文化的形成不仅起到了推波助澜的作用，甚至还确定了地方文化很多重要的基质。只是因为这个过程太久远，也太平常，让人没有觉察。比如，20 世纪 30 年代寿生的创作，在黔北乡土的遮蔽下，没有人会留意他的族别，他的仡佬族文化的背景与符号。而寿生本名申尚贤，因务川自治县的申氏是仡佬族一大姓，他应该算这片土地较早的仡佬族作家，只是没有清醒的表白而已。新文化、新文学，他们似乎更多注重了社会功能，而忽略了创作主体自觉的内省。很长一个历史阶段，地方上只有“蛮子”“蛮夷”“南蛮”，没有仡佬族，当然也只有地域文化，没有仡佬族文化。直到20世纪80年代，政治开明、社会进步，国家开展民族识别认定工作，仡佬族人口大增，并相继建立务川、道真两个自治县，而真正“56个民族56朵花”，仡佬族文化才在黔北地域文化中有了自己的标记及社会层面的认同。

仡佬族文学创作的春天终于到来。当然，所有的成功都属于有准备的人。禁锢刚刚打开，整个时代从噩梦中醒来，很多能力还在修复中。虽然文学成了社会最需要的精神食粮，但在艺术上总的还是很粗糙，偏僻遥远的仡佬族文学人才则更是难得。最早带着仡佬族身份创作的作家分别是务川、道真两个自治县的戴绍康、骆长木。戴绍康的《在故乡的密林里》与《滚厂》，表现时代映射下仡佬族山民的生存状态，从熬制柏香油到提炼丹砂，自然环境的残酷，人的意志力的考验，寄寓作家一种隐忧、一种同情。戴绍康最重要的作品还应该数后来发表在《山花》上的中篇小说《塬上风》。这篇小说因其特殊的文化风味而充满魅力，发表后很快由《小说月报》转载。骆长木的《故事，在哪里结尾?》则反映山区小镇女性婚恋观的变化，虽是粗线条的，却透视了时代与社会的进步。赵剑平早在1978年就开始发表小说，但他的仡佬族身份的认定却是在贵州人民出版社将其发表在《收获》《小说家》《红岩》《清明》《小说界》等大型文学期刊的六部中篇小说结集《远树孤烟》出版后。而此时，已经到了80年代后期。民族意识终归是一种文化意识。赵剑平的创作从题材到语言原本就有浓郁的地域色彩，有了仡佬族身份，作家及其作品的文化背景又多了一种延伸感。从写人与人、人与社会，到写人与自然、人与动物，赵剑平从仡佬族身份的转换中受到启发，也算自信与自觉，其创作思路有了大的拓展。

新时期的仡佬族文学创作，有差不多20年光景女性创作缺位，颇耐人寻味。进入新世纪，王华的长篇小说《桥溪庄》在《当代》发表，以此为标志，仡佬族女性文学创作有了良好开端。《桥溪庄》主要通过一个家庭的溃散，反映了现代生活对乡土秩序的分化瓦解，畸形城市化对农业、农村的撕裂，尤其是对人的精神的撕裂。作品虽然有些阴晦，却也是转型中国当下农村的一种真实写照。继王华之后，肖勤的小说《暖》在《十月》发表后，《小说选刊》转载，又一位才华横溢的仡佬族女作家脱颖而出。《暖》写“三农”问题中最揪心的“留守儿童”问题。作为一位基层干部，也作为一位母亲，肖勤通过人物生动感人形象的塑造，不仅传达了一种忧思，更在一幅尴尬的文化背景图上表现了人情、人性的温馨。一个有趣的现象是，王华、肖勤两位仡佬族女作家，她们的少女时代在相对封闭的仡佬族聚居地度过，而建立家庭开始婚姻生活，则是在另一个相对开放的汉民族文化背景区域。也是在“第二故乡”，她们开始爱好文学并取得创作上的成功。这或许会给我们一个启示：文学植根生活，但没有文化的培育与浇灌，文学是不可能长成参天大树的。

世界的繁荣本来就是阴阳相生相长的结果，仡佬族女性作家的成功，正可以说明仡佬族文学进入了和谐发展阶段。这个阶段，不仅在小说创作上出现了王华、肖勤两位代表性的作家，还在她们的影响下，呈梯队地跟上来一大批新人：冯其沛、申国华、吴明泉、游筑京、黄华娟、余苓、骆礼俊、孟念等。

散文创作方面，安洨华、严新、薛维、落虹、杨超、宋小松也出手不凡。诗歌创作除了20世纪90年代就活跃在诗歌界的司马玉琴，新世纪还出现了伍小华、王富举、王少龙等年轻诗人。尤其是伍小华，视力几近于盲，写出来的诗透着一种力量，虽柔软而安静，却坚韧而恒久。其诗作常见诸《人民文学》《诗刊》等大刊名刊。从他身上，我实实在在感觉到了一位仡佬族诗人本真的精神品格。

仡佬族文学是生长在仡佬族文化土壤及黔北地域文化土壤里的一棵树。当今世界，文明冲突、文化交锋已经成为一种常态。很多文明的景观已经颓败，很多文化的风光已经黯淡。而中华民族作为地球村的重要成员，正是因为悠久的历史文化及丰富多彩的各民族文化，能够在经济增长的同时，文化也充满自信与自觉，影响世界，引领时代。面对未来，我们的文化从来不乏扬弃与创新，总有不同凡响的高唱。面对挑战，我们的文化总有包容与吸纳的力量，能够垒砌新的高地。这之间，正是文学的强调与专注，使文化灵动而生机盎然。正是文学的冲击与震撼，使文化神奇而魅力四射，国家幸，民族幸，文化幸。文化是一个民族的血脉，没有文学，血脉是很难流动起来的。

可以说，作为一名文学艺术工作者为国家担当、为民族担当的时代已经到来。仡佬族文学改革开放35年以来出作品、出作家，取得了长足发展。但是，在中国文学大背景上，我们还有很多方面没有做好。比如，我们用公共文化元素创作的同时，是不是可以更多地调动本民族的文化元素进行创作？中国文学应该有自己的样式与品质，而仡佬族文学也应该有自己的风姿。世界大同，文化融合，不等于文化灭失，甚至颠覆。我们的文学在大趋势中应该有一种坚守，在关注人的命运的同时也为民族文化、乡土文化建档立传，为未来越来越多的灵魂浪子留一条回家的路。面对浮华与混乱，我们的文学其实也应该致力于民族精神、乡土符号的培育与打造，为民族与乡土的福祉追梦寻梦推波助澜。

是为序。

2014 年 5 月 9 日

附：后记

《新时期中国少数民族文学作品选集·仡佬族卷》的编辑们用短短 3 个月时间收集了改革开放以来仡佬族作家对这段 30 余年历史的记忆。

贵州是 97% 仡佬族人的故乡。为集中展示仡佬族作家丰硕的创作成果，贵州省作家协会认真拟定编辑方案，聘请了熟悉仡佬族作家创作境况的本民族著名作家、贵州省作协副主席赵剑平担任主编，仡佬族著名作家王华、戴绍康为副主编。

在第一次编委电话会议后，贵州省作协根据各方提供的仡佬族作家名单、联系方式，通过电子邮件、电话等形式发放通知至贵州省各市州作协和市作协，与仡佬族作家交流沟通。收到作品后，由贵州省作协分发给编委们审读。随后，贵州省作协与编委，特别是与主编多次沟通交流，依据中国作协关于“新时期中国少数民族文学作品选集”丛书编辑方案的要求对作品进行筛选。

在第二次编委会上，贵州省作协根据编委较为集中的意见，将初选作品打印成册分发到各编委手中。为尽可能做到全面公正，尽可能不遗漏有代表性的仡佬族作家，不遗漏重点作品，并兼顾改革开放以来仡佬族文学创作的整体水平，努力展示仡佬族作家的集体风貌和辉煌成就，编委们经过充分讨论和反复推敲拟定入围作品。最终，主编综合方方面面的意见，确定入选作品。

虽然编委们在本卷的选编过程中做了大量深入细致的工作，无奈仅有的一卷本无法容纳仡佬族全部优秀作家作品，一些已经进入编委视野的作家作品，由于受篇幅的限制不得不退出卷本。让编委心存歉意的是，在选编过程中难免会有疏漏，还望各位作者、读者谅解。

借此机会，感谢为本卷编辑出版付出辛勤劳动的中国作协创联部的关心，感谢广大仡佬族作家的大力支持！

仡佬族卷编委会

2014 年 4 月 28 日

《新时期中国少数民族文学作品选集·锡伯族卷》序言

佟进军

锡伯族是我们祖国多民族大家庭中人口较少的成员之一，源自北方一支古老的渔猎部族。早期曾驰骋于大兴安岭东麓广袤丰饶的山林江畔和辽阔富庶的松嫩平原，以狩猎、捕鱼和农耕等生产方式，走过了漫长的部落社会发展阶段。至清朝鼎盛时期，这支偏居一隅、人数十分有限的族群，依从秉政者稳固江山社稷的旨意，被推向更广阔的社会舞台；他们受朝廷频繁调遣，分批离开故土，或派驻要隘、或镇守城廓、或奉命戡乱、或远足戍边，几乎举族肩起了助推中华民族大一统的国家责任，并由此形成了聚居东西两地、散布全国各处的民族分布格局。至2010年，锡伯族共有人口19万余人，其中分布在辽宁的有13万余人，分布在新疆的有4万余人，其余则散布在北方各省及全国各地。

现今，东北锡伯族虽然保持着人数上的多数，但自清朝定都京城伊始就涌动不止的当地族裔入住中原、外来移民垦荒兴田的双向人流，已极大地改变了满族和锡伯族在东北的分布格局，接续发生在这里的一系列波及国家命运的剧烈的社会涤荡，也不断地影响着小民族传统文化的正常延续。至今，东北锡伯族同满族一样，大多散布在汉族聚居区，已不再使用本民族语言文字，生活习俗也渐趋与当地汉族相同，但仍保留着强烈的民族归属感。由于这种民族心理的存在，促使其中的部分写作者执意用文学形式追忆民族历史、记述家族变迁、回味往昔生活、慨叹文化嬗变、探寻自身乃至群体作为民族成员存在的意义，以此显现着文学的民族性在特定语境下的时代内容，并跻身于锡伯族当代作家行列。

新疆锡伯族是乾隆二十九年（1764）受朝廷调遣从盛京（今沈阳）及所属各城抽选派往伊犁驻防的官兵（1020 名）及眷属（3275 名）的后裔。在两个半世纪的历史波澜中，他们忠实守卫祖国西部边境，积极参与维护边疆稳定、反对民族分裂的军事、政治斗争，兴修水利，屯垦种植，建设美丽富饶的新家园，大力发展本民族语言文字和文化教育事业，并将传统的风俗习惯沿袭至今，同时以开放的心态和宽广的胸怀吸收周边兄弟民族的优秀文化来丰富自己，使自己成为与社会发展同步前进的群体。其中，就标识民族文化发展水平的文学创作来说，新时期新疆锡伯族的文学创作较之以往已有许多不同。一方面随着一批年事已高的作者渐次退出文坛，母语创作已不再是当下锡伯族文学的主要表现形式，尽管前辈对此痛惜不已，族人也在不断呼吁，国家继续加大扶持力度，但社会急剧转型所营造的大语境已远非身处其中缓慢发展的小语种所能适应；另一方面在国家统一教育体制下崛起的新一代锡伯族作者，倚仗汉语文载体正在赢得更广阔的发展空间，尽管以此代表的族属文学无法消解原味不足的遗憾，依照汉文学审视也显出诸多稚嫩，但在大语境中经受砥砺的锡伯族文学，正在积极探寻彰显民族性、提升艺术性、重构价值取向的出路。这必然会为锡伯族母语文学创作提供有益的借鉴。同时，维系文化多样性对于人类文化可持续发展所具有的意义已为人们所共识，鼓励多元文化竞相繁荣也是党和国家长期实行的民族政策，时下政府有关部门和部分社会组织正在积极探寻小语种在经济快速发展的社会环境中继续存在的可能性，并推行着多项尝试性措施。在这一大背景下，相信有着悠久传统的锡伯族母语文学不会在短期内消泯。

历史上锡伯族文学主要以口口相传的民间文学见长，渔猎歌、习俗歌、萨满歌、迁徙歌、田野歌、叙事长诗以及品类众多的神话传说、民间故事，伴随着锡伯族先民度过了漫长的岁月。迁至新疆的锡伯族，自成边屯垦初期就由乡村佚名文人开启了文学翻译实践，大量的中国朝代演义小说被译成锡伯文，成为这一群体打发寂寥的守边岁月和农闲时光的精神食粮。此外，还有部分书信体散文、见闻录、民族英雄祭文和记述民族变迁的长诗等，也以母语形式流传于民间，共同构成了清代新疆锡伯族书面文学的实体内容。自 20 世纪 20 年代始，受我国新文化运动和前苏联民主思想影响，新疆锡伯族知识界出现了一批倡导民主思想的进步青年，其中有不少志趣于文学者，以新诗风和小说、戏剧等新文体，对锡伯族乡村愚昧落后的封建桎梏和因社会动荡而引发的颓废之风发起猛烈抨击，反思民族世运，探寻自救出路，倡导新学新识；一些留学苏俄返乡的青年为村民们译介了不少俄罗斯文学名著；有幸得到我国文学大师茅盾、张仲实亲身教诲的郭基南等锡伯族青年，更是初涉文坛就将创作主题与民族民主革命思想相连，与抗日救亡运动相连，给西部偏远闭塞的锡伯族乡村社会带来了涌动在整个中华大地的时代气息……这些进步青年在特定时代推出了一大批传播民主思想、启迪族人心智、高扬民族精神、充满爱国主义激情的文学作品，也开启了新疆锡伯族现代文学的创作实践。到了50—70年代，伴随着新疆的和平解放、社会主义制度的初步建立和各项建设事业的全面推进，在高度整肃的体制语境中，描绘劳动人民的翻身喜悦、感悟身处祖国大家庭的温暖，赞美新社会新生活、歌颂带给各族人民福祉的党和领袖，则成了锡伯族文学才俊们广泛而响亮的歌唱。

进入新时期，经过沉痛反思，党和国家确立了改革开放的大政方针，使我国的经济建设突飞猛进，文化事业蒸蒸日上。在宽松和谐的社会氛围中，受到尊重的各民族优秀传统文化得以繁荣发展，锡伯族文学创作也取得了长足进步。这一时期，曾一度消沉的老作家和诗人，陶然于思想禁锢的解脱，焕发出新的创作热情；更多有志于文学表达的中青年，得益于改革开放所营造的开阔视阈，纷纷乘势而上。于是，老中青梯次分明的创作队伍很快形成，规模逐步扩大，作品数量不断攀升。据初步统计，这一时期锡伯族作者已出版长篇小说13部，中短篇小说集、诗歌集、散文集20余部，零星刊登在全国各地文艺期刊、报纸副刊和综合文集中的文学作品，数量更是不菲。

这一时期，伴随着我国文学界各种思潮的涌动和创作取向的多元嬗变，传统的思维模式和单调的表现手法已不足以深刻地揭示和反映锡伯族历史与现实的社会生活状况、民族精神风貌以及文学本体丰富而复杂的审美意识，在新的民族文化生态环境中涌现出的具有一定规模的锡伯族汉语创作队伍，业已成为文坛的生力军。他们走出精神生产自我消费的封闭圈子，凭借汉语文汲取古今中外人类文化精华，探寻观察历史与现实的新视角，学习文学表现的新方法，将其用于叙述本民族前身后世不同的生活场景和心路里程，摹写带有独特风情习尚的乡村城镇生活，塑造富有民族气质和品格的艺术形象，表达自身对历史与现实的真切感悟，在若大的汉语文学天地呈现出锡伯先祖曾以国家利益为重，义无反顾、率部西迁、慎守屏藩、开渠辟田、兴建家园、福泽子孙的一幕幕感人的历史壮举；描绘出繁衍至今的后辈子孙与相处一地的各族人民风雨同舟、相濡以沫、情同手足的一幅幅生动的生活场景……新的文学天地拓宽了锡伯族作家和诗人的创作视野，强化了他们探寻民族文化特征、提高民族审美情趣、构建民族文学品格的自觉意识。这一时期文学作品的质和量都达到了前所未有的水准。

检读新时期异彩纷呈的锡伯族文学，我们在为以汉文为载体的锡伯族文学日趋繁荣的态势感到欣然之余，也深深忧思于母语文学渐渐衰微的趋向。历史上锡伯族母语书面文学创作虽然有过精彩的呈现，但相对于民间文学始终处于弱势，且仅限于韵文体、书信体和祭文等，数量有限，门类缺略。自新文化运动伊始、尤其在新中国时期，书面文学创作得以全面实践，韵文体臻于成熟，小说、戏剧、报告文学、文论等新文体不断涌现，至20世纪末又出版了长篇小说。这一实践活动虽然时间跨度很大，但受各种因素影响，时断时续，到了新世纪，又赫然面临全球性的信息化挑战，致使有着诸多局限的锡伯族母语书面文学，至今尚未走上自足的成熟的发展轨道。这也是本卷未能更多地选入译自母语的原创作品的原因之一。

当然，锡伯族当代作家群中有不少双语作家，我们理解其中的许多富有才华者，面对传统与现代、自诩与共享必须做出抉择的无奈；我们感佩自始至终从事双语或母语创作的中老年作家，仍在坚守着民族文化的自尊与自信；我们冀盼更多已融入当代文化语境的中青年作者，自觉肩负起传承民族文化、守候中华文化多样性的责任，在汉语创作与母语创作之间架起沟通的桥梁，为我们民族的精神家园注入更多的时代活力。

2014年8月

附：后记

感谢中国作协对我国少数民族文学事业的繁荣发展一贯给予的深切关注和大力扶持，感谢新疆作协为推动我区人口较少民族的文学创作所一贯秉持的积极态度、实施的各项得力措施以及为编选本卷所做的大量组织工作。

新时期以来，锡伯族文学创作在趋于丰富多彩的同时，也呈现出较复杂的情况。首先，分布在全国各地的锡伯族作者因秉承的文化传统不同，其创作在显现民族性方面有所差异。有不少作者早已融入中华民族普世的文化环境，因缺少来自锡伯族传统文化的滋润，其文学创作大多已不再以族别文学形式问世。根据总编委会制定的编选内容要求，我们着重选编了主要反映锡伯族地区发展进步及锡伯民族精神状态之优秀作品，也适量选编了以寻根方式表达对民族文化渴望的作品。其次，新时期以来，锡伯族文学创作也呈现出审美取向多元的发展态势。本卷着重收录了彰显民族文化积极因素、真实反映锡伯族历史与现实社会生活状况和精神风貌的文学作品。同时，我们深深感到，锡伯族特殊的历史和文化，是孕育优秀文学作品难得的母体，编选本卷不啻是对前期成果的自豪展示，更有一份对后来者殷切的期待。

还需说明的是，因没有相应文化工作机构，参与本卷具体编选工作者都不是专职人员，缺少前期准备，在系统梳理分布在全国各地的锡伯族文学创作成果方面，难免有所遗漏，制定的编选尺度也难免有所偏差。还请读者诸君不吝纠偏斧正之惠！

锡伯族卷编委会

2014 年 8 月 10 日

《新时期中国少数民族文学作品选集·阿昌族卷》序言

孙宝廷

在美丽富饶的云南省西部边陲，生活着一个勤劳、勇敢、善良、聪慧爱歌、狂舞的民族。她就是我国人口较少民族之一阿昌族。

阿昌族是一个古老的民族，更是一个诗性的民族。早在汉代就定居于云南，在唐朝被称为“寻传”或“寻传蛮”，以后又以“峨昌”“阿昌”等名称见诸史册。明代以后，阿昌人大量迁居德宏，与景颇、傣、汉等民族杂处，互相交往频繁。在继承和发扬本民族传统文化的同时，深受傣、汉文化的影响，故阿昌族文化具有兼收并蓄的特征。阿昌族是能歌善舞的民族。他们的歌与天空比高，他们的舞与山河比美，他们的情与大地同辉。他们爱刀、爱火、爱月亮、爱太阳，更爱滇西故土。他们是太阳的子孙，他们更是滇西幸福的守望者。他们让阳光穿透四肢，他们让希望的光辉洒向自己，他们让心中有梦，亘古在德宏生根开花结果。他们以酒传情，以月亮为心，以太阳为神灵并顶礼膜拜，他们将心中的爱无限地融入脚下深深的泥土中。阿露窝罗舞，那是阿昌族从历史走向兴旺的轴心线，连着心灵和大地，代表了阿昌的生命和图腾；阿昌刀是阿昌族精神和刚强的象征，那里刻着太阳和月亮，是阿昌族心中永远的梦想。

据统计，目前阿昌族实有人口 4 万人，主要居住在云南省德宏傣族景颇族自治州的陇川和梁河县，在潞西、盈江、腾冲、龙陵、云龙等县也有少量分布。在缅甸，阿昌族被称为“迈达族”，主要分布在克钦邦的密支那和掸邦的南欧、景栋等地。在德宏州内，阿昌族有昌撒和傣撒之别，有陇川、梁河和潞西3种方言，一般都兼通汉语和傣语等，没有文字，使用汉文和傣文等，多与傣、汉等民族分寨而居。

阿昌族素有“水稻之王”的美誉。著名的“毫安公”，就是阿昌族亲自培育的。小锅酒，那是阿昌女人献给生活的一种爱，流淌着阿昌人的血液，被阿昌人流传成希望和梦想。

阿昌族聚居的孔雀之乡德宏，曾经是古哀牢地的中心，是一个美丽的地方。阿昌族所在的九保、囊宋、户腊撒3个民族自治乡，是全国仅有的阿昌族民族自治乡，历来富有祖国西南边陲的花果之乡、神话之乡、歌舞之乡、葫芦丝之乡、艺术之乡、宝刀之乡的美誉。阿昌族所在的地区，山水秀雅，堪称边陲宝地。阿昌族所在的户撒坝被称为“佛祖的花园”，而民国中期英国人美福特到户撒考察，在其《中缅之交》一书中称户撒坝为“灵谷”，意为充满诗意和灵性的山谷。聚居在德宏孔雀之乡的阿昌族人民和各民族一道，不仅是物质财富的创造者，而且是精神财富的创造者，情长似江水，留给高山一段悠远厚重的狂歌；爱洒长天，留给大地一段真挚的感情，更留给历史一段久远的回声。他们以天为公，以地为母，以太阳为希望之神，时时供奉在自己的心坎上。山的魂魄、水的魂魄一起随舞步响起，踩踏出一个民族如歌的行板。歌声起处，刀光闪亮，豪情万丈，尽显一个民族的坚强性格。东有龙泉剑，南有阿昌刀，户撒阿昌家家打刀，阿昌刀天下美名扬。刀是魂，刀就是永恒的爱。优美动听的葫芦箫，享誉世界的创世史诗《遮帕麻与遮米麻》，别具一格的民族传统文化，记录着阿昌族久远灿烂的文明。千百年来，富有创造精神和抗争精神的阿昌族和各少数民族同胞一道，用热血和生命捍卫着生养自己的边关热土，抵抗外来入侵者，谱写一曲曲感人的壮丽史篇，用心爱的长刀，为边疆德宏护卫蓝天，披荆斩浪，抒写华章！

阿昌族聚居的地区依山傍水，气候凉爽宜人。春时山花烂漫，夏时瓜果飘香，秋时稻谷金黄，冬时无寒云雾满山岗，太阳花、油菜花、木瓜花伴着歌开，歌出自内心，淳朴自然，即兴而唱的歌声绕山又绕梁。千载青龙山、皇阁寺、古驿站、茶马古道、西南古丝绸之路在这里交相辉映；山寨、云雾、山花、龙竹、青龙、白象、牌坊透着诗词古韵；奘房、佛寺、金塔、寨神、树神在日月的映照下充满神秘梦幻。阿昌人家的木架瓦房，讲求的是和谐地气人旺，散发出的是浓郁的乡土气息；“阿昌人家一堂灯”，传承的是文化和风情，追求的是五谷丰登、幸福吉祥；别具一格的风味小吃“过手米线”红香又润口；热烈奔放的象脚鼓舞、气派壮观的窝罗舞、极富情趣的婚礼对歌、脍炙人口的阿昌族民间故事以及有着奇异文化的妇女服饰饰品等，编织出阿昌族一幅幅优美的民族风情。阿昌族妇女的包头造型高昂、雄伟，形如箭翎，可谓顶天立地，高挑美丽。独具风味的阿昌山歌情深意长惹人陶醉。奇特的人文景观、风俗习惯风情万种，处处洋溢着爱的颂歌。

在阿昌族群中，有一群人用他们的心灵，默默地歌颂着自己的祖国和民族。一个强大的阿昌族作家群在崛起，且阵容强大，不能小视，在社会受到广泛关注。在历届的全国少数民族文学创作“骏马奖”评选中，均有不俗的表现，共有5位作家创作的文学作品荣获此殊荣，这不能不说是一个文学奇迹。阿昌族在发展壮大，阿昌族作家开始腾飞。曹明强、孙宇飞、曹先强、罗汉、孙宝廷，他们在中国作家协会的名单上都小有名气，这不能不说是一种跨越。他们以文化的担当为己任，不断推动阿昌族文学的繁荣发展，成为民族文化的守望者。他们以笔为旗，高举文学希望之火，是民族文化的开拓者、传播者，不愧为民族文化的精英。文学之所以能打动人心，在于作家对自己民族的把握和了解，在于作家对整个民族的悲悯之情和诸多感悟，在于作家健康向上的精神追求和矢志不渝的创作激情。

今年开春，中国作家协会决定编辑出版一套55个少数民族各自成卷本的“新时期中国少数民族文学作品选集”，全面展示新时期以来我国少数民族文学繁荣发展的丰硕成果、勾画少数民族文学统一完整的文学版图。作品集共计55卷，98本。其中，《新时期中国少数民族文学作品选集·阿昌族卷》1卷，合集1本，共40万字。卷本的编选，是对阿昌族文学成果30余年来的一次检阅。我有幸被推举为主编，负责好该书的编撰工作。

感谢中国作协的各级领导，让我编撰这本文学集，不仅圆了我的梦，了却了我多年的心愿，使我再次感受到党和国家对阿昌族文学创作的重视和关心。这不仅给予了无数文学爱好者展示舞台的绝佳机会，也让世人去了解发现优秀的阿昌族文学。我试图克服各种困难，本着从作品高品位要求出发，力争从众多的作品中筛选出具有一定质量和分量的作品入编此书；力求原创和富有时代特征，注重艺术特色，尽量将阿昌族和德昂族具有发展前途的年轻作者及优秀作品选编入围。本人试图以文学的形式，怀着一颗敬畏而虔诚的心编辑此书，以解读阿昌族心中的秘密，将优秀作品介绍给世人，并以最本真的作品去反映自己心爱的民族。可以说，这不仅是向世人展示阿昌族文学的一次机会，更是一本至今为止，全方位展现阿昌族作家精神风貌、以文学形式充分展现阿昌族内心隐秘的不可多得的文学读本。说确切一点，是我处心积虑编辑的奉献给广大读者的一部阿昌族优秀文学作品集，更是人们了解阿昌族文化的一道窗口，希望读者喜欢。

2014 年 10 月 30 日

附：后记

《新时期中国少数民族文学作品选集·阿昌族卷》即将面世。这一卷本的出版，填补了阿昌族现当代文学历史的空白，弘扬了中华民族灿烂的文化，大大提升了阿昌族文学的影响力和知名度。

主编这部书，像完成一次陌生而又神圣的无以言说的朝圣之旅，俗世的情怀会在一个个关涉阿昌族的图腾中展现，有兴趣的读者将与我们一起走向阿昌作家，领受阿昌自然的伟大旖旎、宗教的玄秘、静穆的神性、人文的力量、文化的根系、民族的情怀。它充满了生命的活力。这些代表阿昌族符号和元素的文学作品，向世人传达出无限的爱，不仅从个人、历史的角度重新阐释了民族文化，而且在处理永恒性题材和现实题材上同时展开。充满智慧的作家们将现实生存境遇的关怀有机地融入挖掘民族文化中，体现出对阿昌族文化的敬畏和良知。值得欣慰的是，编这本书让我们具有一种开阔的视野和文化使命感、责任感和民族自豪感，神性的眼光，文化的担当感，尽微薄之力让世人更多地了解到有着特殊历史文化的边地阿昌族优秀灿烂的民族文化。他们在众多的历史回声中坚守住自己的立场，守住民族文化的根，用文学书写出整个民族的精气魂。

阿昌族历史文化厚重，为文学创作提供了丰富的创作源泉。阿昌族聚居的地区依山傍水，气候凉爽宜人。春时山花烂漫，夏时瓜果飘香，秋时稻谷金黄，冬时野花遍野满山岗，太阳花、油菜花、木瓜花伴着歌开，歌出自内心，淳朴自然，即兴而唱的歌声绕山又绕梁。奇特的人文景观、风俗习惯风情万种，更是处处洋溢着爱的颂歌。创作来源于生活，又高于生活。从文学作品中领略到，阿昌族是一个崇尚自然、追求健康向上、充满诗情的民族。文学需要坚守，更要有人去呵护。阿昌族文学创作势头强劲，后继有人。

主编这部书，困难是可想而知的。由于作者分散，年龄参差不齐，文化程度高低不一，作品质量高低不一，编辑起来很难把握水准。我们知道写作道路的艰辛，一旦错一漏万，愧对民族，愧对中国作协对自己的信任。难则难矣，梦想促我飞行攀越，谁叫我们是遮帕麻与遮米麻的子孙？于是，我们把最旺盛的精力放在了最有意义的 2014 年，以最独特的方式接近心中的太阳和圣地，以最金色的季节来收获果实。

为了编辑这部心灵之书，我们放弃了不少休息时间，拜访了大量阿昌族作者，走遍了阿昌族生活的广大地区，用心紧贴阿昌人内心的火塘，去品读阿昌人不一样的生活，去真切感受属于阿昌人的真情和浪漫。我们圣洁的心灵纤尘不染，从来自阿昌心灵牧歌山歌里寻找血肉，从阿昌人的精神世界里寻找内涵。面对奇异的阿昌族文学，我们的出发变得有些壮怀激烈，心甘情愿，并有着浓郁的阿昌族自然主义情结。不少阿昌族文化前辈对我们的一举一动深表赞同。他们默默地支持鼓励着我们，仁者见仁，智者见智。编辑此书让我们得到了快乐，拥有了更多的思索，并得到了很大收获。通过不懈努力，编辑的书稿总算和读者见面了。文学让我们看到了民族的高大和前景。我们希望从此开始，继续为繁荣阿昌族文学做出自己应有的贡献，希望只有花开，没有花落。我们希望从历史更高的连接点上，望见阿昌族文学的春暖与花开。

由于我们水平有限，时间仓促，不足之处在所难免，敬请读者给予更多批评指正。

阿昌族卷编委会

2014 年 10 月 30 日

《新时期中国少数民族文学作品选集·普米族卷》序言

鲁若迪基

编选《新时期中国少数民族文学作品选集·普米族卷》是件光荣而神圣的事。这样的事，在解放前是不可想象的。尽管普米这个古老而充满传奇的民族，在历史长河中通过自己的聪明才智积累了很多丰富灿烂的民间文学——更为世人所瞩目的是东汉时期，居住在笮都的普米先民白狼磐木王，曾用普米语向东汉皇帝敬献《白狼歌》诗三章。可是，由于历史的原因，普米族多少年来没有自己的书面文学作品面世，这不能不说是一个民族的遗憾。

当历史翻开新的一页，新中国成立后，一些普米儿女翻山越岭走进教室，开始学习文化知识——这无疑为他们提供了用笔抒发自己感受世界的可能。随着经济的发展，国家对民族文化越来越重视，在原来分门别类对少数民族文学进行独立研究的基础上，上世纪70年代末到80年代又投入了极大的人力物力，对散落在各地的民间文学进行铺天盖地的搜集和整理。虽然对这一工作众说纷纭，莫衷一是，但不容置疑的是，在这一过程里，很多本民族的知识分子参与其中，走上了翻译整理本民族民间文学的道路。这其实是一种训练。在这种训练中，这些人在接受本民族古老文化滋养的同时，写作的才能得到了锻炼。于是，他们不再简单地满足于对古老故事的搜集整理，而是用他们的笔，写下了自己对社会、对生活的独特感悟——包括普米族在内的很多民族的书面文学就这样诞生了！

如同小孩迈出人生的第一步，迈出这一步多么不易！这在个人，只是一小步；对一个民族而言，则是历史的飞跃。普米族书面文学作品的创作就是这样。实现这一历史飞跃的是来自云南宁蒗县拉伯托甸的普米青年何顺明。

这位曾当过兵、任过教、从事过文艺工作，还到昆明师范学院外语系深造过的普米青年，在改革开放的大潮里，面对时代的巨变，情不自禁地拿起笔来倾注自己的情和爱，写下了一首首赞美故乡、赞美新生活的诗篇。诗歌《啊，泸沽湖》让他一举成名，获得了第一届全国少数民族文学创作“骏马奖”。他还获得过云南省少数民族文学创作奖、《玉龙山》优秀文学作品奖（荣誉奖）等。在1981年5月召开的丽江地区第一届文代会上，由于文学创作成绩突出，影响较大，他被推选为首届丽江地区文联委员、民间文学组副组长。他为普米这个少小民族登上中华文学的殿堂，迈出了历史性的一步。他后来任过企业的厂长、县委宣传部副部长、县文广局局长等职。他以“没有过不去的火焰山”为座右铭。这位诞生于1953年2月的普米族书面文学开拓者，不幸因病于2006年7月离开了人世，年仅53岁。虽然他发表的作品数量不是很多，但他作为普米族书面文学的拓荒者、第一个获得国家级文学奖项的普米族作家，永远载入了史册。

那一时期，紧随何顺明的还有殷海涛、尹善龙、汤格·萨甲博等作家。

殷海涛著有《普米族谚语》等多部民间文学专著，还出版了散文集《遥远的山村》、诗集《火塘边的歌》等，1994年8月出版的《火塘边的歌》是普米族诗人的第一部诗集。他曾当选云南省民间文艺家协会副主席，现任云南省音乐家协会副主席、云南省文化馆研究员、《民族音乐》杂志主编。他在很多领域颇有建树，作品曾获第三届全国少数民族文学创作“骏马奖”。

尹善龙是普米族的第一个新闻工作者。作为高级记者的他，曾任县广播站站长兼编辑、县委农村工作部副部长兼扶贫办主任、怒江州文联副秘书长、《云南经济日报》怒江记者站站长、《怒江报》副总编辑等职。除写作大量脍炙人口的新闻稿件外，他在文学创作上也取得了不俗的佳绩。他在1992年9月出版的散文集《高黎贡山的脚印》，是普米族作家出版的第一部文学作品集，也是普米族作家的第一部散文集，曾被怒江州精神文明建设指导委员会评为怒江州“十佳著作”。他于2002年3月出版的报告文学集《风流高黎情》，是普米族作家的第一部报告文学作品集。他与胞弟尹秀龙共同创作的小说《多情的独龙河》，曾获第四届全国少数民族文学创作“骏马奖”。

汤格·萨甲博是迄今普米族作家中发表小说最多的作家。这位“卖别人的书也卖自己的书”的前宁蒗县新华书店经理，曾在《民族文学》《边疆文学》等刊发表数十篇中短篇小说，1993年3月出版的中篇小说集《野人泪》，是普米族作家出版的第一部小说集。他的小说、散文曾获《云南曲艺》《春城晚报》等征文奖。

除上述几位作家外，那一时期的普米族重要作家还有和庆光、和建全、和文平、尹秀龙、和善全、熊贵华、胡文明等，他们用自己的作品为人们打开了一扇了解普米文化生活的窗口。

进入上世纪90年代以来，普米族作家中又涌现出鲁若迪基、蔡金华、曹翔、杨万生等作家。鲁若迪基曾获第五届、第七届全国少数民族文学创作“骏马奖”，第三届徐志摩诗歌奖、入围第五届鲁迅文学奖。蔡金华曾获第六届全国少数民族文学创作“骏马奖”，曹翔曾获第九届全国少数民族文学创作“骏马奖”。

新世纪以来，普米族又涌现出一批文学新人，戈戎玭措、杨云芳、曹媛等是其中的佼佼者。这些文学新人起点高，出手不凡。只要他们能持之以恒，将来是会大有作为的。

综观普米族作家的作品，小说作品大多取材于本民族的生活素材，部分取材于同一区域其他民族的生活素材，都有浓郁的民族特色、地域特色和时代特色。虽然在表现手法和展示生活的丰富多样性方面还有诸多不足，但毕竟有了一定的基础和发展。

与小说相比，普米族作家的散文创作呈现出多样性和丰富性，无论是对普米山乡人、事、物的深情叙写，还是对其他事物的多角度表达，都折射出普米族作家对自然、社会、文化、人类等的普遍关注和思考，不乏精彩之作，达到了一定的高度。

普米族书面文学，就目前而言，取得较高成就的当属诗歌。普米族作家队伍里，十有八九是写诗的，创作了数量可观的作品，而且有相当的质量。不仅有殷海涛以民间题材创作的叙事长诗，戈戎玭措以现代眼光和丰沛的诗意创作的现代长诗（此次因篇幅原因没有收录），还有曹翔、和文平、蔡金华、和建全等其他诗人思想性和艺术性都结合得较好的诗歌佳作。

在获“骏马奖”的普米族作家里，大部分是以诗歌获奖的。由此可见一斑。

目前，据不完全统计，普米族作家已在《人民文学》《诗刊》《民族文学》《人民日报》《光明日报》《文艺报》等上百家报刊发表作品。除全国少数民族文学创作“骏马奖”外，在《人民文学》《诗刊》《民族文学》《人民日报》《光明日报》以及云南文艺基金奖、《云南日报》文学奖、《边疆文学》奖、“云南省报纸副刊好作品奖”、“滇西文学奖”等众多奖项里，都有普米族作家获奖。30 多年的文学历程中，这个少小民族，从一个没有书面文学作品的民族，发展到今天已有作家和作品被写入《云南文学简史》《中国诗歌通史》《中国文学通史》等，可谓今非昔比。目前，普米族作家中，中国作家协会会员、省级作协会员达十多人。这支精干的创作队伍，已真正融入到了中华文学大军的行列里，用自己的笔抒写着一个民族新的历史。

虽然普米族作家的作品从无到有，有了很大的发展，但较诗歌和散文，普米族作家的小说还相对较弱，而且至今还没有一部长篇小说。与文学创作成绩突出的民族相比，无论在作家队伍上还是创作质量上，都还有一定的差距。不过，任何事物都是从无到有，从有到好的。这是历史发展的必然。我们相信，在不久的将来，通过普米族作家的努力，会有作家捧出长篇小说填补空白，给我们生活的时代一个交代，给我们自己一个交代。我们也会在其他门类的创作中取得更丰硕的成果，完成历史赋予我们的使命和责任。

感谢中国作协让我们有了一个回顾和展示的机会！

是为序。

2014 年 5 月 28 日

附：后记

《新时期中国少数民族文学作品选集·普米族卷》的编选出版，具有重大的历史意义。为了做好这项史无前例的工作，2013 年 9 月 2 日，本卷主编参加中国作协、云南作协在云南楚雄召开的相关编辑会议后，根据会议要求，很快成立了编委会。编委会由普米族有影响的诗人、作家、编辑家组成，具体为：鲁若迪基、和文平、和建全、殷海涛、尹善龙、蔡金华、汤格·萨甲博、熊贵华、曹翔、杨万生。整个工作主要由主编鲁若迪基，副主编和文平、和建全负责。其中，鲁若迪基负责诗歌部分的选编和整部书稿的统稿，和文平负责小说部分的选编，和建全负责散文部分的选编。编选完后轮流审看，工作虽然有分，但更多的是合。几个人经常在一起商量研究筛选篇目，再通过电话与其他编委沟通，还曾前往昆明、兰坪征稿和交换意见。现将有关情况说明如下：

一、为了重点展示普米族作家的创作成果，本卷只选择收录小说、散文、诗歌。虽然普米族作家也创作了一些报告文学作品，此次没有收录。作品排序以各门类所选作家的第一篇作品发表时间排序。

二、基于普米族作家人数不是太多，而且很多作家在进行几个门类的文学创作，在编选中我们对二者进行了兼顾，即一个作家选两个门类的作品。鉴于何顺明先生虽已作古，却是普米族书面文学具有里程碑意义的人物，我们特别选了他三个门类的作品，以表达对他的敬意和纪念。

三、由于一些作家已离开了我们，有些作家则无法联系到本人，尽管我们从卷帙浩繁的期刊里进行了搜寻，以尽可能找到他们的作品和出处，但疏漏之处在所难免，还恳请大家谅解。不过，万事开头难，有了这个基础，将来我们会逐步加以完善。

四、《新时期中国少数民族文学作品选集·普米族卷》的编选，说明在这个伟大的国度，普米族作家通过自己的努力，终于在文学创作上有了自己的一席之地。这是时代的发展使然，也是历史的进步，更是一个民族的伟大跨越。我们对过去走过的路，感到温暖；对未来要走的路，充满信心。在做这项工作时，我们是忙碌的、紧张的，但我们内心非常激动和愉快。

五、本卷在编选过程中得到了中国作协、中国作协少数民族文学委员会、云南省文联、云南省作协、云南省普米文化研究会、丽江市委宣传部、丽江普米文化研究会、丽江市文联、丽江市社科联、丽江市文广局、怒江州文联、宁蒗普米文化研究会、兰坪普米文化研究会的大力支持，在此一并致谢。

普米族卷编委会

2014 年 5 月 28 日

《新时期中国少数民族文学作品选集·塔吉克族卷》序言

阿扎提·苏里坦

塔吉克族作为中国56个民族的一员，同样有着悠久的历史。他们生活在中国新疆西南部的帕米尔高原上，过着古老的游牧生活；他们淳朴善良，热情而高雅；他们与蓝天为伴，与鹰共同飞翔，醇香的奶茶让他们更富生活情趣，苍劲的舞步让他们更加健硕。独特的文化使其富有传奇色彩，而他们美丽动听的歌声仿佛就是蓝天与高原的共同呼唤。因此，他们的心灵洁净得就像那里的空气。

在中国境内的塔吉克族人口不足10万，主要分布在塔什库尔干以及莎车、泽普。他们的生活空间相对独立，较完好地保留了他们古老的传统文化。塔吉克族可以说是一个高雅的民族，至今仍保留着零犯罪率的纪录。他们与大自然完美结合，无论是他们的歌声、无论是他们的相貌、无论是他们的舞步，也无论是他们的鹰笛，无不显示着他们就是伟大自然的一部分。

中国境内的塔吉克族拥有自己的语言但没有文字。他们使用维吾尔文，塔吉克族作家用维吾尔文创作。塔吉克民族也是一个诗歌民族，他们的作品也独具风格，散发出一股轻轻的高原之风，回响着一曲曲鹰的故事，而小说作家相对要少。由于他们的作品都是用维吾尔文创作的，因此需要翻译成汉文。此卷本中选译的都是近年来塔吉克作家、诗人们创作的优秀作品，但由于是译作，且因翻译水平有限，可能会有不足之处，还请广大读者见谅。

2015年1月

附：后记

塔吉克族作为新疆人口较少民族，集中分布在喀什地区塔什库尔干一带。塔吉克族作家相对集中，有中国作家协会会员一人，30多人加入新疆作家协会。在这次选编的过程中，我们精选了部分有影响的作家的中短篇小说集诗歌佳作，完成了这部塔吉克族文学作品集。在此，我们感谢中国作家协会为我们提供了一个机会，并做了大量工作。在建国60多年后出版这样一套具有历史意义和价值的少数民族文学作品选，这在世界上也是绝无仅有。

我们很荣幸能参加这部作品集的编选工作，并期待这套选集能早日与读者见面。祝愿中国多民族文学事业更加辉煌，祝愿中国少数民族文学百花齐放，结出更加丰硕的果实。

塔吉克族卷编委会

2015年4月

《新时期中国少数民族文学作品选集·怒族卷》序言

李善荣

在祖国西南边陲滇西北横断山脉腹地，有一条可以与美国科罗拉多大峡谷相媲美的峡谷叫怒江大峡谷。怒江大峡谷群峰巍峨，气势磅礴，山河雄浑壮丽、多彩多姿、神奇迷人，号称“东方大峡谷”，是国家级风景名胜区。这里有国家级的高黎贡山自然保护区和怒江自然保护区，是世界自然遗产的“三江并流”核心腹地。其国家公园正在申报中。特殊的地理构架，造就了雄、奇、险、秀的自然风光，成为云南面积最大、景色丰富壮观、民族风情多姿多彩的旅游之地。在怒江大峡谷，多民族和谐共生，多宗教和谐并存，孕育了丰富灿烂的多元民族文化，使怒江州成为文人墨客文艺采风、文艺创作的沃土，成为国内外朋友旅游探险的秘境和新滇藏大通道。

怒江大峡谷最早的拓荒者怒族千百年来就繁衍生息在这里。他们以生命的韧性、激情和挚爱扎根在怒山怒水间，用心灵的宁静和坦诚，享受着大自然无私赋予的馈赠，信奉万物有灵的怒族人与环境相融相济、和谐共处，以独特的审美角度和情趣创造了灿若星河的歌舞乐等艺术，用口耳相传方式传递着历代怒族人民心灵深处最柔软的情怀、珍爱和记忆。每一个怒族人眼里都看得见波澜壮阔的怒江水和澜沧江水奔腾长流，看得到高黎贡山、碧罗雪山巍峨挺立；每个怒族人心里又都流淌着永不停息的梦境江河，心底深处都矗立着雄壮奇伟的高山奇峰；每个怒族人心里都存生了在怒山怒水间或山水之外心灵的瑰丽世界。怒族社会就这样萌生了文学艺术和口传技艺，那些或闪亮或温暖或柔软的口传文学瑰宝滋养了一代又一代怒族人民的精神家园，如拨动达比亚琴弦流淌的优美旋律，在怒山怒水的山谷沟壑间回荡……

怒族聚居区有“一山有四季，十里不同天”的立体气候，不时呈现“山前桃花山后雪”的瑰丽景象，空气清新甜美、天空蔚蓝如洗，不同生态争奇斗艳，充满荒情野趣，全无雕琢痕迹，充盈着质朴的美、粗犷的美、宁静的美。怒江峡谷悠闲地居住着八个世居民族，各民族和睦相处，和平地延续着六种信仰，不同宗教和谐并存。大自然丰厚的给养与得天独厚的美景，孕育了各民族原生多样的个性文化，多姿多彩的民族文化各尽其美，美美相映。

19 世纪末和 20 世纪初，傈僳文字和汉文字传入怒江地区怒族社会后，极少数的怒族人结束了刻木结绳记事的历史，并偶尔无意识地有了一些与文学“沾边”的尝试。1950 年后，党和政府培养了一批怒族干部人才和能识文断字的明白人；到了 20 世纪 60、70 年代，一批怒族知识分子可以较为熟练地驾驭使用汉字，偶尔有临近书面文学的创作，成为怒族口传文学向书面文学转变的过渡期。

80 年代始，伴随着改革开放的步伐，怒族文学创作从无到有，文学创作不断推进。1983 年开始，彭兆清先后在《民族文学》《大西南文学》《边疆文学》《怒江文艺》《云南日报》等数十种报刊上发表上百万字的文学作品，作品入选二十多种文集，出版个人的中短篇小说集《诅咒崖》，散文集《灵性的土地》、《七彩仙境》和《流动的驿站》。他的短篇小说《啊，在那遥远的山泉小学》获第三届全国少数民族文学创作奖（骏马奖），还荣获其他各种文学奖项。以彭兆清加入中国作协为标志，怒族拥有了真正意义上的书面作家。同时期，老一辈怒族作家罗沙益、叶世富、李卫才、彭义良、和光益、李绍恩，中青年作家李善荣、罗金刚、李金荣、和建华等创作或发表了许多诗文，90 年代后，和建华、李金荣的文学作品不断在省级国家级文学刊物发表，并入选多种文集。李金荣成为怒族第二个中国作家协会会员，其诗集《老姆登》是怒族首部公开出版的个人诗集。

临近 80 年代末至今，各年龄阶段的作家和文学爱好者陈军、和富才、和丽妞、曲路、李玛敍、王靖生、达伯、杨小妹、刘文青、吴小平、耿晓伟、罗新明、丰凡人、施秀芬、王莉君、施玉英、李玉芳、和山林、张贵华、金伍、方云虹、克玉菊、欧仕忠、李铁柱、桑梅芳、丰贵山、杨振梅、胡永春等等纷纷进入文学百花园，新时期怒族文学创作活跃起来。

怒江峡谷相对独立的地理单元和怒族独特的民族个性，使新时期怒族文学呈献给大家的也许是一种陌生化的新鲜感受。它传承了口传文学质朴、自然、清新、简洁、浪漫、神秘的叙事和抒怀特点，时时透着人性关怀和人情关照，弥漫着山村泥土气息，充满山野情趣，尽显怒江大峡谷和澜沧江河谷地域风情特色，同时展现了直过民族怒族在经济社会沧桑巨变的历史进程中内心的喜悦、惊奇、紧迫、迷惘、纠结、寻觅、自豪、回归、重塑的情绪和心路过程，尤其是怒族社会在跨越发展过程中思想大碰撞、观念大更新、行动大跃进的现实抒怀和写照，倾诉对已经失去或正在失去和即将失去的怒族古老乡村模式的怀念依恋，让美丽乡愁在字里行间不断萦绕。同时，又以积极心态审视怒族社会过去、现在和未来，用向善向上的笔触，以对党对国家感恩的情怀梳理和抒发怒族社会追梦的历程。

这本怒族卷选辑了39位怒族作者的诗文。正如德高望重的丹增先生所说的那样，这些富有民族和地域特色的文字，主要讴歌了怒江大峡谷美丽山水和独特的民族风俗文化，以及大家对亲情、友情、爱情，对人生生活的体验。怒族作者群更多关注怒江大峡谷中本民族普普通通的人和事，关注怒山怒水及环境。他们一直用自己的心灵感知解读自己生活的大峡谷，用自己的笔触抒写和记录自己对生命生活的理解，字里行间充满怒族人民对待自然、对待生命的激情。既有抒写亲情和怒族地区风土人情的篇章，又有抒写家乡和祖国发展变化的诗文，还有个人独特情感经历的体验和怀想，诗句朴素真挚、清新自然，近乎“原生态”；或娓娓倾诉，或浅吟低唱，从容、散淡、柔美、明净，甚至直白，不时透出淡淡的忧伤和迷惘，虽没有哲理韵味特浓的佳句佳词和惊词艳句，但总体的基调积极向上；从不同的层面描述了怒江大峡谷怒族人的风土人情，展现了在全球化背景下独特的怒族文化生存状态和怒族人民的精神世界，传递了作者的独特感受和真实体验，给想深入了解怒江大峡谷、怒族社会、怒族同胞心灵世界的人们打开了一扇窗。难能可贵的是，作者们能够在当今纷繁多变的时代中依然坚持精神守望，在物欲膨胀、权欲横流、人心浮躁、真假难分的激流中，似乎物我两忘，以淡然的心态、平凡的生活、朴实的情感，在怒江大峡谷做着自己喜欢做的，想着自己喜欢想的，说着自己喜欢说的，让情怀像怒江峡谷清澈的流泉、明净的白云、纯净的空气自然随意地流淌。

诚然，怒族文学的缺憾和不足显而易见："小我"情愫浓，境界不够大，题材优选挖掘不够深，诗文不够凝练，驾驭汉语言文字能力不足，还不能得心应手精准地运用文学语言，还不能轻松娴熟地运用文学艺术技巧，在脱离母语表达、变成汉文字语言呈现中，出现一些遗憾的传失，削弱了一些怒族文化风味特点，作品离大家公认且广为流传的厚实丰满的精品力作还有一定差距。

尽管怒族文学卷和怒族文学创作存在着这样或那样的差距和不足，但我坚信丹增先生所说的"独特的社会体验、深厚的民族情感、丰富的创作素材、自由的创作风格是少数民族的创作优势，地域广阔、生态完好、文化独特、资源丰富又为少数民族文学创作提供了丰富的营养"。假以时日，从56个民族文学百花园中共同吸收阳光雨露后，凭着怒族作者们的聪明、执著和勤奋，我们有充分的理由相信并期待怒族文学作品会越来越好，怒族文学将开放出更娇艳美丽的花朵。

2014年8月9日

附：后记

做着自己喜欢做的事情是愉快的；做着自己喜欢做的事情，又属于非常有价值的事情是甜蜜的；做自己喜欢做的事情，又能得到很多人的支持和帮助更是幸福的。

因为参加编选"新时期中国少数民族文学作品选集"，我们愉快着、甜蜜着、幸福着。

俗话说，盛世修书。我们庆幸自己生活在一个伟大的时代。

我们认为，在党中央领导下，在中宣部的关心下，中国作协那些值得尊重的可爱的人们，那么具有政治家、战略家和文化大家的眼光和胸怀。

他们为构筑中华民族与时俱进的精神家园在用心工作着。如，2009年举办55个少数民族代表都参加的“鲁迅文学院第十二届中青年作家高级研讨班（少数民族作家班）”和成立少数民族文学委员会，以及组织编选“新时期中国少数民族文学作品选集”都是开创历史的工作。

有幸编选其中的“怒族卷”，我们既感到无上荣光，又感到力不从心和忐忑不安：怕因为我们有限的能力和浅薄的学识，辜负了大家殷切的期望和重托。这是我们怒族历史上第一次以群体的面貌，在国家级的层面和场合，与全国甚至全世界各民族读者进行书面的精神交流。它也许能带给大家不一样的感受和体验，传达出我们内心深处的友爱和真诚，但我们毕竟是只有3万余人的民族，又地处祖国最偏僻、最偏远的怒江大峡谷。由于经济社会发展滞后和历史发展的原因，我们一直欠缺与外界广泛沟通交流，有文化、尤其是有汉语言文学基础的人少之又少，每个作者还担负着多重社会角色，没有一个是脱产或专业作家，在省级、国家级文学报刊上发表作品的人和作品篇数也屈指可数。与大家辈出、大作不断的老大哥民族真不能相比。不过，能在温暖的社会主义民族大家庭里聆听各民族兄弟姊妹的和谐美妙的声音，又能传递我们怒族独具特色和风采的声音，我们是多么充满期待和喜悦！请所有关注关心关爱我们的人们，接受我们从怒江峡谷、澜沧江峡谷和碧罗雪山、高黎贡山之巅发出的最诚挚的问候和最美好的祝福！

自参加编选怒族文学卷工作以来，我们都一直处于享受快乐和忙碌的状态。

我们高兴，因为那些热心的人们，给我们创造了展现民族精神和留下宝贵精神财富的机会。

我们高兴，因为怒族同胞自己有了一批书面作者和作家，惊喜于他们用历史的眼光找寻和审视自己民族的过去、现在和未来；高兴大家以自己的情怀感悟生命的珍贵和灵魂的馨香，用自己朴素的情感表达人生的酸甜苦辣，追求人间的真善美。

我们以似曾相识的感觉和又出乎意料的感受，第一时间走进了同胞们的心灵世界。除明显的语病和个别错别字外，我们甚至不忍心对大家独特的表达方式做过多的粉饰、改变或删减，怕不小心和不经意间破坏了文本所特有的风格和韵味。

文学是一个民族珍贵的集体记忆和美好的精神家园。怒族作者们以各自的笔触，书写了内心深处那些最柔软而又珍贵的生命体验，展示了驰骋于自己精神世界的那些美丽奇特的想象和思绪，形成美好意境，以陌生化的表达，与广大的阅读者真心交流。

感谢怒族作者们以各自的视角发现了生活、人生、生命和大自然的美，发出了各自美好的声音，汇聚成别具一格丰富多彩的怒族的声音。感谢各位兄弟姊妹的支持！

感谢中国作协、云南省作协、中共怒江州委宣传部、怒江州文联和怒江州文明办对编选怒族文学卷工作的支持和帮助、理解和宽容。

感谢怒江州文联张建梅主席以她的满腔热忱和专业学识能力，以极端负责任的态度真心帮助我们人口较少民族，孜孜不倦地工作，付出很多时间精力和辛劳，进行一丝不苟的组织联络和审改，为怒族卷的问世费尽了心血！

真诚感谢你们。因为有了你们，才有机会向山外传递我们发自心底和灵魂深处的友爱和真情的怒族声音！

怒族卷编委会

2014 年 9 月 15 日

《新时期中国少数民族文学作品选集·乌孜别克族卷》序言

阿扎提·苏里坦

生活在新疆的乌孜别克族拥有独特而灿烂的传统文化。乌孜别克族作家主要使用维吾尔文进行文学创作，但作家数量有限，大多从事诗歌创作，如泰来提·纳斯尔等。诗歌创作便是乌孜别克族的主要文学传统。由于目前文学创作队伍很有限，我们在此次选编过程中只能从现有的少量作品中尽可能完整地选择一些较有水平的诗歌或散文作品，作为乌孜别克族文学作品选集的基本内容。实际上，我们是本着负责的态度来完成此项工作的。希望这部作品集的出版能对乌孜别克族当代文学概况起到一个展示的作用，更希望以此来推动乌孜别克族文学的发展。

2015 年 3 月

附：后记

乌孜别克族作为新疆人口较少民族，集中分布在乌鲁木齐、伊犁、喀什等地区。乌孜别克族作家相对较少，现有中国作家协会会员一人，多人加入新疆作家协会。在这次选编的过程中，我们精选了仅有的一些诗歌佳作，完成了这部乌孜别克族文学作品集。在此，我们感谢中国作家协会为我们提供机会，并做了大量工作。在建国60多年后，出版这样一套具有历史意义和价值的少数民族文学作品选，这在世界上也是绝无仅有。

我们很荣幸能参加这部作品集的编选工作，并期待这套选集能早日与读者见面。祝愿中国多民族文学事业更加辉煌，祝愿中国少数民族文学百花齐放，结出更加丰硕的成果。

乌孜别克族卷编委会

2015年3月

《新时期中国少数民族文学作品选集·俄罗斯族卷》序言

阿扎提·苏里坦

生活在新疆的俄罗斯族同样有着独特而灿烂的传统文化。虽然整个俄罗斯族人有着极其丰厚的文学传统，在世界文学史上也占据十分重要的位置，但由于俄罗斯族人口在中国新疆相对较少，俄罗斯族作家也很少。俄罗斯族作家主要使用汉文进行文学创作，诗歌创作是俄罗斯族文学的唯一一种形式。由于目前文学创作队伍很有限，我们在此次选编过程中只能从现有的少量作品中尽可能完整地选择了一些较有水平的诗歌或散文作品，作为俄罗斯族文学作品选集的基本内容。实际上，我们是本着负责的态度来完成此项工作。希望这部作品集的出版能对俄罗斯族当代文学概况起到一个展示的作用，更希望以此来推动俄罗斯族文学的发展。

2015 年 3 月

附：后记

俄罗斯族作为新疆人口较少民族，集中分布在乌鲁木齐和伊犁等地区。俄罗斯族现有中国作家协会会员一人，另有两人加入新疆作家协会。在这次选编的过程中，我们选编了仅有的一位诗人的诗歌佳作，完成了这部俄罗斯族文学作品集。在此，我们感谢中国作家协会为我们提供机会，并做了大量工作。在建国60多年后，出版这样一套具有历史意义和价值的少数民族文学作品选，这在世界上绝无仅有。

我们很荣幸能参加这部作品集的编选工作，并期待这套选集能早日与读者见面。祝愿中国多民族文学事业更加辉煌，祝愿中国少数民族文学百花齐放，结出更加丰硕的成果。

俄罗斯族卷编委会

2015年3月

《新时期中国少数民族文学作品选集·鄂温克族卷》序言一

乌热尔图

这是反映鄂温克民族生活的作品集。我记得，在20多年前，黑龙江省的学者曾撰写过一部《鄂温克族文学史》。在那部研究性专著中，重点分析的对象为鄂温克族的民间传说，因为在那一时期尚无一部完整的鄂温克族作品集问世，鄂温克族的文学创作队伍还未形成自己的阵容。如今，文学创作的态势让人感到几分欣喜，一支相对年轻的鄂温克族创作队伍初显英姿。

谈及这一话题，首先要涉及的是鄂温克民族的传统文化。应该说，千百年来，鄂温克民族形成了独具特色的文化传统，也有自己的一套传承方式。它明显带有“听觉文化”特征，那口口相传的多是鄂温克族古老的传说，其中包括鄂温克民族的起源信息，有部族早期大迁徙的“路线图”，也有鄂温克族先人尊崇、敬畏自然的规则与古训。毫无疑问，那是珍贵而厚重的文化宝库。

鄂温克族民间文化资源的抢救与整理工作，始于20世纪50年代末期。之后，一些专业与非专业人士，在时断时续地开展此项工作。他们勤勤恳恳，吃苦耐劳，置身于森林腹地、牧区草原，在第一线进行艰辛的田野调查。经过数十年的劳作，他们积累了一批用文字符号存留的宝贵资料。就是这些重要的文化资产，成为了构筑新兴的鄂温克民族文学的基础。

从整体上看，当代鄂温克民族文学的破土萌生，与改革开放大潮的来临，与思想解放时期的到来，密切相关。也就是说，从20世纪80年代之后，鄂温克族的文学新人，以及反映鄂温克民族生活的文学作品，陆陆续续地涌现出来，并得到了国内文学界的广泛关注，也得到了鄂温克民族整体的认可与支持。一支充满活力的鄂温克族文学创作生力军，活跃在了中国文坛。

在这里，需要思考的是，特色鲜明的鄂温克民族文学，对鄂温克民族的整体来说到底意味着什么，它会带来怎样的社会效应？又在哪些方面具有潜在的影响力？如果认真地思考这一问题，就要对文学本身进行必要的价值评估。在我看来，一个民族的文学创作者，是一位植根于故土的人，是敞开胸怀承接传统文化的人。无论他身居何处，都在眺望远方，是一位如饥似渴地吸收一切有价值的信息的人。在他们身上凝聚的，应该是吸收与融合的能力，比较与批判的力量。他们能够凭借源自内心的想象之力，描画出一个族群的画像，并真实地表达其苦乐悲欢。就是那些轮廓清晰、性格突出的族群画像，经由文字符号的堆塑挺立了起来，变得可视可感，可亲可近，使本民族同胞有机会从中见识自己带着沧桑印记的尊容，也使陌生的读者能够近距离地触摸其肌肤，感受其喜怒哀乐，一窥那坚韧而和善的灵魂。简而言之，一个民族的文学所遵循和需要把握的，是那隐而不显的历史脉动，所记录的是日常生活中不该遗忘的一切，并为那压抑着的声音代言，为那些弱势的人群助力。也就是说，民族文学的基调，大多是在冷静地思考过去和现实，并乐观地展望未来。毫无疑问，一个民族的创作者，在舒展自身创作力的同时，要把一种精神的力量、文化的自信，传达给他所热爱的同胞。

我相信，读者将会在这部作品集中，找到自己的关注点，也会有自己的发现。这部作品集的问世，应归功于苏伦高娃、安娜、乌日娜、五一等同志，他们花费心思来筹划此事，为此付出了辛勤的劳动。借此机会，也向他们表达我个人的敬意！

2014 年 7 月 15 日

《新时期中国少数民族文学作品选集·鄂温克族卷》序言二

刘大先

能够得到信任编选这本鄂温克当代文学作品选集并为之写序，对我来说是项殊荣，同时也显示了鄂温克作家的宽广胸襟——因为很多族别文学选集的参与者和评判者往往都是标准的“族内人”，而我这样的汉族学者原本只不过是个“外人”，似乎没有置喙的余地，但鄂温克作家愿意倾听“他者”的声音，也能够包容不同的观点，并不“躲进小楼成一统”。这可能是作为只有三万余人的人口较少民族的文化能够薪尽火传、赓续不绝的原因。

人数的多寡与文化的厚薄并无必然关系，正如经济的发达与否与道德修养的高低也没有因果链条，鄂温克当代文学的创作实绩证明了这一点。这个有着悠久口头传统的族群，一直没有书面文学，但一旦开始了当代文学的历程，便迸发出惊人的能量。她的作家用汉语、蒙语迅速创造了一系列精彩的篇章，并且产生了具有全国性乃至国际影响力的领军性人物乌热尔图。

我最初接触鄂温克文学就是从乌热尔图开始的，早先读《七叉犄角的公鹿》，在台北和北京的几次会议上也遇到过，偶尔交谈，当时并不觉得有什么特别之处。直到后来系统重读他的系列作品，才发现经过时间的淘洗，在20世纪80年代风云变幻、杂花生树的文坛中勃然兴起又倏忽而衰的众多流派与作家中，乌热尔图反倒愈加凸显出鲜明的独特形象和文化意义。我曾经与几位做批评的朋友聊天说，当代文学在未来经过经典化后剩下来为数不多的几位作家中，必然有乌热尔图一席之地。

但鄂温克文学并不仅仅止于乌热尔图，乌云达赉、涂志勇、杜梅、安娜、涂克冬·庆胜、阿日坤、道日娜、贺兴格、哈赫尔、武波远、尼玛官布、杜金善、柳华、杜刚、杜国良、白淑琴、古新军、敖蓉、德纯燕、德柯丽、娜仁托雅等老中青几代人的写作已经逐渐形成了鄂温克当代文学的总体脉络。按人口比例算，这样的写作人数是惊人的。当然，他们中许多人的写作尚处于比较草率和粗简的阶段。如果从“纯文学”或者审美、技法等角度去看，可能不值一提。但是，问题恰恰在于“文学”从来就不能简单地化简成审美、娱乐的消遣，它也是教育和认识的途径、自我表达和张扬精神的渠道，更是凝聚族群、振奋精神的工具。换句话说，它可能是一种生活方式。这样的作品中，可以看到一个人口较少民族的日常状态，所关心的事物，心里想要表达的欲望，情感诉求的倾向，内蕴丰厚的文化传统及对这种传统的自豪与珍重。我们读这样的作品，只要不带着惯有的审美惰性和思想偏见，都能从哪怕最简陋的文字中汲取到不可忽略的灵魂，就好像从表面充满杂质的原石中发现珍贵的白玉。

2013 年，因为偶然的机缘，我到海拉尔的鄂温克自治旗的巴彦托海与辉河参加鄂温克、鄂伦春、达斡尔“三少民族”笔会，第一次亲密接触到鄂温克同胞们和他们生活的地方。我看到湛蓝的天空、广阔的草原、笔直的道路和安详的人们，也见到日益增多的能源企业来挖掘煤矿、采集石油留下的机器和斑驳的地表。一切都已经表明，鄂温克这一个地处中国边疆、早先以畜牧狩猎为主要经济形态的族群日益面临着生产与生活方式的巨大变革。这种现代性的变革从社会主义中国建立之初的民族识别与下山定居就开始了，在如今的市场经济和全球化的新媒体时代愈加激烈。很大程度上，鄂温克的传统因为被迫卷入到这个全球性的现代进程之中。传统固然包含了生生不已、常变常新的一面，生活于其中的个体却不得不在时势大于人的环境中各自面对这种命运，承受着变迁所带来的阵痛。

因而，从文学史上所谓的“新时期”以来，鄂温克文学第一波浪潮直到当下，现代性中的内在冲突与裂变就是个经久不衰的主题。它以两种形式被表述出来：在历时层面是传统与现代、代际之间的矛盾；在横向层面是族内共同体与外来者、地方性与全球性的扞格。这些作品往往在清新刚健中蕴含深沉广阔的思索。直到新世纪以来，这种现代性的失落依然是挥之不去的鄂温克写作主题，只不过它更增添了一种挽歌式的怀旧色彩和忧郁笔调。商业化和市场化的强势进入，造成了执拗性的退守形态，使得越来越多的鄂温克新作家投入到对本民族文化特色的强调之中，因为差异性才是应对全球通约性的资本和基点。但这无疑使得写作主题狭窄化和单一化了，文化寻根和认同的强势造成了更多可能性的压抑，让那些更富自我更新、自强不息的主题被掩盖。因为虽然是个边缘、边远、边境的少数民族，鄂温克始终都不是自外于主体、主流、主导性的文化与话语之外的，它的命运总是交织着大时代的变革。所有的忧伤与欢欣、哀愁与希冀、失落与梦想、迷惘与探索都是整个中华民族现代命运的一个组成部分。

我们从 20 世纪 80 年代涂志勇的小说《彩虹在远方》中可以读到类似“改革小说”式的困惑、挣扎、探索、创新的勇气与担当的精神。那是一种带有理性反思色彩的大写的主体在沉思自己及自己命运的命运。他的《最后的猎人》与杜拉尔·梅的《那尼汗的后裔》等则具有文化寻根的意味，一种新型的认同感开始展开，开始从本民族的渊深的传统里发掘资源，与乌热尔图中后期开始的非虚构写作转型齐头并进。这一切的文学活动都不是孤立的存在，它们既是“鄂温克文学”，也是“中国文学”，更是“世界文学”，回响的是时代的跫音。在涂克冬·庆胜的自然主义色彩浓郁的故事白描中，在德纯燕“离散”式的写作题材中，也可以感受到新世纪以来的社会现实与心理现实。从这个意义上看，鄂温克文学体现出来的宽厚博大、顽强坚韧、反求诸己、淳朴刚健精神，构成了“中国精神”的一部分，讲述了一种不太为人所知的“中国故事”。这是鄂温克文学作为少数民族文学的普遍性的一面。

另一方面，鄂温克文学也有它的独特性的一面，即它们总是会带有天然亲近性的本族群文化书写，包括景物、住所、仪式、饮食、服饰、习俗、信仰、禁忌等。这些描写不仅绘声绘色地提供了让人如深入其境的代入感，也是对于本族群文化的传播，对他人起到了认知和教育的功能。这是特有的、无法替代的新鲜特质。比如森林的场景和意象、猎人出猎的方法和过程、宗教活动中的萨满跳神……都增加了中国当代文学的内容组成和多样元素。更值得一提的是，这些文学书写中所保存的丰富的历史与情感信息，比如安娜《绿野深处的眷恋》就涉及了 20 世纪 60 年代初期所谓“三年自然灾害”时期内蒙古同胞收养 3000 多名上海、常州、苏州、无锡的孤儿的背景。在鄂温克牧民家中长大的上海孤儿铁木尔姑娘面临着类似于张贤亮的《灵与肉》中许灵均式的选择。这虽然是大时代的小插曲，却是有血有肉的历史。还有《静谧的原野》中汉族知青李玉与鄂温克牧人桑登老爹、小妹妹塔拉不是亲人胜似亲人的感情，不正是中国各民族在交流互动中和谐共处的生动写照吗？但是，多年以来，这些历史，以我有限的观察，似乎只在内蒙古导演的电视剧《静静的艾敏河》与电影《额吉》中有所体现。对于这样有着特殊意义的题材，他们是遗忘了，上海的作家、艺术家好像集体失语了。

文人的势利和世故，确实是我们时代一个意味深长的现象。少数民族文学与文化普遍处于被忽视的状态。尽管国家主流意识形态一直不遗余力地进行扶持，但是因为长久以来的文化惯习和“文明等级论”潜移默化的影响，它始终处于一种尴尬的位置。其实，这并不是因为少数民族“野蛮”“没文化”，而是在既定教育系统中培育出来的批评者缺少知识储备和同情性的关怀。少数民族题材也往往缺乏商业性的价值，无法在市场上获得广泛的关注，所以它们难以赢得主流批评者、研究者的梳理与阐发，也很难作为一种国家性的文学知识进入到主流文学体系之中。然而，各个民族几乎都有自己足以自豪的文化经典，比如我们耳熟能详的三大史诗（当然，我不怀疑很可能有许多作家、批评家压根连这些都不知道），也产生了一些少数民族的著名和新锐作家，比如张承志、乌热尔图、阿来、阿拉提·阿斯木、叶尔克西、夏曼·蓝波安、瓦利斯·诺干、巴代、光盘、金仁顺、田耳、马金莲、了一容等。正是这些多民族作家的文学书写，反映了中国文化生态的多样性和中国文学生动的现场。在缺名少利的少数民族文学事业中，一般只有少数专门研究者去注意他们，并且还是集中在那些名家身上，鄂温克作家中被研究者注意和了解的更是屈指可数。所以，这本选集兼顾了许多并没有“名气”的作者，以及以蒙文写作的、几乎很少被汉语读者看到的作品，希望能够较为全面地呈现自20世纪80年代以来，鄂温克文学创作的总体面貌。这同时也是呈现完整的中国文学地图的一种举措。

这里面的作品当然水平参差不齐，但从文学史料的角度来说，我们尽量力求全面，而不是以某种单一的审美标准做取舍。尽管如此，限于篇幅，还是必然要遗漏一些作品。它们散见于各种文学报刊，也可以见诸苏伦高娃编的《鄂温克族文学作品选》。如同前面所说，在回首往事、瞻望历史和关注现实、贴近生活的同时，我们也希望鄂温克文学能涌现出更多发挥想象、着眼未来、主动将自己个体及族群文化遗产融入更广阔的语境中进行思考的作品。毕竟，在这样的时代，需要主动走出文化的封闭圈，在关注本民族社会、生活、文化的同时，也努力在继承中有扬弃和超越。像那些文学先辈们一样志存高远，在一己的命运沉浮、悲欢离合中把握时代脉搏，脚踏草原大地，瞻望前行之路，毕竟每个人都命运相连。那些素昧平生、从未谋面的各民族同胞其实都在经历相似的命运。这本集子留下 40 多年来鄂温克文学的行进足迹，作为将来新作品出现的基础立此存照。

在此，感谢岱钦先生为鄂温克族作品翻译成汉文所付出的心血和智慧，把鄂温克民族独具的生产、生活、习俗方式呈献给读者。感谢鄂温克自治旗文联苏伦高娃主席及其同事们的大力协助和细致工作。他们的努力不仅在于为本民族留下一份文学遗产，也是为中国多民族文学事业提供一份见证。

2014 年 11 月 15 日

附：后记

2014 年 8 月初的某一天，我们接到内蒙古作协官布扎布主席的电话，说请协助帮忙编选鄂温克族文学作品选，这是中国作家协会的“新时期中国少数民族文学作品选集”丛书的第三批项目之一。我们同官布扎布主席是 2012 年 4 月 12 日在民族文学杂志社和中国民族语文翻译局主办的《民族文学》少数民族文字版审读座谈会上认识的，此后又在其他的场合见过，但交流并不多，能受如此委托，颇觉意外，同时也很高兴。于是，我们很愉快地答应了下来。

我们对于鄂温克文学没有系统研究，原先收集的一些鄂温克族文学、民俗及历史文本在2011年送给了一位浙江大学做此方面研究的博士。这次，苏伦高娃在整个编选过程中起到了很重要的作用。作为鄂温克旗文联的主事者，苏伦高娃有着得天独厚的材料优势和天然的亲近感情。我们通过电话和电子邮件的数次协商，确定了目前的篇目。其中，蒙文作品全部是由她收集、并请岱钦先生翻译的。内蒙古作协的锡林巴特尔、苏布道两位先生在协调中也给予了很多帮助。

因为限于篇幅和体裁的规定性，其他一些广义上的文学作品，比如乌热尔图的《述说鄂温克》《草原秘藏》《石器思维》等等都无法收纳。其实，这是一种中国多民族文学写作的新现象，回族的张承志、裕固族的铁穆尔、满族的赵冬林等一大批作家都有类似的非虚构的、倾向于历史叙述、生态现状展示、族别源流考辨的文本。它们是在新历史主义、后殖民主义、底层研究、历史研究中微观史学、新文化史、新社会史、非虚构写作等潮流共同影响下的产物，也呼应了整个时代的文学变局。如果说中国各个少数民族文学能够为“中国文学”的本土话语提供什么新鲜经验、别样美学、多样性思维，那么可能很多资源就蕴藏在这些文本之中。

鄂温克文化在近些年的大众传媒、新媒体领域也日益有所表现。比如，文化地理与旅游杂志，网站和自媒体，顾德清的摄影集，孙曾田、顾桃的纪录片等等。文学只是其中的一种。并且，以鄂温克题材为主题的小说也有迟子建这样的汉族作家以及萨娜这样的达斡尔族作家的书写。换句话说，关于鄂温克的表述不仅仅有鄂温克族同胞自己，也包含汉、达斡尔、鄂伦春、蒙古等多民族的不同视角和多媒体的不同形式。它们作为他者表述与本书选编的这些族群内部成员的自我表述作品之间构成了生动有机的互文性，共同构建出整体的鄂温克形象、精神与想象。

我们希望本书能够凸显出小民族大胸怀、小文章大关怀、小叙事大境界的格局。虽未必能至，但心向往之。鄂温克文学只是中国丰富的多民族文学的一分子，也期待更多的读者、研究者、有心人能够关注、喜爱、参与到中国多民族文学事业中来。

谨此为后记。

鄂温克族卷编委会

2011年11月28日

《新时期中国少数民族文学作品选集·德昂族卷》序言

艾傈木诺

在德昂族古老的传说中，向南，温暖的地方，有一朵神奇的七叶莲，一茎，长七片叶子，开一朵向阳的花面，生在最清澈的水边。我的祖先蒲人不断迁徙，就是为了寻找水草丰茂、七叶莲盛开的居住地。据说，有七叶莲的地方有神护佑，四季平安，德昂人，一代一代传唱，一代一代寻找七叶莲生长的居住地。因为传唱，美丽神奇的七叶莲得以活在民间的古歌里。只是德昂七叶莲和德昂追月一样，这些美丽的传说，随着老一代的民间歌手、民间诗人的故去，正在被人们慢慢忘记。

记得母亲说过，我活在最好的时代，不曾饿饭，也不曾受冷寒，还有学上，有安稳可活命的工作，好似传说中的七叶莲盛开的时代。母亲说这话时，我并不明白，一朵虚无缥缈、只存在于传说中的莲花和我的生活有什么关系呢？经了些年岁，我才明白，那是母亲朴素的表达。母亲是文盲，解放后上过几天夜校，但她只学会了写自己的名字，仅仅三个字。这三个字在母亲今后的生活中一直是她的骄傲，她会在属于她的任何东西上写上、绣上、涂上她的名字。被褥、枕套、伞面、铁桶、盆等等生活用品但凡可以涂写的，必定会被母亲写上李静惠三个字。母亲说写上名字就不会弄丢了，也不会与别人弄混了，但我知道那是母亲最原初的文字情结。在我上小学之前，母亲一笔一画地先教会我写这三个字。记得母亲手捏着冷火塘里捡出来的炭块，蹲在我家石条子砌的屋廊下一笔一笔地在石板上教我写。她边写边说：记住李静惠是你妈妈，记住这三个字就算走丢失了，也能问着这三个字找回家来。那时候我很怕自己走丢了，所以狠狠地记住了妈妈的名字。后来，我记字又准又快。母亲也许从来没有想过，有一天她的女儿会用她的名字为她写一个故事。1950 年某天，木库山被当做夜校的一间破草房里，母亲还是一个小女孩，她拥有了自己的以汉字写出来的名字。她之前，有很多个德昂人不知道什么是汉字。但她之后，德昂人在新中国的关怀下涌现出自己的作家。

德昂族是一个跨境民族，有自己的语言，没有文字。1972 年，境外德昂族才有了由美国人创造的文字，但在中国境内没有普及和传播。德昂族在中国境内仅有一万七千多人，主要居住在云南德宏、临沧、保山。作为一个古老的民族，德昂族有着深厚的历史文化积淀，在日常生活中保留着许多古朴风貌。从传承下来的丰富的民间文学中不难看出，德昂族是一个以文学为精神食粮的民族。1981 年民间歌手李腊翁在《山茶》第 2 期上发表诗歌《你变菜我变锅》《这个地方我从来没有到过》《看到一朵美丽的花》。这三首诗是德昂族第一次走进书面文学。同一时期，还有保山市潞江坝的女歌手董小月，临沧南伞的盲人歌手王老二，这三位德昂族民间歌手开创了德昂族创作文学。德昂族民间歌手都能即兴创作，并以口头传承流传下来。他们创作出来的作品流畅、和谐、朴实，简洁而又明快，所以他们同时是民间诗人。进入改革开放新时期以后，李腊翁参加了“全国少数民族民间歌手、民间诗人座谈会”，受到了党和国家领导人的接见。他的诗作《你变菜我变锅》获云南省少数民族文学创作奖，这也是德昂族书面文学史上的第一个殊荣。

之后，德昂族主流文学形式逐渐从民间口头文学步进书面文学。杨忠德作为第一个德昂族文化人，奠定了德昂族书面文学在中国少数民族文学中地位的坚实基础。他凭着对本民族的深厚感情，抢救和保护德昂族文化，收集整理了大量的民间文学，并创作文化作品 80 多篇，18 万字。他分别获得“全国少数民族文学创作”优秀奖和特别奖，两次获得“云南少数民族文学创作”三等奖。在德昂族文学史中，杨忠德是用汉语言进行文学创作的开创者。德昂族书面文学起步于 1981 年，那时我刚刚 11 岁，还不知道什么叫文学。就在那个时候，我很迷恋表哥表姐们传情达意的山歌，也对寨老们的祭祀诵经痴迷不已。在 80 年代中期和末期，何阿三、赵家书也开始了文学创作，何阿三发表了诗歌《黄桃熟了》，赵家书发表了德昂族文学史上第一部小说《大盈江畔——一个忏悔者的自白》。自此，德昂族文学走入了书面创作的新纪元。

2005 年，那个初识汉字时学的不是拼音、不是笔画，而是东一笔西一笔逗来逗去学写母亲名字的艾傈木诺，在《边疆文学》发表了组诗《蝴蝶情绪》，并在同年获得边疆文学奖。她于 2007 年出版诗集《以我名命》，结束了德昂族没有个人文学专集的历史，2008 年出版的诗集《以我名命》获得第九届全国少数民族文学创作骏马奖。2005 年之后，艾傈木诺先后在《边疆文学》《民族文学》《民族时报》《文艺报》《中国作家》《时代文学》《诗选刊》《诗歌月刊》《诗刊》《诗潮》《滇池》《国家地理》《中学生阅读》《云南日报》等报纸杂志发表作品，先后被《中国诗歌》《西部》《女子诗报》《2011——2012 中国新诗年鉴》等选本选入作品，并于 2012 年编著《中国德昂族》，2013 年出版诗集《苇草遥遥》、散文集《水鼓禅音》，2013 年作品《云南驿》获得《云南日报》文学奖。

德昂族女作家董晓梅也不断有作品在各大报刊和杂志发表，并与人合集出版了《德昂族》一书，2012 年获得滇西文学奖。

客观地说，德昂族书面文学从无到有，经历了 30 多年。虽然从来没达到过繁荣昌盛的景象，这一路走来，一直有人坚持就难能可贵。德昂族是人口较少民族，又是大分散、小聚居的格局，大部分居住在山区，或者半山半坝，生产经济落后。在党和国家的关心下，德昂族生活现在已经有了根本的改变，有了自己的学者、作家，在民族大家庭的文学史上占有一席之地。更可喜的是，书面文学的创作如今又有了接班人，德宏 80 后年轻人杨文华是学考古学的，在州文化局工作，但有很深厚的文字功底，现已发表作品。在临沧镇康乡村执教的刘青峰也一直坚持不懈地创作。瑞丽 90 后姑娘艾叶安布，毕业于德宏师专，立志小说创作，目前已创作完成小说《大方药铺》和用德昂古歌《新达古达楞格来标》改编的小说《新达古达楞格来标》。一部文学志就是一个民族发展史，它记录着这个民族的悲欢离合。文学是一个民族的精神上层，也是一个民族的不死之魂。没有创作就没有文学，着力培养德昂族作家是当务之急。每一个有知识有文化的德昂人都应当树立文化传承观，挖掘和发现文学之星，尽自己的能力去引导和帮助德昂族文学接班人。

能参加《新时期中国少数民族文学作品选集·德昂族卷》编选并负责

德昂卷，是我一生的荣幸。德昂族书面文学从无到有，一路走来，都少不了云南省作协和中国作协扶持、许许多多的民族文学工作前辈对德昂族文学倾尽心血。我们的每一点进步都离不开他们的关怀和呵护。

通过收集整理德昂族新时期以来的文学创作成果，发现它与其他民族相比较显得薄弱很多，作者少，有影响力的作品更少。这正如德昂族曾是古农耕文明的拥有者，现在却只能是若干古遗址废墟的挂名人一样。由于本民族自身不注重文化传承和发展，自己的民族特色面临被光阴无情湮没的危险。在中国作协和省作协的努力和关心下，我们今天终于在多姿多彩的民族文学中绽放出淡薄的一抹笑容。这要感恩伟大的祖国，感恩中国作协历代老前辈。

作为德昂族，我们唯有尽心，用我们手中的笔记录下这个时代所发生的一切，留给后来者，同时努力培养文学接力新人。相信未来，德昂族文学将会继承无数无名氏先辈群体性创作的优良传统。唯愿柔韧、内敛的德昂七叶莲，将永远怒放着神性的魅力，怀着一颗感恩慈爱的心走在文学之路上。

2014 年 7 月 20 日

附：后记

德昂族作为全国较少数民族之一，近几年受到了党和国家的大力关心和支持，科教文卫体各方面得到了极大的发展。但是，对一个由原始社会直接跨入社会主义的民族来说，想要取得飞跃性的进步还是比较困难的。面对重重阻难，勤劳上进的德昂人还是表现出了坚忍不拔、努力进取的态度，各行各业都涌现出了一批优秀的人才。作为文学道路上行走的一员，2013 年我们有幸被《新时期中国少数民族文学作品选集·德昂族卷》选为德昂族卷的编委之一。

为了能做好《新时期中国少数民族文学作品选集·德昂族卷》的工作，在主编和副主编的组织下，我们进行二次关于如何开展统稿工作会议。经讨论协商，制订好了详细的工作计划，并布置和安排好了各自的工作任务。唐洁老师作为德昂族卷负责人，经过和德昂族卷的编委们开会商定，根据德昂族的实际情况，另行给我们制订了关于开展德昂族卷工作计划。

德昂族卷的编委们均由热爱并熟悉本民族文化的作家、学者及政府工作者担任，既有州内公认的德昂族文学泰斗，也有大学毕业刚出道的青年学者。本卷编著者按照全卷编纂方案和编写大纲的要求，从本民族的实际出发，通过到图书馆、文联、报社及走村串寨的方式查阅和收集相关文学资料，实地调研，悉心考证，收集到了大量的资料。

虽然德昂族人口稀少，但支系繁多，居住区也相对分散，有的偏远地区的交通和通信很不便。为了能收集到更多更优秀的文学作品，在唐洁老师的带领下，我们利用周末时间，曾远赴临沧的镇康县、保山的潞江坝及隆阳区等地收集作品。在此，我们感谢临沧市镇康县民委的曹志宏会长、保山市的李丽会长给予我们的支持和帮助。

作为《新时期中国少数民族文学作品选集·德昂族卷》的编委，我们的主要工作是负责收集整理德昂族作家符合要求的文学作品。经过广泛深入的调研，并通过大量资料的筛选发现德昂族文学作品存在一些问题：首先，文学作品少，当然，这取决本民族作家比较少；其次，文学作品质量相对低下，这是由于大多作家文化水平低下造成的；还有，大量涉及德昂族方面内容的文学作品，基本是外族作家写就的。尽管如此，我还是以高度的历史使命感、强烈的民族责任感和深切的人文情怀，根据编写大纲要求，筛选甄别符合条件的文学作品，力图全面荟萃德昂族丰富多彩的文学内涵，全景式展示德昂族多姿多彩的优秀文化，力争将这卷收录成为本民族在新时期最优秀的作品合集之一，使之能成为德昂族的“文学名片”。

我们现在认为，本卷字数仍然不能全部达到文件要求，文学内容也有不足不完美的地方。但是，这些作品是汇集了一代德昂人的心血，是德昂人成长的见证。

德昂族卷编委会

2014 年 7 月 1 日

《新时期中国少数民族文学作品选集·保安族卷》序言

马少青

文学作为一个民族的重要精神载体，在表达民族历史和现实生活的同时，集中反映着民族共同体的思想意识和文化心理。其发展的轨迹总是和这个民族的生存与命运息息相关。可以说，一个民族的文学发展史，其实就是一个民族的兴衰史。

保安族是我国人口较少民族之一，目前仅有两万余人。由于政治、经济、教育等诸多方面相对落后，其文化的发展步伐也较为滞后。但是，一代又一代的保安族文学爱好者抱着对民族的挚爱之情，用笔端记录民族的发展，透视民族的精神，抒发民族的感情，憧憬着民族的未来。

纵观保安族文学，其发展历程大致分为三个阶段：

一是新中国成立至改革开放前。1949 年中华人民共和国的建立，标志着我国进入社会主义初级阶段的历史时期，长期受封建社会压迫的保安族人民彻底翻身得解放，不仅在政治、经济上获得当家做主的权利，而且有了接受文化教育的权利。在党的民族政策的阳光雨露下，一大批保安族人通过扫盲活动开始读书识字，还有一部分人走进学堂接受正规的汉语教学，保安族第一代文化人逐步成长起来。他们开始用文字的手段记录身边人、身边事，有些人甚至尝试着以创作“花儿”诗的形式赞美新时代，讴歌新生活。尽管笔触还略显稚嫩，存世流传的也不多，但这可贵的第一步谱写了保安族书面文学的历史开端。

二是改革开放后到上世纪末。改革开放特别是 1981 年以来，随着保安族聚居的积石山保安族东乡族撒拉族自治县成立，在党的培养教育下成长起来的保安族文化人正式登上民族文学的历史舞台，马少青、绽秀义、丁生智、马骥、马瑞等人便是其中的代表人物。他们利用业余时间开始搜集整理世代在保安族民间口耳相传的神话、传说、故事，并陆续发表在《陇苗》《临夏文艺》等省、州文学期刊上，在甘肃文学界吹响了保安族文学启程的号角。同时，一批脍炙人口的诗歌、散文、小说也不断见诸报端。值得一提的是，在自治县成立之际，马少青、丁生智等人还创办刊印了有史以来第一本反映保安族生活的文学刊物《积石山》和《积石柳》，开辟了一块特殊的文艺园地。其中，集中收录了所有保安族文学青年的作品，题材丰富，内容新颖，为宣传新生的民族自治县和保安族文化做出了重要贡献。40 多年来，马少青一直作为本民族的代言人向世界讲述着保安族的文化家史，除出版《积石山的路》等文学作品集外，他还先后出版了《东乡族裕固族保安族民间故事集》、《中国少数民族风土游记》（保安族）、《保安族》、《保安族文化形态与古籍文存》、《甘肃民俗总览》（保安族）、《中国保安族》等 40 余种文化学术编著。与此同时，保安族文学青年的辛勤耕耘也得到了少数民族文学界的认可和好评，一些文学作品获得州、省乃至国家级的文学奖项。如，马少青的《保安腰刀和蛋皮核桃》荣获 1986 年甘肃省少数民族文学创作二等奖、《艾卜的房子》获得第三届全国少数民族文学创作特别奖、甘肃首届敦煌文艺奖。绽秀义的小说《麻拉巴过节》获得 1983 年甘肃省少数民族文学创作二等奖，散文《柳叶青青》荣获 1986 年全国少数民族文学优秀散文奖。

三是新世纪以来。历史的车轮驶入 21 世纪，在上一代文化工作者的影响和熏陶下，保安族的书面文学开始快速发展，新一批文学青年迅速成长起来。其中，马文渊、马祖伟、马学武等保安族青年作家创作的散文、诗歌继承了保安人豪放、执著而不失优雅的秉性特质，显示出刚毅、乐观的民族风范。他们的作品，有的深沉厚重，追溯民族的历史变迁；有的托物言志，描绘家乡的发展变化；有的抒情浪漫，描写丰富的民俗风情。如，马文渊的代表作《山庄锤声》，以精炼、形象的语言生动地刻画了保安人锻制腰刀的劳动场面，展现了“如花似蜜”的生活图景；马祖伟的散文《情满大河家》，在深刻描画保安族地区风土人情的同时，也表达出了保安人细腻的感情和精神世界；马学武创作的现代诗《神往隆务》，用流畅的笔端传递出保安人对故土的眷恋和对亲人的热爱。近年来，还有马尚文、马学英等文学爱好者，在繁忙的公务之余不断创作出大量优秀的文学作品，大有后来居上成为保安族文学中坚的势头。马尚文的《积石山赋》等系列诗赋、《花儿》等古体诗、《大河家》等现代诗，文思萦系，气韵豪迈，以其独特的视角、多元的手法、准确的表述以及丰富的感情，表达了自己对故土的深深眷恋和对家乡发展的美好憧憬；马学英的《摇露泉》《冬之韵》，也充分显示了其较强的文学功底和细腻的内心世界。与以往相比，新一代保安族文学爱好者的数量增加不少，其身份和创作领域都趋向多元，文学表达的手段和方式也在积极适应新的时代和新的环境，保安族文学创作的视野和发展有了进一步拓宽。

中华民族是多元一体的共同体，56 个民族共同缔造和丰富祖国灿烂的文化艺术，中华文化的复兴更是离不开多民族智慧的凝聚。阐释本民族历史文化、揭示本民族生存状态、抒写本民族在时代变化中的心路历程，成为一种神圣的责任与使命。

此次，由中国作协组织编撰的“新时期中国少数民族文学作品选集”为保安族提供了一个检阅文学队伍、审视文学现状的良好平台，将有效地激励和鼓舞保安族文学工作者的创作激情，推动保安族文学的进一步发展。

祝愿在新的历史时期保安族文学能够乘风破浪，更加繁荣。

2014 年 10 月

附：后记

本卷具体选编任务是由保安族文化网总编、青年学者马沛霆根据《新时期中国少数民族文学作品选集》编写要求和主编马少青的具体建议完成的。编者通过查阅文献、一对一约稿等形式，广泛征集全面梳理了现有的保安族文学作品，并按照“优中选优，宁缺毋滥”的原则进行收录，集中反映了保安族的人文地理、发展进程和精神面貌。当然，由于保安族书面文学的发展历史较短，本卷收集的作品与其他民族相比，可能还存在不少局限和不足，如一些作品斧凿痕迹较重、写作技巧不免陈旧等等，但我们有理由相信，在文化多样性得到提倡和保护的今天，在社会各界的持续关注下，保安族的作家文学将不断体现本民族文化的优秀特质，涌现出更多佳作。

希望每一位保安族文学工作者都以本卷的付梓出版为契机，进一步提高思想认识，从全球视野和文化软实力的高度、从保持文化多样性的高度来认识本民族文学的重要价值和地位，凝心聚力，众志成城，不断出精品、推新人，努力以文学的方式保留民族文化的记忆，促进民族间的理解和沟通。

保安族卷编委会

2014 年 10 月

《新时期中国少数民族文学作品选集·裕固族卷》序言

Y. C. 铁穆尔

由许多平行山脉组成的祁连山是吐蕃特高原的东北屏障，也是著名的亚欧大草原的一个组成部分。它位于亚欧大草原东南边缘。我要说的还是那个基本的历史文化和地理结构的常识——亚欧大草原就是从吐蕃特高原、祁连山、万里长城和兴安岭一线一直向西绵延到东欧的伏尔加河、黑海北岸，以及多瑙河和布达佩斯的长方形草原地带。这一片横亘亚欧大陆中部包括草原、沙漠、戈壁和群山的地区，基本上是个农业资源匮乏而适合畜牧的草原地区。这是整个亚欧大陆因内部的地缘构造和气候差异而形成的板块。这里也是自公元前起形形色色的游牧人生息的地方。在这个亚欧大草原东南边缘的一隅祁连山，生活着古代匈奴人的后裔之一——操着阿尔泰语系的蒙古语和突厥语的尧熬尔（裕固人自称尧熬尔，和维吾尔人的自称是同一个名词）游牧人。尧熬尔人的基因和部落结构也是亚欧大草原诸多游牧民族中最复杂的群体之一。数千年来，几乎每一个活跃于亚欧大草原的游牧群体，都以部落、氏族或姓氏的形式在小小的尧熬尔族群中留下了自己的烙印……

在这纷繁的思绪中，我个人的回忆也不时涌上心头。时光倒流到 40 多年前偏远闭塞的祁连山下：那时我大约是 6 岁左右，家在铁奇沟冬窝子黑帐篷的北边和西边。那里有两座不高但有点陡峭的山峰，冬天的山坡上黄草萋萋，我大姑的孩子奴娃说天就是被支撑在这两座山峰上的。我说天要比你说的那个大得多，根本不是你说的那样。我们俩争吵起来，接着就为这事打了一架。这是两个懵懂牧童关于天地的争论。

又是几年过去，我可以跟着姐姐放牧了。在一群杂色的牦牛群边，我把双手使劲塞进皮袄袖筒里。被冬天的风冻裂了的手，黑的表皮皲裂成了一道闪电的图案。乳牛群低着头从山沟里要往山的那边跑。我一边跑一边声嘶力竭恼火万丈地喊着。铁奇沟那起伏的山峦上金黄的羽茅草在冬天的烈风吹拂下纷纷弯下了腰。

时间到了21世纪最初的几年里。2007年和2009年，我两次乘飞机往哈萨克斯坦。我看着广阔的中亚草原心潮澎湃，远远可以看见费尔干纳盆地，那里的人曾自豪地宣称100多个民族同在一条山冈上放羊，同在一条小河里喝水，而我的眼前就是我要去的七河地区（流入巴尔喀什湖的七条河流域）。接着，我去了哈萨克斯坦南部的阿姆河和锡尔河，坐火车走过辽阔的哈萨克丘陵到了西西伯利亚……这里是亚欧大草原的中部地区，也是东来西往的游牧人千年来主要居住游牧和迁徙的地区之一。2000多年前，从伏尔加河到祁连山河西走廊是操着古代伊朗语的游牧民族斯基泰人的天下，也就是中国历史上说的塞人。他们先经营了这片土地，后来才有东方游牧民族由东向西，月氏、乌孙、匈奴、柔然、突厥、突厥回鹘、契丹及13世纪的蒙古人和后来的卫拉特蒙古人。在这片亚欧大草原上，无论是欧洲还是亚洲的游牧民族，很多都是我们尧熬尔人的血亲族群。在哈萨克斯坦的南部城市突厥斯坦的一个早晨，我在电梯里遇到一个来自乌兹别克斯坦的老人。我能听懂他用哈语问我来自哪里，我努力用蹩脚的哈语告诉他我是sare yovhor（裕固人有时自称萨里尧熬尔，意为黄维吾尔）。他惊喜地拥抱了我，并惊奇地喊着：aa！sare yovhor！sare yovhor！他说他还能活着见到萨里尧熬尔人，真是太幸运了。……这属于精神和文化层面上的认同。

2011年9月的秋天，我从北京往莫斯科。天亮时，我看见了莽莽苍苍的乌拉尔山，那是亚洲和欧洲的分界线——俄罗斯辽阔的森林、草原和河流。接我们的是俄罗斯卡尔梅克自治共和国科学院的学者巴兹尔。他在谢列梅捷沃机场接我们，然后带我们穿过白桦林和莫斯科河，到莫斯科市区。几天后，我们又乘飞机到伏尔加格勒（曾叫斯大林格勒或察里津），那里有卡尔梅克蒙古朋友迎接。按惯例，迎接女士的有鲜花，依欧洲蒙古人的礼节敬伏特加酒，就着奶茶、肉包子喝伏特加。到伏尔加河畔，我站在河边的石头上向河中抛掷了早已准备好的白色哈达，遥望伏尔加河对岸静静的树和人。阳光下，河水缓缓地流动着，那是在歌唱亚欧大草原波澜壮阔的历史。汽车往卡尔梅克草原飞驰，行到半途停下后人们在原野上跳起了卡尔梅克蒙古民间舞。在卡尔梅克的首府埃里斯塔，又是一场场热烈的迎接，伏特加、威士忌和各种红酒、肥美的羊肉，卡尔梅克蒙古人悠长的祝词……

如今，由卡尔梅克蒙古人定居放牧的伏尔加河下游草原，就是公元前斯基泰——萨尔马特草原的一小块。伏尔加河及黑海北岸的广阔地区，是亚欧大草原板块的最西端，公元前7世纪到公元前3世纪斯基泰人创造游牧文明的地方。那里曾经有戴着尖顶风帽纵马射箭的斯基泰战士，美轮美奂的黄金制品，还有骑术和奶酪。看着博物馆和书籍里的斯基泰艺术品，我心想，如今风靡世界的野兽纹，是我们牧人自幼就熟悉的兽禽搏斗或怪兽吞吃交缠的图案啊！还有那一个个我们熟稔的象征和夸张的艺术，游牧人真正的艺术家是不为世人所知的。有人说他们很难想象这些精巧的艺术品是由住在帐篷里的牧民制造的。后来，他们看了太多的高水准的斯基泰——匈奴艺术品后，才渐渐相信是游牧人的艺术家们所创造。现代人的知识和想象的确是有局限的，游牧人为世界和人类创造了巨大的贡献。这不仅仅是艺术。在古代游牧人的部落里，有专职的工匠，他们住在帐篷或固定的房屋中。这些手艺高超熟练的艺术家或工匠一生专门从事冶炼、铸造雕刻等工作。而其他艺术家如游吟诗人等，则游弋于牧场、城市和不同部落间。有些可汗或萨满本人就是优秀的艺术家或学者。

2013年5月，我们飞往蒙古国。草原上那一个个牧人的营地——毡房和畜圈旁已是青草盎盎。乌兰巴托的成吉思汗机场、博格达山和图拉河，南西伯利亚平缓起伏的山脉、森林和草原，蒙古高原仍是暮春时节的感觉。一个阳光明媚的中午，曲力腾苏荣带我们到了他的哥哥在鄂尔浑河畔的春营地毡房里。我骑上他家那匹青马到了鄂尔浑河边，我跳下马简单地祭拜了这个伟大的河流。河对岸一群红的和花的牛马在安详地吃草，远山近水一片静谧，只有鄂尔浑河在唰唰地流淌，青青的山冈上和清澈的河水中满是多孔的火山岩碎屑。这里是我远古的先辈们用血液浇灌的地方，这里也是尧熬尔人传说中的那个神圣的于都斤山和鄂尔浑河，天神汗腾格里和地神于都斤·额客常光临的能量之地，游牧人的宿命之地，古代众多汗国的心脏，亚欧大草原的灵魂。我的远祖在公元840年回鹘汗国崩溃后离开了这里，我的族人们一遍遍歌唱和讲述了多少年的地方。我终于在1000多年后的一个暮春时节悄悄踏上了这片土地。我看着温顺的青马轻轻地吮吸着清凉的鄂尔浑河水，青马那优雅的姿态让我心神摇曳。我的眼前像海市蜃楼般漂浮起一些似梦非梦的情景，我无法解释那些模糊的情景。那一刻，我像是触电一样几乎迷醉在神圣鄂尔浑河平静而异样的气氛中，我感觉自己好像在一个巨大的舞台上，无数的先辈在冥冥中注视着我，我无处藏身。我心潮澎湃满腔都是疾风暴雨……

2014年7月，卡尔梅克蒙古老朋友巴兹尔和热尼亚等7位学者到夏日塔拉。他们在尧熬尔牧场上七八天的调查访问中，相同的语言相貌和故事都使相隔数万里，分别在亚欧草原两头儿的人倍感亲切。同语族但相隔欧亚两洲数万里的不同族群是如此相似，总是让那些尧熬尔牧人们惊喜异常。尧熬尔人和亚欧草原众多蒙古系或突厥系族群的相同和不同之处，就是人们常说的“橘生南为橘，生北而为枳”的道理。在古代，不同的文明圈往往首先是军事和经济的接触，接着才有了其他的接触。如今是亚欧大草原的东西两端两个文明圈的信息和能量的接触。这就是茫茫亚欧大草原的魅力。牧人们对我说，他们一次次地认识到我们都根源于同一个游牧文化。如今，这片大陆有形形色色的人们在放牧、耕地或在城市和矿区工作，无论他们以什么方式生活着，他们身上大多都带着亚欧大草原游牧族群的基因。而尧熬尔这个小小族群的历史文化和血缘始终在亚欧大草原这个大的格局之中。尧熬尔是亚欧大草原游牧历史的缩影。

尧熬尔写作者们真正使用汉语的历史不超过60年。在半个世纪前，他们还在使用吐蕃特文。更早的时候，他们使用过突厥文、回鹘文、八思巴文字等。不用追溯得太过久远，就在这数百年来，我的小小族群一直在吐蕃特文化边缘、突厥文化边缘、蒙古文化边缘和中原汉文化边缘久久徘徊踟蹰，最终偏居祁连山一隅。高雅浪漫的突厥语和蒙古语渐渐变了，变成了俚俗方言的突厥语和蒙古语。他们仍然把自己使用的语言叫做“尧熬尔语”。眼前这些稿子，有很多是他们用自己的语言思考然后用汉语来表述的。无论是老道娴熟的笔法，还是朴拙的汉语词句和稚嫩天真的表述……都是那些在亚欧大草原上鹰羽摇曳纵马驰骋的英雄后裔。我看着这些同族的人用汉语写作的稿件，也看看自己用汉字写的稿件，常常禁不住感叹：有谁能找到亚欧大草原秘史的黑匣子呢？在哪一片晚霞中才能找到那雷霆万钧般的节奏和词语呢？在哪一座高山哪一条大河里才能找到那个隐秘的结构呢？在老阿妈的哪一首古歌中已经告诉了你伟大的精神呢？

这本作品选收集的稿件在时间上最早不超过1983年，作者包括业余和退休的写作者外，还有牧民、在校大学生和学者。这部作品选是我们这个小小的族群自20世纪中叶使用汉文后本族知识分子的一次重要积累。自20世纪50年代到1980年约30年时间，基本上是尧熬尔人学习和熟悉汉语和汉文的过程，所以没有多少严格意义上的汉文文学作品。进入20世纪80年代后，尧熬尔写作者很快走向成熟，不少人掌握汉文的娴熟能力令人惊讶。这和他们的祖先在1000多年前使用突厥文的能力相媲美。如今，我们是在汉语词语原野上跋涉或驰骋，这也许会和我们当年使用自己的文字一样淋漓尽致。怎样表述亚欧大草原复杂异常的精神和历史的感觉呢？怎样表述自斯基泰——匈奴时代以来游牧人的灵魂呢？我看见的是我的族人们在努力跋涉。我也看见冥冥中那些早已长逝的祖先们在注视着我们。

这部文集的分类及内容是小说、散文、诗歌和报告文学类作品4个部分，共约37万字左右。

2014年10月

附：后记

沿着丝绸之路向西，走在河西走廊的绿洲和戈壁之间，南望祁连山冷峻的岩峰时，许多人心中断然无法想象在这戈壁的一侧，在那泛着金属色的山峰下也有水草丰美的牧地。但的确，那里有美丽的祁连山草原，那里是我的族人——裕固人生息近5个世纪的家园。

在文学的世界里，草原、牧场和游牧生活充满浪漫色彩，令无数人向往。然而，尧熬尔人的游牧生活充满了迁徙、离别和思念的记忆和纷争、斗争和战争的现实。传说中，我的族人来自遥远的叫做“西至哈至”的地方，路途中的千辛万苦就是歌谣的歌词。除了那遥不可及的故乡，我出生的部落鄂金尼部落的老人们还有一个500公里之外的家乡叫友爱……我沉默寡言的族人们只有在酒酣耳热的时候才会彼此用歌谣诉说那遥远的和不太遥远的故乡。而在平时，他们都沉默寡言，甚至显得冷淡。在我童年的记忆里，牧场的生活是无边的寂静，只有牛羊、小草、花朵还有百灵鸟陪伴左右，所以每一个牧人都是在和山川草木、牛羊飞鸟的对话中成长。如此说来，牧人的浪漫不是风花雪月，而是孤独。其实，文学是住在每一个人灵魂深处的女神，只是世事烦扰，我们很多时候无法听到她的呼唤。而牧人，却在无尽的孤独、寂寞中听到了诗意的吟唱，感悟了灵魂的谶语，生为牧人，便是住在了文学圣殿的隔壁。如果说静听灵魂的独语就是听到了文学的声音，那么习惯孤独是文学的土壤。当你发现书写，它就成为你最忠实的伙伴和最专一的倾听者。经年累月，你将所有的思绪都安置在文字里，将你的世界安顿在文字里。这时，你会发现孤独成了你生命的一部分。

近几年突击似的返回故乡，在自己的族人中做些有关民族传统文化的调研。几十年前寂静的小镇唯一的街道上停靠着各种车辆，身边除了青少年们飞驰而过的摩托车，一辆辆小汽车不时擦身而过。兄弟姐妹们坐下除了谈些牛羊的市场行情、草场的好坏之外便问：姐姐的微信号是多少？如若不是窗外清晰的祁连山，牧人居住的小镇已与城市无异了。而在城市，人们的宗教是物质。金钱的多少、宅邸的大小、轿车的高级与否是通行的标准，用来衡量穿梭往来的男男女女。阅读这种行为，往往与叫做微信的软件联系在一起，而内容除了养生的药汤，便是心灵的鸡汤。至于文学，至于书籍，已成了装饰书柜的豪华封皮，内里往往是空的。与此相伴，写作就堕落成了宣泄压抑和不满的帖子，扔进网络里如同一粒石子跌入大海的声音。

然而，在祁连山的深处，我们那只有万余人口的小小族人中，许多人却对文学创作情有独钟。他们用笔抚摸群山的轮廓，用词勾勒草原的四季，用句铺陈对亲人的思念。在他们那里，野兽留下了足迹，飞禽唱出了哀婉，牧人的生活从山涧沟壑凝练，定格在诗歌、散文、小说中。这些诗歌、散文和小说，或稚嫩，或老辣，或冷静，或深情，但都诉说着一样深沉的眷恋，眷恋那遗失在漫漫迁徙路上的过去，眷恋在手机电视和现代化中慢慢遗忘的母语，眷恋那镌刻心中无法泯灭的尧熬尔……文学成为这个小小族群怀念传统、表达自我的圣殿。

记得因为张承志而听日本歌手冈林信康的歌，有一首叫做《雨淋湿了心》，其中有这样的歌词：

……
出发在雨打的泥泞
迷失在夜里的黑暗
但是那遥远的深深的光
系着这颗心引我上路

无论失去了什么，只要有这深深的光，我们便能找到自己的家园，地理的，精神的。

裕固族卷编委会
2014 年 10 月 15 日

《新时期中国少数民族文学作品选集·京族卷》序言

张永东

中国作家协会将要出版《新时期中国少数民族文学作品选集·京族卷》这一令人兴奋的消息让我整夜辗转反侧。我反复思考：又有一本承载着京族文化硕果的集子要面世，但这本《新时期中国少数民族文学作品选集·京族卷》的序言该怎样写才好？辗转中想起杜甫《春夜喜雨》中的诗句"好雨知时节，当春乃发生"，灵感被触动了：京族这一全国人口较少、全国唯一的海洋少数民族、世居的少数民族，她的文学随着祖国繁荣昌盛的脚步不断繁荣和发展，进入新世纪后，《新时期中国少数民族文学作品选集·京族卷》的出版不正是"好雨知时节"吗？于是，这个序言也就"当春乃发生"了。

明正德六年（1511），京族祖先们陆续迁移到巫头、山心、沥尾 3 个岛屿（素有"京族三岛"之称），后又陆续迁移至东兴市（县级）江平镇等地。据不完全统计，"京族三岛"现有人口约 16000，全国约 22000。新中国成立之前，京族族名尚未确定。新中国成立后，曾一度被称为"越族"。1958 年，广西东兴各族自治县成立，根据京族的历史、语言、文化、生活习俗特点和民族的意愿，经中华人民共和国国务院正式颁布，该民族正式定名为"京族"。

生活在祖国南海北部湾畔的京族人，在这片神奇的海洋和美丽的土地上，无论遇上多少磨难与曲折，总能够绵延生息数百年。在漫漫的历史长河中，京族人民用勤劳的双手建设自己美丽富饶的家园，创造了富于本民族特色的民间文学和作家文学，为全国唯一的海洋少数民族灿烂的过去和辉煌的今天孕育出光彩夺目、令人珍爱的民族精神、民族文化。其价值观念和文化价值值得我们肯定和尊重。

虽然京族已有五百多年的历史，但由于初期他们不懂汉语、汉文，少数老人使用的越南古文字“字喃”，也仅限于祭祖祭文，因此京族文学成就主要在于民间文学，作家文学基本空白。

随着中华人民共和国的成立、京族与汉族的亲密交往，以及京族村落举办“汉语扫盲夜校”，京族人才不断地掌握汉语汉文。

后来，在党的民族政策关怀下，不少京族青年通过“保送”、参加“高考”等形式，进入国家各个大中院校读书深造。人才的辈出，为京族当代作家文学打下了坚实的基础，使京族当代文学创作充满了活力。

20 世纪 70 年代以来，京族地区不断涌现出一批批文学创作新人，尤其是在京族老作家李英敏的作品影响下，文学创作“新人新作”不断面世。如苏维光的诗歌，潘恒济的散文、小说、诗歌，张永东的散文、散文诗、小说，莫振芳的诗歌、电视剧本，张永志的散文诗，以及苏凯的诗歌，都在京族地区产生一定的影响。目前，京族地区拥有一大批热爱学习、热爱文学创作的队伍。如何宗就、苏维芳、苏明勇、阮成就、阮成武、阮纯武、张永北、张登、张莱、张远亮、陈略、李世统、李历、关文、许菁、苏胜、苏海珍、刘平、刘基启、刘扬友等，他们活跃在京族地区海防线、边防线上，为繁荣丰富京族人民的精神生活作出了积极的努力。这群京族作家、作者的文学作品，风格各异，各具韵味，体裁主要是散文、小说、诗歌等。

京族地区沿海海岸上，生长着一种可爱的、很特别的海藤花，花色紫红紫红，朵朵花儿贴着地表绽放。这本《新时期中国少数民族文学作品选集·京族卷》是京族作家们以海藤花般的精神，贴近京族生活、贴近京族实际，通过心灵的感悟而产生的心灵之作。“海藤花”开了，今天我们采集、筛选京族部分作家、部分作品结集出版，目的是让它在我国 56 个民族文学大花园中华丽绽放，与其他民族一起，共同点缀多姿多彩、万紫千红、百花齐放的少数民族文学大花园。

是为序。

2014 年秋末

附：后记

“京族卷”是中国作协主编的“新时期中国少数民族文学作品选集”选本之一。该丛书不仅是一个时期少数民族文学创作成果的集中展示，也是少数民族文学走向新征程的起点。

此书由广西作家协会组织京族作家、编辑家进行选稿和编辑，收录了自粉碎“四人帮”以来至2011年底京族作家创作的小说、诗歌、散文等作品。从这些文学作品中，基本反映出了京族这个大海民族在新时期美好生活的缩影，展现出京族婀娜多姿的民族风俗和绚丽的人文风景线，以及这个时代的精神和情感的结晶。

此书的征集出版过程得到京族作家们的关注与支持。由于时间仓促，对一些京族作家、作者的文学作品收集得不够全面。但可以看出，京族这个人口较少的少数民族年轻作家、作者数量还比较少，希望借此书的出版，对京族的文学传承与发展起到促进作用。

特别感谢中国作协和广西作协对出版此书的支持与帮助。感谢所有关心京族文学、为京族文化发展作出贡献的人们。

对因时间仓促与视野所限，存在的遗珠之憾，敬请热心读者批评指正。

京族卷编委会

2014 年秋末

《新时期中国少数民族文学作品选集·塔塔尔族卷》序言

阿扎提·苏里坦

生活在新疆的塔塔尔族有着独特而悠久灿烂的传统文化，是一个具有古老文明的民族。塔塔尔族作家主要使用维吾尔文进行文学创作，但作家数量有限，大多从事诗歌创作，诗歌创作便成了塔塔尔族的主要文学传统。由于目前文学创作队伍很有限，我们在此次选编过程中只能从现有的少量作品中尽可能完整地选择了一些较有水平的诗歌、小说或散文作品，作为塔塔尔族文学作品选集的基本内容。实际上，我们是本着负责的态度来完成此项工作。希望这部作品集的出版能对塔塔尔族当代文学概况起到一个展示的作用，更希望以此来推动塔塔尔族文学的发展。

2015 年 3 月

附：后记

塔塔尔族作为新疆人口较少民族，集中分布在乌鲁木齐和伊犁等地区。塔塔尔族作家很少，现有中国作家协会会员一人，另有三人加入新疆作家协会。在这次选编的过程中，我们选编了仅有的一部短篇小说和部分诗歌散文佳作，以完成这部塔塔尔族文学作品集。在此，我们感谢中国作家协会为我们提供机会，并做了大量工作。在建国60多年后出版这样一套具有历史意义和价值的少数民族文学作品选，这在世界上是绝无仅有。

我们很荣幸能参加这部作品集的编选工作，并期待这套选集能早日与读者见面。祝愿中国多民族文学事业更加辉煌，祝愿中国少数民族文学百花齐放，结出更加丰硕的成果。

塔塔尔族卷编委会

2015年3月

《新时期中国少数民族文学作品选集·独龙族卷》序言

李金明

“以积极向上的心态迎战各种困难，顺应自然规律，科学组织和安排生产生活，加快脱贫致富步伐，早日实现与全国其他兄弟民族一道过上小康生活的美好梦想。”这是习近平总书记在高黎贡山隧道即将贯通时对一个人口较少民族——独龙族的亲切关怀的重要批示。正如习总书记所希望的那样，独龙族全体同胞正以积极昂扬的斗志，应对各种困难，以善良的心顺应自然，敬仰自然，保护自然，以早日步入美好的幸福小康生活而谱写辉煌的历史。现实生活是创作的灵魂，面对这样生气勃勃、风风火火地以整乡推进整族帮扶为契机、向贫困挑战的奋斗社会现实，独龙族新生代们按捺不住心中的喜悦，以小说、散文、诗歌等形式抒发感情，反映社会现实，由此形成了这本《新时期中国少数民族文学作品选集·独龙族卷》，这是祖祖辈辈独龙族的心愿，新时期独龙族的心声，是独龙族文学创作史上“零”的突破。

勤劳善良的独龙族，世世代代生活在美丽的独龙江畔。那里，山清水秀，山峦巍峨，林海浩瀚。清澈透明的独龙江水穿越崇山峻岭，犹如一条蓝色的蛟龙在峡谷间奔腾咆哮，彻夜未眠。这里是独龙人的家乡，是独龙族繁衍生息的故里，也是我们祖国不可侵犯的领土。独龙族人民祖祖辈辈生活守卫在这块神圣的土地上，一代又一代举步维艰地繁衍生息。

中华人民共和国成立以前，独龙族只有1800人，几近面临灭绝。那个年代，独龙族社会文化生活十分贫乏，没有正规的学校教育，无识字之人，以“结绳刻木”记事，整个民族中只有两个识字之人，无数人没念过书，不识字不会写字，更不用说什么文学创作了。中华人民共和国成立后，党和国家在独龙族聚居地区先后创办了中学和小学，实行免费义务教育。从那时起，独龙族儿童才得以上学，开始学习汉语文知识。在党的阳光雨露下，独龙族有了中专生、大专生、大学生、硕士生、博士生。这些独龙族的新生代们，不仅用汉语文记录本民族文化以及民间文学，而且还用汉语文进行文学创作，抒写出了一篇篇歌颂党和抒发内心情感的诗歌、散文、小说。这样，独龙族文学史上第一次出现了以汉文创作的文学作品。

这本《新时期中国少数民族文学作品选集·独龙族卷》中共收录了小说5篇，散文42篇，诗歌30首。这些作品都是由新中国成立后出生的独龙族本民族新生代们创作的作品，代表了独龙族新生代的心声和愿望。从内容上看，有描写家乡山山水水的作品，体现了对家乡故土的眷念和热爱；有描写父母之爱的作品，抒发对养育之恩的谢意和感恩；有描写家乡巨大变化的作品，体现了家乡巨变的亲身体验，讴歌了时代的变迁。题材丰富多彩，形式迥异，风格独特。这些作品虽然在艺术和思想上无法达到一定的高度，也无法与其他兄弟民族的文学作品相提并论，但它的确是一个新时期独龙族新生代的“婴儿”，需要培育，需要爱抚，扶持它慢慢成长为“成人”。

这本选集中，散文作品如早年刊登在《边疆文学》1993年第4期的由独龙族青年马文德创作的《编织彩虹的人》极有代表性。在这篇散文中，作者把“彩虹”这一自然现象比作独龙族妇女织出的“独龙毯”，进而赞美了独龙族妇女的勤劳与智慧，生动地反映出党的民族政策给独龙族人民带来的美好生活。

总体而言，独龙族的文学作品犹如独龙族人口一样，数量极少。而且，这些作品都是业余创作的作品，都是各行各业的独龙族人民基于业余爱好而创作的作品。至今，独龙族还没有真正意义上的作家，也还没有出现以创作为生的人，更不用说什么创作群了。如今的独龙族人口也不过是7000余人，经济发展仍然很滞后，教育程度依然很低，文化层次参差不齐，能用汉语文创作的也寥寥无几。如此艰难的情况下，此次能够筹齐一本文学作品集，负责的主编也付出了艰辛的努力，这也体现了独龙族人民不甘寂寞、不甘落后的一种精神境界，表明了独龙族发展路上一个“质”的飞跃。

在我国56个民族大家庭中，独龙族是一个历史悠久、人口较少的少数民族。独龙族人民勤劳淳朴、富有才智，在漫长的历史长河中，不仅创造了物质财富，也创造了数不清的精神财富。生活是创作的源泉，独龙人民的生活是独龙族文学创作的泥土，独龙族的文学作品是独龙族人民的心史。相信秉持勤劳的独龙族后代们，会创作出更多更丰富的抒发情感、讴歌时代的文学作品。

2014年11月28日

附：后记

文学可以说是这世界上任何一个民族的整体记忆。它源于族群的初始，也必将随着社会的变迁延续发展。当然，我国各民族文艺事业的发展繁荣与我们伟大祖国的富强昌盛紧密相连，息息相关。

我们作为中华民族大家庭中的一员，仅有7000多人口的古老民族——独龙族，从编选《新时期中国少数民族文学作品选集·独龙族卷》之日起，心里有一种说不出的感慨。因此，怎样把独龙族30余年来的文学成果选编好，给了我们极大的压力。此次编选工作自启动起，编委会工作人员跑遍独龙族聚居区，遍访独龙族新老文学作者，逐一搜集收录10多万字的小说、诗歌和散文作品，并编辑成册。这本选集中，独龙族青年创作的很多作品都收录进去了，但也有一些作品因年代久远，且作者故去多年而无法搜集和收录进去，实为憾事。

这是改革开放以来第一次对中国独龙族文学创作水平的整体呈现，是建国以来独龙族文学发展中的重大事件，是载入本民族文学史册的工程。

在此，我们作为独龙族文学集编辑人员，对在《新时期中国少数民族文学作品选集·独龙族卷》提供作品的广大作者，以及贡山独龙族怒族自治县县长马正山先生、贡山县文联、傈僳族诗人摩鲁等的大力支持致以深深的谢意。因为有了他们的鼎力相助，才顺利完成了此书的编辑工作。

最后需要说明的是，由于编辑水平有限，有关编辑工作难免有疏漏，选编过程中也难免有遗珠之憾。不当之处，敬请各位作者和读者谅解。

独龙族卷编委会

2014 年 11 月 28 日

《新时期中国少数民族文学作品选集·鄂伦春族卷》序言

姚 广

长期以来，多民族文学共同创造了中华民族文学的辉煌篇章，众多的少数民族文学让中国新时期文学更加绚丽多姿，而鄂伦春族文学更像一朵耀眼的山花，绽放在中国民族文学百花园中。

鄂伦春族主要分布在内蒙古自治区东部和黑龙江省北部，人口数量8000多人，内蒙古呼伦贝尔市鄂伦春族自治旗是其主要聚居地。中国北部大小兴安岭连绵起伏，茂密的原始森林，众多的河流，孕育了种类繁多的动植物。鄂伦春人长期生活在森林之中，从未远离过这个自然母体，是一个传统的森林狩猎民族。鄂伦春在长期的狩猎、采集等生产生活中，创造了自己独特的民族文化，产生了许多鄂伦春族民间（口头）文学创作，如神话、歌谣、谚语、民间故事等，通过口耳相传，一代代地流传下来。其中，民间故事是鄂伦春族口头文学中流传最广、数量最多、影响最大的一种体裁。由于鄂伦春民族没有自己的文字，因此民间（口头）文学创作在鄂伦春民族的发展过程中长期处于重要的地位。

鄂伦春族真正的书面文学创作出现在中国文学的新时期。随着中国文学重新焕发生机，1980年《呼伦贝尔》文学季刊创刊，旨在发现培养包括达斡尔、鄂温克、鄂伦春（简称“三少”民族）民族在内的各民族作家，为借助汉文进行文学创作的“三少”民族作家提供了宝贵的文学园地。次年，内蒙古文联、呼伦贝尔盟文联举办达斡尔、鄂温克、鄂伦春民族文学创作讲习班（首届“三少”笔会），通过老一辈作家、编辑家张志彤、邓青、孟和博彦、冯国仁、刘迁、郭纯等共同发现扶掖，“三少”民族文学新人新作发表在《呼伦贝尔》《草原》上。自此，包括敖长福、阿代秀、白石、孟松贵等第一批鄂伦春族文学创作者在内的“三少”民族作者走上文学创作道路，登上中国新时期文坛，鄂伦春民族文学迎来了自己的春天。

敖长福是鄂伦春族第一个作家。他第一个加入中国作家协会，也是第一个获得全国文学奖的鄂伦春族文学代表人物。长期在森林里狩猎的经历，让他能够真实自如地表达鄂伦春民族心理，呈现民族生活，塑造民族性格，展示狩猎文化，表现鄂伦春人在森林生产生活中与自然的和谐共处，表现鄂伦春民族的善良、勇敢、忠诚、守信等品质。鄂伦春族传统文化在他的文学作品中表现得十分自然生动，使他的小说有着鲜明的森林狩猎色彩。以敖长福为代表的鄂伦春族第一批作家的涌现，填补了鄂伦春族书面文学创作的空白，对于鄂伦春族和中国新时期少数民族文学来说都具有历史性的意义。

女性作家阿代秀、空特乐、阿芳、敖荣凤、孟代红、孟代玉等表达细腻、敏感，对自然、民族格外关注，表现了鄂伦春族女性作家的特有风采。阿代秀是第一批鄂伦春族作家之一，她的文字流露出大森林赋予的鄂伦春族女性的智慧和灵气，曾以“三阿”（达斡尔族作家阿凤、鄂温克族作家阿军、鄂伦春族作家阿代秀）享誉少数民族文学界，可惜阿代秀不幸早逝，留下的作品数量不多。空特乐的文学创作体裁较为全面，她的文字受鄂伦春萨满教文化影响很深。在空灵、神秘的文字背后，是她良好的艺术直觉，表现出鄂伦春族作家对本民族的不断追问，形象表达了自己灵魂深处的思索。她是继敖长福之后的又一代表性人物。敖荣凤的散文语言简洁，这与她曾经的记者身份有关。她更多地倾向于对民族重大事件的关注与描述，表现出责无旁贷的民族使命感。阿芳的散文有一种理性的智慧和自在的性情，对民族和自己有着更清醒的认识和追求，表达直接有力。孟代红的散文则倾向更多表现现代鄂伦春族女性的精神生活。另一位鄂伦春族作家孟松林显得与众不同。他以学者的视野，将目光投向蒙古高原，出版了游记散文集《走进蒙古国》、与他人合著的长篇小说《达斡尔密码》等。他长期研究蒙古民族源流，有着清醒的文化意识，文字自由洒脱。

在鄂伦春族作家的笔下，我们会感受到他们对大自然的无比热爱，对传统狩猎文化的无限眷恋，对森林生态命运的担忧，还有对民族文化传承的忧思。资料显示，鄂伦春族分别于上世纪50年代初、50年代末和1996年实现三次跨越。特别是1996年，鄂伦春族猎民响应政府号召全面禁猎，这对世代以狩猎为生的鄂伦春猎民来说是一次巨大的冲击，使其生产生活方式发生了巨大变化，不同以往的是，这时的鄂伦春族作家已经用手中的笔为心灵吟唱，为民族代言，表现出强烈的民族自豪感、使命感，也表现出追求民族进步和自强的信念，以及在现代社会强力挤压下的痛苦挣扎与抉择，体现了民族的自觉意识。

通过这部作品集，我们可以自豪地说，鄂伦春族文学作为我国多民族文学创作的组成部分，为我国民族文学的多样性和丰富性作出了自己的贡献。

2014年12月

附：后记

接到选编《新时期中国少数民族文学作品选集·鄂伦春卷》任务时，我们备感荣幸，又深感责任重大。国家层面的少数民族作品选编对鄂伦春族文学来说还是第一次，具有深远的民族文化意义！从此，鄂伦春族文学将与其他54个少数民族文学一道，形成我国新时期少数民族文学选本方阵，作为共和国少数民族文学不可或缺的组成部分为多民族文学共同发展和繁荣贡献自己的力量。这是鄂伦春文学史上需要浓墨重彩抒写的一笔。

鄂伦春族文学创作成就是在新时期取得的，所以这部选集既是一部分鄂伦春族作家作品的呈现，也是一个民族文学的缩影。虽然通过鄂伦春族作家的勤奋笔耕，鄂伦春族文学取得了前所未有的成就，但鄂伦春族人口数量少，作家人数较少，并大多从事业余创作，文学作品总体数量不多，怎样编一本鄂伦春族作家作品选便是一个大难题。如果按照严格的高标准，那么恐怕被选入的作家作品不会很多；如果选择过于宽松，又和这个选本要求相违背。衡量再三，我们在编辑这本书时，在有代表性又同时尽可能地让鄂伦春族的文学整体面貌呈现出来：一是从地域上看，收入选本的除了现居内蒙古自治区呼和浩特市、海拉尔区、鄂伦春自治旗等地的鄂伦春族作家作品，还收入现居上海、北京、黑龙江等地的鄂伦春族作家作品，基本上概括了鄂伦春族主要作家；二是尽量将代表性作家的作品多选一些，体现鄂伦春族文学创作最高成就；三是补充兼顾一些文学新人新作，体现鄂伦春族文学创作梯队的形貌。总之，我们编选这本书的初衷是力求能够展示新时期鄂伦春民族文学创作成果，为民族文学研究者提供一个较为全面和代表性的文学文本。

在本书编选过程中，内蒙古作家协会领导给了我们极大信任和支持，特·官布扎布先生、锡林巴特尔先生都给予具体的指导意见，呼伦贝尔市文联主席艾平给予大力支持，敖长福先生、刘迁先生也提出宝贵意见，尤其是鄂伦春旗文联主席敖荣凤等同志将此视为民族大任，为选稿、编校做了大量基础性工作。在此，一并深表谢意！由于时间紧、任务重，疏漏之处在所难免，还请专家批评指正！

鄂伦春族卷编委会

2014 年 12 月

《新时期中国少数民族文学作品选集·赫哲族卷》序言

哈普都·英明

赫哲族现有人口5354人（2010年人口普查统计数），是我国的四小民族之一，是个只有语言、没有文字的民族。

她主要以渔猎为生，世居黑龙江、松花江、乌苏里江的三江流域。

赫哲族是一个勤劳智慧的民族，不但创造了鱼皮文化、桦皮文化、萨满文化，还有世代传承的说唱文学“伊玛堪”。被联合国教科文组织批准为“急需保护的非物质文化遗产”，反映其民族特色和质性的《乌苏里船歌》被编入东南亚音乐教科书。它们让世界各国人民认识了赫哲族和赫哲族文学。

一

赫哲族文学的创作历程，突出的是以乌·白辛为代表的赫哲族作家群体。

乌·白辛是赫哲族唯一一位职业作家。他创作的电影文学剧本《冰山上的来客》被拍成电影后，在我国电影发展史上留下了厚重的墨彩，其影响力经久不衰。这部革命英雄主义和浪漫主义完美结合的经典电影，创造了中国电影史的神话。他的戏剧文学剧本《赫哲人的婚礼》，以史诗般的结构和宏伟的场面，反映了赫哲族三百年来的历史命运，揭示了只有中国共产党领导的人民斗争才能使赫哲人获得新生解放的伟大真理。

他的另一个创作成就表现在散文和诗歌上，如散文集《从昆仑到喜马拉雅》，诗歌《寄我的爱人》等。他的作品主要反映本民族命运的重要主题，把赫哲族文学创作推进到一个前所未有的高度，使之焕发出灿烂夺目的艺术光辉。

进入新时期以来，在乌·白辛的影响下，赫哲族成长起晓寒（韩福德）、孙玉民、哈英、蒋莉萍、孙玉森、尤金良、吴连贵等一批作家。他们的作品有的讴歌以捕鱼为生的赫哲渔民的日常生活和民俗，有的作品反映对爱情和新生活的向往与追求，有的再现赫哲人与大自然抗争、与日本侵略者斗争的历史，多视角地表现了他们的渔猎和文化，讴歌了赫哲族人民的新生活和精神面貌。赫哲族新一代的作家，又为繁荣本民族文学创作做出了贡献。

二

新时期赫哲族文学作品，在内容上与民族生活息息相关，在形式上与本民族的口头说唱文学一脉相承，在情调上热情豪迈、粗犷质朴。其主要的特点，概括起来有以下五点：

一是反映了赫哲族的渔猎文化和民族风俗。这方面的代表作品有小说《雁儿湾网滩》《鱼坟》《捉狍子的季节》，散文《捕鳇记》《碧绿的明冰》，诗歌《浪花里飘荡渔家的歌》《织渔网》《冬狩夜营》《雪地上的轻舟》《乌苏镇渔场》，报告文学《赫哲族狩猎传奇》等，真实生动地反映了该民族的渔猎文化特色和民族风俗特点，具有地方性、民族性、时代性。

二是塑造了赫哲族的渔村人物形象。如小说《神秘的依尔嘎》，散文《帕米尔高原历险记》，诗歌《民族迁徙歌》《那不尔根巨人》等。这些作品忠实地反映了新时期、新时代，塑造了一个个栩栩如生的生动形象。

三是写出了赫哲族的生产方式和精神情愫。许多赫哲族文学作品，描述了这个民族住撮罗子（尖窝棚）地窨子，捕鱼狩猎为生，吃刹生鱼，塔拉哈（烤鱼），穿鱼皮兽皮，使用狗拉爬犁、滑雪板、桦皮船等交通渔猎工具的生产方式，以及思想感情。

四是阐释了赫哲族的自然环境和生活真谛。在一些小说、散文和诗歌作品中，写出了赫哲人世代居住的黑龙江、松花江、乌苏里江三江两岸的自然环境和富饶物产：江水里生长千斤大鳇鱼、“三花五罗”、大马哈等多种名鱼；写出了“棒打獐子瓢舀鱼，野鸡飞到饭锅里”的生活画像，揭示了人类为了生存和生命延续时精神与物质并存的真谛。

五是讴歌了赫哲地区的改革开放和幸福生活。所选入的一些作品，如小说《最后一次》《赶奶》等，散文《走进乌苏里船歌诞生的故乡》《祖国，赫哲人亲爱的母亲》等，从不同的侧面反映了改革开放以来赫哲人民的和谐安康和欣欣向荣的生活景象、崭新面貌。

2014 年 10 月 30 日

附：后记

在中国作协的指导下，《新时期中国少数民族文学作品选集·赫哲族卷》的组织编纂工作从 2014 年 7 月开始启动。

为了做好这项工作，黑龙江省作家协会高度重视。经认真研究，组成了由有关领导、作家、评论家、从事赫哲族文学研究的有关专家学者、赫哲族民族居住地文联和作协共同参加的编委会。

编委会按照中国作家协会《关于选编出版“新时期中国少数民族文学作品选集”第三卷本的通知》的要求，本卷的选编工作一开始便制订了选编计划和选编原则。

本卷共选 17 名赫哲族作者的 68 篇（首）文学作品，并按照小说、散文、诗歌、报告文学、电影戏剧文学进行分类，篇后均注明作品出处和作者简介。

2014 年 10 月，黑龙江省作协召开该卷审稿会，按照有关原则择优选编，最后形成了 30 余万字的《新时期中国少数民族文学作品选集·赫哲族卷》。

本卷选编原则主要遵守以下几点：

（一）所选作品均为进入新时期，即1976年末至2011年12月30日公开发表的优秀小说、散文、诗歌、报告文学、电影和戏剧作品。

（二）作品所选均为汉语文作品，包括汉语文原创与赫哲语原创翻译作品两类。

（三）作品反映改革开放以来赫哲族聚居地区的发展进步及赫哲人的新生活、新风尚、新面貌。

（四）在国家、省、地、市以上评奖活动中获奖的作品和入选各类文学专集的作品优先选编。

（五）每位赫哲族作家的作品入选篇目最多不超过15篇，择优录选。

（六）所选作品不存在版权、著作权纠纷。

选编工作得到赫哲族作家们的大力支持。

在本卷编选过程中，因为时间短、任务重、资料少，可能会存在一些作家或作品遗漏等不足，敬请专家学者和广大读者批评指正。

赫哲族卷编委会

2014年10月

《新时期中国少数民族文学作品选集·门巴族卷》序言

罗洪忠

2013年，中国作协作出决定，编辑出版一套全国55个少数民族各自成卷的“新时期中国少数民族文学作品选集”，全面展示新时期以来我国少数民族文学繁荣发展的成果，勾画少数民族文学统一完整的版图，这无疑是中国少数民族文学史的一件大事。

门巴族文学作为中国少数民族文学的重要组成部分，其民间文学占有相当重要的分量，而数量最大、影响最广的当数情歌。《仓央嘉措情歌》在世界文学史上占有一席之地，为当代门巴族作家从事文学创作提供了重要的文学土壤。

我国门巴族主要居住在西藏错那、墨脱、林芝等县，目前我国实际控制区人口刚过万人，约有5万人生活在印度控制区。门巴族语言属汉藏语系藏缅语族，无文字，口口相传的民间文学占有重要位置。门巴族民间文学十分丰富，既有神话、传说、故事、诗歌，还有独具特色的门巴戏剧。仅就诗歌而言，有“萨玛”体酒歌、“卓鲁”体牧歌、“加鲁”体情歌，以及长篇叙事诗等形式。

萨玛酒歌是门巴族诗歌中的主要歌体。相传萨玛酒歌是一位名叫拉不热的人创作的。他一生用歌声带给人们欢乐，最后他坐化成佛，成为门巴族传说中的歌神。萨玛酒歌是门巴族中广为流传的一种抒情歌曲，是一种自由演唱的助兴式酒歌，也是门巴族民歌中一个主要的诗体。他们最初只限在喜庆酒宴上演唱，可随着生产的发展，集会、分离、欢聚、婚宴、劳动时都可以唱，更多的时候，还是要以酒伴唱。萨玛酒歌曲调欢快、明朗、昂扬，以表现祝福、赞颂和祈愿的内容。以后，发展为在集体生产劳动、远行和其他场合也唱萨玛酒歌，而且还用来表现对敌人的嘲讽和鞭挞，抒发内心的不满和愤怒。

门巴族十分好客，凡有客至，全家人携酒到村口为客人洗尘，并做好米饭、炖肉款待。宴请客人时，主妇要站立一旁，为客人斟酒，并保证客人的酒杯总是满的。如客人酒醉，主人会很高兴，认为自己的真诚为客人所接受。客人离别时，主人一家还要执酒送到村外。若要听他们演唱萨玛酒歌，喝酒是必不可少的。酒伴着歌，歌带着酒香。将进酒，踏歌行，走进勒布沟的村村寨寨，热情好客的门巴人用黄酒和歌声让人迷醉，一醉同消万古愁。

门巴族加鲁情歌脱胎于萨玛酒歌，主要以表现爱情为主，同时也反映他们对人与人之间关系的观察和认识。不少情歌，饱含着深刻的人生哲理，具有格言性质。每句均六音节三顿，绝大部分四句一首。极个别的是五句、六句或八句。曲调固定，可以即兴填词歌唱。

门巴族叙事诗由牧歌发展而来，采用散体歌谣形式。每句音节无定数，一般是三句或五句一个诗节，每首或每章由若干诗节组成，演唱时化装披饰，手牵牦牛，边歌边舞。长篇叙事诗《太波嘎列》是门巴族叙事诗的代表作品，全诗共 14 章，歌颂传说中的牧业始祖太波嘎列的事迹，生动细腻地反映了各种牧业生产劳动的发生和发展。

在门巴族文学中，戏剧同样占有重要地位。门巴戏起源于宗教仪式活动，戴假面具演出，在锣钹伴奏下，说、唱、舞三者错落穿插，交替配合，道白很少，跳和说、唱不同时进行。唱词采用散体歌谣形式，曲调随内容和情感的变化而变化。《阿拉卡教父子》是在门隅地区流传的一部戏剧作品。这部作品描述了阿拉卡教父子的遭遇，反映了在封建农奴制度下的门巴族劳动人民的悲惨生活和他们的反抗精神。

门巴族因长期与藏族杂居，通用藏文。门巴族不仅有丰富的民间文学，还有用藏文创作出来的非常有影响的文学作品。西藏名剧《卓娃桑姆》就是五世达赖的门巴族名徒、作家梅惹喇嘛·洛珠嘉措创作出来的戏剧，他把民间口头传唱的《卓娃桑姆》用藏文改写成藏戏脚本而成。这个剧本在藏区各地到处传演，成为“著名的八大藏戏之一”。洛珠嘉措从拉萨回到门隅后，还搜集、整理了很多当地的民间故事和传说。

我每次走进西藏错那县勒布沟，便想起门巴族诗人仓央嘉措曾写下过的一首曼妙情诗："皎月升上东方山巅，玛吉阿米的容颜浮现。"玛吉阿米，是一个汉字音译的藏语词汇，意为圣洁的母亲、纯洁的少女和未嫁的姑娘。由于仓央嘉措的爱情故事和最为浪漫悲情的传说，有人将这段故事命名为"佛前哭泣的莲花"。仓央嘉措心中的姑娘玛吉阿米被教派秘密处死了，我幻化不出她美丽的容颜，但这位万人敬仰的活佛，在街头酒肆纵情做诗却让我敬佩不已。

我翻阅西藏民间文艺家冀文正先生搜集的上百首门巴族情歌，见有首这样唱道："在东方的山顶上，一顶藤帽在摇晃。我的心快等碎了，山路为何这样长。"这自然使我想起仓央嘉措的那首情诗："在那东山顶上，升起皎洁月亮。美丽姑娘面庞，浮现在我心上。"在皓月当空的夜晚，仓央嘉措触景生情，把明月与情侣的容貌巧妙地联系在一起作比喻，既衬托出情侣的美丽，也写出了诗人情意的缠绵，情景交融，意境悠远。

在仓央嘉措的另一首情诗中，诗人笔下一个幽会别离、难舍难分的场面，通过短短几句诗便传神般地描绘出来："帽子戴在头上，辫子撂在背后。道声'请你慢走'，回答'望你保重'。说声'心儿悲痛'，答道'很快聚首'。"诗情画意水乳交融，意境如此清新，真有清水出芙蓉、天然去雕饰之妙。我想起了冀文正先生搜集的另一首门巴情歌："头和藤帽中间，隔着珍贵的头饰；鞍和马背中间，隔着层层的毡垫；我和情人中间，隔着害羞的语言。"这两首出自不同年代的仓央嘉措情诗和与仓央嘉措远隔上千里的门巴情歌，却有着异曲同工之妙。

仓央嘉措出生的门隅，被誉为西藏的"情歌之乡"。十五岁之前，仓央嘉措在这个"情歌之乡"的山山水水里自由地成长着。童年和少年的岁月，仓央嘉措沉浸在最普通，却又最浪漫自由的生活中。门巴族男女地位平等，男女之间的恋爱和婚姻自由。由于门巴族婚恋自由，青年男女总是用情歌来表达相互之间的爱恋与倾慕，抒发情侣之间细致入微的内心感受。门巴人用自己的艺术天赋，创作了难以计数的加鲁情歌作品，潜移默化地熏陶着仓央嘉措。正是门巴族民间情歌广博深邃，养育了一代杰出诗人仓央嘉措。

仓央嘉措自幼生活在门隅民间，吸取民间文学的丰富营养进行创作，使他的诗歌臻于完美。他的诗歌，不仅在格律、艺术手法和风格方面保持了门巴族民间诗歌的特色，在取材和思想倾向上也吸收了民间诗歌的营养。从现在流传的66首情歌中，可以发现很多首情歌，是民间情歌的改造和再创作，反映出其作品蜕化于民间情歌。他的一些诗作，就直接脱胎于门巴族民间情歌，并由此进行改造和再创作。《仓央嘉措情歌》除了我国国内的多种汉译本外，还包括英、德、俄、日、印度和蒙古等国文字的译本在世界上传播，其诗集《仓央嘉措情歌》进入了世界文学史册。

西藏和平解放后，门巴族民间文化得到充分搜集、整理和研究。60年代初，我国政府机关、外交部门、新闻媒体、学术机构把注意力集中到了门巴族生活的边境地区，出现了一些新闻报道、当地官员回忆录和调研报告。我国文化学者对门巴族社会和文化的系统调查，开始于20世纪70年代。1973年以后，中央民族学院（现中央民族大学）、中国历史博物馆（现中国国家博物馆）、中国社会科学院民族研究所、西藏民族学院、云南大学等先后派专家、教授到西藏错那、墨脱、林芝等县，对门巴族进行社会、历史和文化的系统调查，获取了丰富的文字、录音、图片、影像和实物资料，出版门巴族文化方面的图书达20余部。

上世纪80年代，随着我国对门巴族传统文化的重视，也出现了一些门巴族文学爱好者的作品，诸如出生于仓央嘉措故乡的达旺寺门巴族活佛、爱国僧人益西赤烈的《我的家乡——门隅》，中国第一位门巴族教授、西藏大学成人教育学院党委书记红梅的《探访斯木村“魔女”文化的历史人类学解读》，墨脱县原门巴族县长扎巴丁增的《从大峡谷走向太阳升起的地方》，以及西藏山南地区民宗局多布杰的诗歌《守护玉米》等。

益西赤烈出生于门隅夏措江嘎尔村，曾获得过藏传佛教格鲁派最高学位“格西”。在《我的家乡——门隅》中，他对家乡的赞美，让人无限神往：“门隅地区到处是无边的原始森林，珍贵的药草和可口的水果比比皆是。当百花盛开、百鸟翔集时，茂密的树林里真是一座绝妙的大花园。……苍翠的密林好似天然凉伞，争艳的花朵像张张迷人的笑脸；香甜的葡萄、柿子诱引百鸟翔集，清澈的那加噶绒河水漫流天圻；洁白的札玛东穷寺庙，好似宝石砌成的琼楼玉阁。……此处风光无限美好，噶拉宾格乌的心啊，深深被它吸引。”

门巴族女副教授红梅出生于地处雅鲁藏布江下游的墨脱县，1972年被当地解放军送到拉萨上学。经过西藏师范学院、上海华东师范学院和天津师范大学的不断学习，如今已在西藏大学任教35年。2003年7月，红梅同一个门巴族文化考察组在错那县门巴人聚居的勒布沟“猎”了一个月，同他人合作搜集整理出版了一本介绍勒布沟门巴族的书。在红梅眼里，“墨脱广阔的原始森林，为‘鬼故事’提供了绝妙的舞台，这个应该好好整理一下”。红梅虽然已走出深山，却永远记着自己是来自墨脱县的门巴姑娘，她给自己定下一个任务，就是退休后为墨脱“著书立说”。

我从门巴族民间文艺家、曾在墨脱工作16年的冀文正先生处得知，墨脱县政协原副主席益西平措曾写有一本藏文自传体，可因没有市场，至今没能出版。上世纪50年代，益西平措曾在西藏嘎厦政府墨脱宗政府任文书，曾多次进入印控区，亲眼目睹英印殖民政府的侵略行径。他还是墨脱县仁钦崩寺的喇嘛，佛学知识丰富，被人称为“墨脱门巴历史和宗教的百科全书”。

上个世纪80年代以来，我国门巴族生活地区墨脱县、错那县、林芝县在办好自身中小学同时，选送了600余名有志向的门巴族青年到全国各类学校深造，如今门巴族有了正地级干部、大学教授、硕士研究生、活跃于国内文艺舞台的歌手等。可我也看到，在征集新时期门巴族文学作品时，尚未找到一位潜心从事写作的门巴族作家。

我在墨脱县、错那县等门巴族地区考察时，所有乡镇都有一定数量的门巴族大学生，可因地理位置偏僻，喜欢写作的门巴族青年向国内杂志发稿困难，加之缺乏文学交流的平台，很难激发这些门巴族文学爱好者的写作兴趣。若能以这次出版《新时期中国少数民族文学作品选集·门巴族卷》为契机，中国作协、西藏作协有意识地选几名有基础的门巴族文学青年参加国内各种文学培训班，抽出专门的作家来传帮带，我相信十多年后就会有门巴族的专业作家出现。

2015年1月

附：后记

《新时期中国少数民族文学作品选集·门巴族卷》收录上世纪80年代以来我国文坛上涌现出来的多位门巴族文学爱好者的优秀作品。这些作品大都属于纪实类人文作品，反映门巴族一个侧面的文化，可以视之为新时期门巴族文学创作的一次集中展示。

门巴族有自己的语言，但没有自己的文字。本民族早期为数有限的文学作品中，均用藏族文字来表达。特别是门巴族生活地域偏僻，尽管从全国各类大学毕业的学生不少，但分回西藏后，因多种原因目前尚未发现一名潜心从事文学创作的门巴族作家，我们仅收到4名门巴族文学爱好者的作品。

根据中国作家协会"新时期中国少数民族文学作品选集"丛书编选出版方案的要求，我们在选编门巴族作品时，考虑到门巴族文学爱好者队伍的特殊性，从不同历史时期发表的门巴族作品中选出了5篇作品，努力展示新时期门巴族文学的真实情况。尽管如此，由于这个选本的时间跨度大、覆盖面广，在编选过程中难免有盲区，未能将其他门巴族文学爱好者的作品纳入。若有疏漏之处，敬请作者和读者海涵。

门巴族卷编委会

2015年1月7日

《新时期中国少数民族文学作品选集·珞巴族卷》序言

罗洪忠

2013 年，中国作协做出决定，编辑出版一套全国 55 个少数民族各自成卷的“新时期中国少数民族文学作品选集”，全面展示新时期以来我国少数民族文学繁荣发展的成果，勾画少数民族文学统一完整的版图，这无疑是中国少数民族文学史的一件大事。

珞巴族文学作为中国少数民族文学的重要组成部分，其民间文学占有相当重要的分量，为当代珞巴族作家从事文学创作提供了重要的文学土壤。珞巴族虽没有文字，却有丰富的民间口头文学，如神话、传说、故事、谚语和谜语等。这些口头文学，富有迷人的幻想、浓厚的生活气息和鲜明的民族风格，内容十分丰富，既有珞巴族历史的形象再现，又有征服自然的英雄事迹赞颂，还有歌颂诚实、勤劳、勇敢的美德和抨击不良习俗的作品。

珞巴族神话是一种古老的文学形式，反映了珞巴族从开天辟地到氏族社会这一漫长历程的历史变迁：有反映人类起源的神话《金德与龙德结婚》《猴子变人》及类似汉族女娲造人的《大神》《背库》等；有涉及图腾崇拜和群婚痕迹的《垛与斯罗外出寻妻》《尼英姐妹求配偶》《阿巴达尼试妻》；有反映“兄妹结婚”这一早期婚姻形态的《石金金娜乃鲁布与石金金巴巴娜》，也有说明“对偶婚”这一历史现象的《七姐妹决意留他》；有反映狩猎、采集、农业生产活动的《阿奔嘎瑞》《都姑罗英达梦教阿布达尼种庄稼》。此外，还有反映同妖魔鬼怪作斗争的神话《育德育布德除害》和与自然界斗争的神话《金纠育帝射日》，以及反映血族复仇的神话《埃曾白玛》等。这些神话不仅具有浓厚的神奇色彩，而且还从不同角度反映了他们对远古历史的朦胧记忆。

珞巴族的民间传说内容也很丰富，有反映他们的族源、迁徙、分布的传说，如《阿巴达尼与阿巴达洛》《列得罗登》《阿巴达尼四个儿子》《猪的养女》等；有关于发明创造与民族交往的传说，如《珞巴族为什么不会做铜锅》等；还有反映地方风物、动植物的传说，如《四个石头人的来历》等。这些传说，风土气息浓厚、叙事朴实，表达了人们对祖先和乡土的热爱。

珞巴族的民间故事，题材广泛、形式多样。多数故事的叙述，都有迷人的幻想和深刻的生活哲理。它常常寓褒贬于浪漫主义的情节里，以表达人们的是非观念、爱憎情感。其中，有反映人们为征服自然而作艰苦斗争的故事，如《洪水》《智勇双全的两兄弟》；有歌颂勤劳勇敢和鞭挞懒汉的故事，如《瑞希与瑞荣两兄弟》《几督拉练》；有歌颂坚贞爱情、抨击买卖婚姻和欺诈行为的故事，如《两兄弟与两姐妹》《傻小子与母鸡》《东绿准智惩霸婚人》；有赞扬劳动人民勤劳、机智和讽刺统治阶级凶残、愚笨的故事，如《加米央金三难国王》《猎手当了国王》等。

珞巴族是民歌的海洋，凡是有珞巴族居住的地方，都能听到他们的歌声。神奇美丽的雅鲁藏布大峡谷，云遮雾绕的喜马拉雅山，这些独特的地理环境赋予了珞巴族无穷的艺术灵感，如篇幅宏大的珞巴族古老史诗《节世歌》便久唱不衰。无论在镜子般的水田里、荆棘丛生的山坡上，还是在茂密的原始森林中、清香扑鼻的香蕉林间，抑或在翠竹如林的大山深处，都如同他们的民歌所唱的那样："高兴时山歌唱不完，痛苦时山歌能解烦，山歌是随身的伴侣，白发到老也难分离。"这些相当随意和通俗的乡音俚调，寥寥数句，就把一个民族的历史沧桑，勾勒得惟妙惟肖。

每当清凉的夜晚，珞巴族老人坐在吊脚楼前闲谈聊天，年轻人则在村寨的公房里边唱边跳，一直唱到天亮。虽然歌声是他们生活的伴侣，但在他们看来，要算得上一个真正的歌手，必须能连唱三天三夜内容不重复的歌。我在走村串户中还发现，墨脱情歌不都是怨歌，有些情歌充满了对美好感情的向往："吃了蜂糖一口，嘴里甜了三天。看了表妹一眼，心里慌了三年。""那晚绕道私会，情话刚说一点，生怕阿妈知道，心神不定廿天。"

珞巴族还有篇幅庞大、别具一格的史诗。其中，具有代表性的是博嘎尔部落的史诗《创世纪》。史诗叙述了宇宙的变化、生物的起源、人类的出现、火的应用、狩猎与动物驯养、农业的发明、金纠育帝射日、洪水泛滥、乌佑的来源、巫师的产生和祖先迁徙等方面的内容。史诗不仅把珞巴族的神话、传说和故事以诗歌的形式表现出来，并辅之以"乐"。我曾亲眼目睹珞巴族老人演唱史诗的一幕，歌者进入迷狂，聆听者沉入痴醉，似乎在这如泣如诉、祈求中带着示威的演唱中，打通了天地、人鬼、世间和灵界的交往，其愿望和目的在虔诚的信仰中同时实现。

珞巴族诸部落尚未走出原始狩猎和刀耕火种的生活，却有规模巨大、结构完整的史诗作品。西藏民族学院于乃昌教授根据他搜集、整理和研究的珞巴族3部史诗，证明了世界各民族文学的历史都经历过史诗阶段这一科学结论。尽管如此，有的人对此表示怀疑。他说："他们的确创造出这样伟大的作品，正像他们创造出伟大的神话，而我们自诩'现代人'却无法企及的一样。我们不是去怀疑，而是应该去认识理解他们为什么能够创造出这样伟大的作品。"

珞巴族谚语和谜语，是他们长期生产生活经验的总结，也是他们智慧的结晶。珞巴族将生产生活经验以谚语、谜语的形式，口耳相传，借以达到传播知识、增长智慧、启发和教育人民群众的目的。谚语是以精炼、形象的语言和反映人生哲理为其特征的。其中，劝说氏族成员间消除分歧，增强团结，说明人多力量大的谚语有："藤子虽长，但不分叉；弓箭虽分，永在一起""一根柴火难燃烧，众人拾柴火焰高"；劝人相互谅解、信任、友好的谚语有："竹孤哪有笋，地平路好走"；鼓励结交朋友要讲信用、永不变心的谚语有："人身的皮永不蜕变，蛇身的皮总要换变"；抨击恶习、讽刺搬弄是非者的谚语有："舍得力气，财富不尽，光要嘴皮，空话无用""修桥不修好，反掉河里得好报""没有肉苍蝇不会下蛋生蛆"。珞巴族械斗频繁，故涉及这方面的谚语比较多，如激励参战人员与仇敌血战到底的有："豺狼在狭窄的陷阱里会摆起威武的架势，公狗在低矮的窝棚内会亮出战斗的威风"；教育人要抓住战机的有："不让狗熊攀下青树枝就把它打倒，不等野猪用嘴拱地就把它射倒"。珞巴族缺医少药，人们患病便请巫师杀牲祭鬼，反映这一习俗的有："人无病，如人有财宝；人患病，财宝就如火烧"。反映生活阅历的重要性、妇女在生产上的重要地位及物侯知识的谚语有："金银与粮本是同兄弟，金子银子不如饱肚子""加耕乃树不结果，鼠鸟从哪吃香果；妇女不辛勤耕耘，人从何饮酒吃粮”“德白乃鸟叫，播种时间到”等。

珞巴族是一个能歌善舞的民族，每逢节庆、宴请、嫁娶或宗教祭祀等场合，他们都要举行通宵达旦的歌舞活动。珞巴族的音乐有声乐和器乐。声乐是将诗歌和一定的曲调组合而成的一种歌唱形式。独具一格的《加金》是民间最古老的曲调，流行于各部落。此外，各部落还有各自独特的曲调，这些曲调，按其内容和作用可分为下列数种：有以叙述民族来源、迁徙、历史为主要内容的《加金》《巴布达诺》《巴怒》《巴力》《阿波多叶》和《尼亚》等；有在宗教仪式上演唱的《呐怒费》《哈日巴》《纽布衣》《纽布衣得呐》《乌佑宾》《米剂乌佑白》《蒂八儿》《庙光》《达珠儿巴劣》《莫标》等；有婚礼用的欢唱歌和丧葬仪礼用的哭丧歌；有交换、狩猎时唱的歌；有反抗民族压迫、外来侵略以及进行械斗的《阿帝卡达帝呷》《饿月》等。此外还有大量感情真挚、优美抒情的情歌，如《唉乃哟埃呐》《阿路姑帝》《巴布墨白》《嘎尤嘎》《多噢加尤》等，以及《波力》《阿尼河》《达过日》《娜呐耶》等民间曲调。

珞巴族在劳动，尤其在节庆、宗教礼仪等集体活动中，常常邀请民歌手演唱，其形式有独唱、对唱和排唱，以对唱为主。歌长短不定，短的只有几句，长的可唱数小时。有时还多人轮流歌唱，一唱就几天几夜。民歌手演唱时，常常能在传统的曲调中触景生情，感事而发，而随编随唱，出口成歌。民歌内容或者取材于反映珞巴族古代社会的神话、传说、故事；或者取材于后世的政治、经济、历史、自然常识、家庭与婚姻等。它从不同的角度刻画出广阔的社会生活画面。

珞巴族民歌曲调虽然很多，但一般调子简单，节奏不严，音阶高低相差不大。各部落流行的《加金》（也叫加衣）古调，缓慢、庄重，每句四拍，句末衬以“加金加”一词。博嘎尔人用它演唱《创世纪》史诗，又用于填配赞颂新生活的新词，如《赞珞巴新村》《博嘎尔人心里真欢畅》《歌唱民族大团结》等。《阿鲫加德》《达过日》原是歌唱动物常使用的曲调，后又演变为在劳动、节庆、喜宴场合吟唱的曲子，可即兴填词。一般说来，珞巴族各部落都有四五种以上用途各异的曲调。除礼仪歌曲限于特定场合演唱外，其余曲调也同《加金》古调一样，从原来固定的内容与形式，演变为内容可据情节而变的曲调。正是这一原因，致使珞巴族民间文学与表演艺术的内容和形式紧密结合在一起。由于多数曲调都可自由编词，因而其深受群众的喜爱。

珞巴族民间乐器有竹口弦、笛子、箫和二胡四种。口弦分单片和三片两种，在薄竹片中间挖沟、刻簧，演奏时，轻轻弹拨，声音在口腔引起共鸣，以气息的调节来变化音色，音量虽小，但音色柔和悦耳，是青年男女表达思想感情的娱乐工具。竹笛“达崩”横吹，有一吹孔，四音孔；竹箫“折笼”，直吹，上端开一吹孔，六音孔。笛、箫均可按曲调需要改变音程关系。笛、箫演奏的曲调，可在欢乐的酒宴间助兴，也可在幽静的环境里倾吐内心的情感。二胡的音箱用竹制成，一端蒙以加工过的牛皮或鹿子皮，一根棕弦，无定弦的音度把手，以拉弓、指压来调节曲子的音调，别具一格。

每个民族都有自己独特的诠释生命的语言，每个人都用自己的方式诠释生命，世界便是这生命的舞台，因为生命的多姿多彩而辉煌。出生于西藏米林县珞巴族博嘎尔部落的作家亚依，用她与众不同的生命语汇丰富着心灵的世界，也用她特殊的方式，吸引着我们的目光。亚依是一名舞蹈编导，在她编导的《珞巴人的刀》的双人舞中，男女演员身着传统珞巴族服饰，唯一的道具就是一把珞巴刀。她用近乎原始却布满力量的舞姿，表达着珞巴族对刀的恭顺和崇敬。亚依在散文《珞巴人的刀》中，讲述着她对珞巴刀的理解：“刀和鞘就是汉子和女人，刀离不开鞘，鞘离不开刀，每个珞巴族汉子腰间都带一把刀，刀是珞巴族力量和勇气的象征。”

亚依在编好民族舞蹈之余拿起笔，写出一篇篇反映珞巴族博嘎尔部落历史、传说和情感的散文。我看到亚依的20多篇散文，每篇都很短，却不乏隽永的思想；内容看似简单，却透射出珞巴人对生命的敬畏和内心的恬淡。亚依的母亲是“纽布”，在珞巴习俗里，“纽布”就是负责与神对话的人，汉语通常把它翻译成巫师。在亚依看来，母亲的形象让人们感到既亲切又朴实，“作为巫师，妈妈在村子里享有很高的威望，但在家里，还是父亲说了算。我们珞巴族的传统和藏族是不一样的，妈妈只有到了仪式上才负责与神对话，但在平常，她就是一个普通的人。不需要人们供奉，也没有人去供奉，敬重她就行了”。

在亚依的散文里，她的母亲是神的对话者，却有两种角色，“一个是我母亲，另一个是在占卜的时候，很陌生，完全是另一个人。从她的眼神里看出来，她连我也不认识，完全进入巫师的状态。母亲用杀鸡看肝的方式解释世间万象，她看的那些肝纹真的是太深奥了。这些东西是怎么传承下来的？母亲又是跟谁学的？或者说是哪个先辈传教给她的？这也是一个谜。母亲成为巫师是自然形成的，她并没有现实中的老师，她只说自己心里有个老师，她能够把老师描述得活灵活现”。从亚依记事以来，母亲就是村庄里的“纽布”。算起来，这个“纽布”应该干了四五十年吧。亚依在《母亲最后的巫舞》《萨·贡·乃》等多篇散文中，都有对母亲表演珞巴族原始宗教的描述和看法。如今，亚依凭着对珞巴族的热爱和依恋，经过沉淀反思，笔耕不辍，其笔触一如她的舞蹈那样唯美。我有理由相信，她会写出更多蕴意深厚的珞巴族文学作品来。

上个世纪 80 年代以来，我国珞巴族生活地区的米林县、墨脱县、隆子县先后选送了数百名有志向的珞巴族青年到全国各类学校读书，出现了一大批经过院校培养的大学生。可我在征集新时期珞巴族文学作品时，仅找到一位潜心从事文学写作的珞巴族作家亚依。若能以这次出版《新时期中国少数民族文学作品选集·珞巴族卷》为契机，中国作协、西藏作协有意识地选送几名有基础的珞巴族文学青年参加国内各种文学培训班，抽出专门的作家来帮带，我相信十多年后，珞巴族就会有自己的专业作家。

2015 年 1 月

附：后记

《新时期中国少数民族文学作品选集·珞巴族卷》收录上世纪 80 年代以来至 2011 年底，我国文坛上涌现出来的一位珞巴族作家亚依的 20 多篇文学作品。这些作品大都描述珞巴族的历史、传说和民俗等，反映了珞巴族的人文风情。

西藏和平解放后，珞巴族民间文化得到充分搜集、整理和研究。上世纪七八十年代，中央民族学院（现中央民族大学）、中国历史博物馆（现中国国家博物馆）、中国社会科学院民族研究所、西藏民族学院、云南大学等先后派出专家、教授到西藏米林、墨脱、隆子等县，对珞巴族进行社会、历史和文化的系统调查，获取了丰富的文字、录音、图片、影像和实物资料，出版了珞巴族文化方面的图书20余部。可是，珞巴族生活的地域地理位置偏僻，因多种原因，目前仅发现一名潜心从事文学创作的珞巴族作家，我们仅收到一名珞巴族作家亚依的作品。

根据中国作家协会“新时期中国少数民族文学作品选集”丛书编选出版方案的要求，我们在选编珞巴族作品时，考虑到珞巴族有语言没有文字，加之我国控制区人口少，尚未有一支文学爱好者队伍的现实，仅收录了珞巴族作家亚依发表在国内文学期刊的20多篇文章，基本反映了新时期珞巴族文学的现状。尽管如此，由于这个选本的时间跨度大，在编选过程中难免有盲区，未能将其他珞巴族文学爱好者的作品纳入。若有疏漏之处，敬请作者和读者海涵。

珞巴族卷编委会

2015年1月7日

《新时期中国少数民族文学作品选集·基诺族卷》序言

鄢家骏

在西双版纳林木葱茏的攸乐山上，居住着我国人口较少的少数民族之一——基诺族。中国境内现有基诺族 22000 余人。据不完全统计，境外老挝丰沙里省乌德、勐乌两县有 3181 人。

基诺族是西双版纳的世居民族，也是守望和开发这片神奇美丽古老热土的参与者和见证人。基诺族作为我国 56 个民族大家庭中人口较少的民族，由于历史的原因，直到解放后才在新中国的阳光辉映下，以石破天惊的伟力，举步跨越漫漫历史长河，从原始社会末期，一步迈进了云霞交辉的社会主义社会，创立了人类社会文明历史发展的新纪元。

文化是一个民族的灵魂。

同其他民族一样，勤劳勇敢的基诺族，拥有悠久深厚的历史传统和丰富多彩的文化积淀。稍微熟悉基诺族历史文化的人，会惊奇地发现：这个没有文字的民族，居然拥有浩如烟海的民歌和民间故事。这些民歌和民间故事，其内容几乎包揽了基诺族起源创世、政治经济、哲学法理、医药卫生、婚丧娶嫁、生产方式、狩猎规则等等内容；这些民歌和民间故事，主要依托口传、刻木记事的原生态得以保存和传承，形成了鲜明的原始形态的文学艺术特点。直至 1958 年以前，执笔的书面文学创作，对基诺族同胞来说还是一个遥远的梦。

文学属意识形态的范畴，是文化的产物。

从 1956 年开始，攸乐山上破天荒响起第一串基诺族小学生的读书声，奏响了一个民族文化教育的千古绝唱。基诺族教育从无到有，截至1965年的10年间，基诺族地区公办小学已有11所、民办小学2所，其间共有高小毕业生140人。这些学生后来成为了基诺族第一代知识分子，其中包括后来能执笔进行书面文学创作的基诺族作家。

基诺族是一个善于面对未来、向上进取、追赶“太阳”，又能包容接纳其他民族先进文化的民族。这种优秀的民族秉性，必将造就基诺族书面文学创作的崭新未来。

被称为“攸乐”文学第一人的张志华（洛克曼沙卡）先生，在故乡基诺山的褶皱中读完小学后便投笔从戎。不论是在边境一线边防派出所当民警、所长，还是担任西双版纳边防支队保卫股长、景洪边防大队副大队长、边防支队纪委副书记，在西双版纳（机场）边防检查站，从当战士到担任排、连、营、团领导，他的业余时间的唯一任务就是读书、读书。在边境老乡家的火塘边，在巡逻路上的篝火旁，在出差开会的旅途中……他如痴如迷地读书，但常常有一种悲哀感袭上心头：他深感自己读了那么多理论、小说、诗歌、散文、报告文学，可从未见过哪一本书是基诺族作者写的，就连当地出版的报刊上也未见过署名基诺族作者名字的文章。这种时候，张志华一想到毛泽东同志说的“没有文化的军队是愚蠢的军队”这句话，就禁不住想到“没有书面文学的民族也是愚蠢的民族”。

一种民族大义的责任担当和对民族与故乡的苦恋，催扬着张志华的追求激情。他决心改写基诺族几千年来没有本民族书面文学创作的历史，用笔为民族代言。早在1988年，张志华就被《云南经济信息报》聘为特约记者，成为基诺族书面写新闻的第一人。自1997年与战友李晓庆共同创作的散文《红土地之歌》在《版纳》杂志发表之后，张志华便一发而不可收拾，以“马不停蹄”的精神，接连不断地在州、市、省和国家级刊物上发表了数十篇（首）散文和诗歌。其中，《情满小黑江》《走进天下第一山》等两篇作品，还分别获《边疆文学》和《民族文学》优秀奖。其间，张志华相继成为西双版纳作家协会、摄影家协会会员，云南省作家协会会员，并成为基诺族的第一位中国作家协会会员。

一颗水珠，会孕育一万次熠熠的回声。

作为基诺族书面文学创作的领军人物，张志华的成长意义并不完全在于作品多少或质量的高低，而更在于他对开启和推动一个民族文学事业发展的时代意义。今天，我们十分欣喜地看到昔日书面写作尚属空白的基诺族文学创作，正方兴未艾地盛开起一簇簇艳丽的花朵，灿烂成西双版纳13个民族文学百花园中的新花；一批充满灵气、初显才华、拥有创作潜力的中、青、少基诺族作家群已初见雏形，成为西双版纳文学创作队伍中一支蓄势待发的方阵。已是中国作协会员的基诺族作家张云（包么），不仅常有作品在《民族文学》《中国诗刊》《西双版纳》等杂志发表，还编著出版了33万字的《中国·基诺族》一书；现为西双版纳州文化体育和新闻出版局副局长的青年作家邱晓灵，在繁忙的行政事务之余不忘文学创作，其散文《杀猪过年》《远去的捕猎》颇受读者欢迎；中年女作家周海丽，不仅是州地方志学会副会长，参与编著地方志书十余部，还创作发表了《找寻我心中那朵红玫瑰》《讲述老曼娥》和《新村女人》等优美散文；女作家陶润珍是个散文写作高手，早在上世纪80年代末期，其散文《小鸟飞走的时候》就发表在《民族文学》上，之后又有《竹叶青青》《我只是版纳姑娘》发表在《民族文学》。此外，青年作家陶亚男、李晓丽、王偲伦、王志祥、张鉴、张小平、张继兵、李晓艳等都发表过一些富有浓郁生活气息的诗歌和散文。在此，特别值得一提的是近两年涌现出来的两位青年女作家：张杨（阿布基诺·杨洋）是位拥有大学本科双文凭，现自主创业的共产党员，《太阳鼓》杂志编辑。她文思敏捷，文笔清丽，具有较深的文学功底，自1999年发表诗歌《澳门，回家了》之后，相继有《故乡云海》《秋韵》《那些年老爸告诉我》《赞美你，小黑江！》《我父亲的作家梦》《灰泡笋菜》等诗歌、散文发表在《边疆文学》《西双版纳报》和《我与西双版纳》。她通过参加全国人口较少民族重点作家研讨会暨“百名作家德宏行”活动，参加鲁迅文学院第八期云南昆明少数民族文学创作培训班学习，各方面大有提高，相信她会创作出更多佳作；张璨（纳标），她是基诺族小说创作第一人，现任云南老年大外部主任兼教育网站“文学林”栏目编辑。她创作的小说、散文、诗歌《我的基诺爸爸和哈尼妈妈》《致犁花》《竹鹦哥》等发表在《边疆文学》和《西双版纳报》上，2009年创作的中篇小说《属龙的爸爸和属鸡的妈妈》发表在《边疆文学》上，填补了基诺族小说创作的空白。在此，我们期望她的小说创作再上一个新的台阶，因为攸乐山是一座小说创作的“富矿”，只是至今尚未被开采。

令人兴奋的是，今年创刊的基诺族第一本书面杂志《太阳鼓》才刚刚面世，就像集结号一样，已经几乎把所有酷爱文学的基诺族同胞都集合在了一起。就连那些小学五六年级的小作者都执笔放歌，彰显了一个民族文学创作的未来和希望。小作者孙贝、颇哲、周雨欣等的散文作品，都写得情真意切，表达了基诺族儿童对故乡的深爱之情。《太阳鼓》杂志的创刊，为基诺族文学创作搭建了一个彰显才华、练笔攀登的平台。相信一批批基诺族文学新人将从这里起步，走向宏阔蓝天。

毫无疑问，一个刚刚迈入书面文学创作时代的民族，其创作能达到今天的水平，已是很了不起的进步。当然，从目前的创作总体上看，仍有许多不足，如创作文体单一、作品质量有待提高等。但我还是如此确信：在党和政府的关怀、各级作家协会和文学期刊的扶持、培养下，基诺族文学创作繁荣兴旺的新时代必将到来！

2014 年 9 月

附：后记

翻开《新时期中国少数民族文学作品选集·基诺族卷》，就翻开了基诺族史上由本民族作家、作者创作的第一本书面文学作品集。此书的问世是中华民族多元文学事业发展的一部分。解放前的攸乐人一直生活在原始部落的圈子里，1950 年西双版纳全境解放，基诺族才从原始部落氏族社会一步跨入社会主义社会。

1956 年 3 月，基诺洛克公社办起第一所小学，第一任校长为杨世德，汉族；1966 年，部分村寨办起了教学点；1970 年起，6 个生产大队陆续创办附设初中；80 年代中期，一村一小学的建制完成；1981 年，附设初中全部撤出，学生们都集中到中心小学学习；1984 年以后，各村小撤到大队小学；1981 年，基诺族中学从中心小学校分离出来；2010 年 10 月，全乡各小学校全部集中到基诺族乡民族小学，基诺族乡中学校则撤并至景洪市第三中学。但是，无论学校怎样变迁，基诺族学生从建第一所学校那天起，便逐步开始接触汉语文化。1969 年后，基诺洛克公社有一批初中、农中毕业生回乡任教，后来又有一批批版纳州民族师范和思茅师范毕业的基诺族、汉族热血青年教师响应党的号召，自愿到全州基诺族居住地任教。他们克服了重重困难，以山寨为家，长期驻扎在边远落后的山寨小学教书育人，为基诺族培养优秀学子，播撒下了一春又一春的希望，用心血和汗水孕育出了金色之秋的果实。

云南社会科学院杜玉亭研究员等一批专家、学者，从 1958 年开始到景洪县基诺洛克公社对攸乐人进行民族识别、科考调研，并于 1977 年 12 月写出识别民族的专题报告上报中央。1979 年 5 月 31 日，获国务院正式批准，6 月 6 日正式对外公布我国少数民族中最后确认的——基诺族。在党中央、国务院的亲切关怀下，特别是党的十一届三中全会以来，基诺族在政治、经济、社会、文化、宗教、生活等各领域发展迅猛。

张志华同志于1980 年春开始作新闻报道写作，1988 年被《云南经济信息报》聘为特约记者，从此基诺族有了本民族的新闻记者。后来，陶润珍同志的诗歌《小鸟飞走的时候》，刊于《民族文学》杂志1988 年第6 期上，张鉴同志的诗歌《追寻》1988 年 6 月刊登在《西双版纳报》上，王志祥（木腊者）同志的散文《车前草》1988 年 6 月刊登在《版纳》杂志上。他们三人天各一方，同年同月发表文学作品是巧合，还是正式改写基诺族书面散文、诗歌作品的萌芽同时开始？随后，张志华、白忠明（已故）、周海丽、陶亚男、张云、邱晓灵、张杨、纳标、张小平、张继兵、李晓丽、李晓艳，小作者张尚卓、孙贝、周雨欣等人的小说、散文、诗歌作品陆续问世。虽然基诺族书面文学起步比较晚，但发展进程比较快。从 1956 年学汉语教学至 1988 年，短短的 32 年间，就有了基诺族书面文学的起源与发展。曾经只有个别作者的文学创作，而今正在形成基诺族作家群和创作团队。这是质的飞跃，很了不起。展望基诺族文学发展的未来，我们充满新的期待……

实话实说，基诺族作家、作者不是专业作家，纯属业余爱好者。也许出于个人执著追求文学创作的原因，也许出于他们对本民族极端负责的一种心态和责任心，也许是这个时代赋予他们使命感，他们都在从事着其他职业，没有在文学殿堂里深造的情况下从事文学创作。他们的创作，来源于间接的书本知识和自己的社会实践活动，以及人际交往中累积的经验。他们是业余作者或半路作家。他们的作品与专业作家相比，文学趣味性不够，品质还很脆弱，布局还带有局限性。从深度、广度、力度、结构上，要跟上专业作家的水平，尚有着一定的时间和空间距离。

令人欣慰的是，在西双版纳州委、州人民政府的亲切关怀下，在景洪市委、市人民政府的关心及社会各界的支持帮助、在基诺族同胞的共同努力下，2010 年 12 月 10 日，基诺族学会成立，百废待兴的西双版纳基诺族学会创办了会刊《太阳鼓》杂志，为进一步规范基诺族多元文化的挖掘、弘扬、整理工作创建了平台。

在选编《新时期中国少数民族文学作品选集·基诺族卷》的过程中，我们得到了西双版纳州委、政府、景洪市委、政府的关心支持及社会各界的帮助。选编过程中，虽然编辑少、工作任务繁重，但在基诺族学会的带领下，学会一班人团结协作、分工负责、尽心尽力，圆满完成了中国作协、云南作协下达的任务。

最后，感谢选编丛书过程中各级作协领导、编辑同仁、州作协主席罗云智、著名作家鄢家骏、冯晓飞老师的指导帮助！同时感谢基诺族乡党委、政府的鼎力支持。再谢为选编这本作品集付出辛劳的张志华、张鉴、张杨、杨婧各位，他们常常轮流加班至凌晨 4 点令人感动！特谢西双版纳职业技术学院杨玲芳老师，她在假期放弃了出行旅游和回老家的机会，保障了编审组的后勤工作。

由于我们水平有限，时间仓促，选编过程中难免有误，敬请读者见谅！

基诺族卷编委会

2014 年 9 月 20 日

图书在版编目（CIP）数据

新时期中国少数民族文学巡礼 / 中国作家协会 编. -- 北京：作家出版社，2016. 11
ISBN 978-7-5063--9243-3

Ⅰ. ①新… Ⅱ. ①中… Ⅲ. ①少数民族文学 - 文学研究 - 中国 - 当代 Ⅳ. ①I207.9

中国版本图书馆CIP数据核字（2016）第278300号

新时期中国少数民族文学巡礼

编　　者：中国作家协会
责任编辑：李亚梓
装帧设计：曹全弘
出版发行：作家出版社
社　　址：北京农展馆南里10号　　**邮　　编**：100125
电话传真：86-10-65930756（出版发行部）
86-10-65004079（总编室）
86-10-65015116（邮购部）
E-mail:zuojia@zuojia.net.cn
http://www.haozuojia.com（作家在线）
印　　刷：三河市北燕印装有限公司
成品尺寸：170×240
字　　数：294千
印　　张：17.25
版　　次：2016年12月第1版
印　　次：2016年12月第1次印刷
ISBN 978-7-5063-9243-3
定　　价：36.00元